두 번은
아마 없을
人生이다

초판 1쇄 발행 2023년 03월 03일
저 은 이   홍경석
발 행 인   권선복
편   집   권보송
디 자 인   신미현
전 자 책   서보미
발 행 처   도서출판 행복에너지
출판등록   제315-2011-000035호
주   소   (07679) 서울특별시 강서구 화곡로 232
전   화   010-3993-6277
팩   스   0303-0799-1560
홈페이지   www.happybook.or.kr
이 메 일   ksbdata@daum.net

값 20,000원
ISBN   979-11-92486-61-1 (03810)

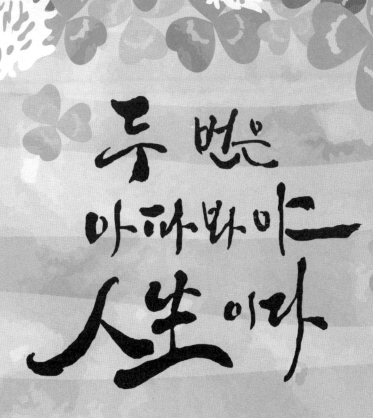

두 번은
아파봐야
人生이다

홍경석 지음

도서
출판 행복에너지

이 책의 발간에 도움을 주신 분은 다음과 같습니다.
거듭 감사함을 전합니다. (가나다 順)

김기범 한국권투연맹 대전충청회장

김미숙 옥천전통발효식품협동조합 대표

김상희 농협은행 세종지점장

김성구 『대전투데이』 대표이사

김성자 데이비 꽃카페 대표

김승수 한남대학교 교수

김우영 한국문화해외교류협회 상임대표

김정환 사업가

김정희 시인

김종진 여락장학재단 이사장

권선복 『도서출판 행복에너지』 대표이사

노금선 『실버랜드』 원장

박서하 농협은행 지점장

박진서 천안 직산 농공단지 관리단 단장

박현복 대전 유성 한빛아파트 입주자 대표회장

방차석 대전원예농협과일조합장

서태석 천안 성정초등학교 13회 동창회장

선우금 둔산우체국 우편물 발송 대행 대표

송일석 중구문인협회 대전지회 회장

신동호 인문산업 대표

안애란 해오름유통 대표

오욱환 '환' 뮤지션 대표

유미자 꿈나무장학회 회장

육동환 사계절 CC 대표

윤여홍 (주)영 기획 대표이사

이규태 대전 수통골 장수오리 대표

이재현 대성종합개발 대표

이창기 (사)한국걷기운동본부 이사장

이희내 CMB 방송 PD

장윤진 대전재능 시 낭송협회장

정운엽 곰두리 대전 서구봉사단장

정재홍 대전역사문화관장

정재환 한남대학교 교수

조민희 월평1동 우체국장

조은정 기업회생경영사

진수만 『동방떡집』 대표

채재학 『뉴스포르테』 발행인

최영수 (사)도전 한국인 중부본부 회장

최점복 『유성호텔』 피부관리실 원장

한평용 『월간 청풍』 회장

홍정임 대전 명진 서예 캘리그라피 학원장

프롤로그

나는 고난의 베이비부머 세대로 1959년생이다. 어려서부터 암흑 같은 시대를 살아왔다. 또한 부모 복까지 지지리도 없었다. 나의 평생의 한은 60년 이상 이 세상을 살아오면서 단 한 번조차 "엄마" 내지 "어머니"라는 말을 꺼내지 못했다는 것이다. 이유는 명료하다. 따지고 보면 애초부터 어머니는 부재(不在)했기 때문이다. 내가 핏덩이였을 때 어머니는 집을 나갔다. 그리곤 다시는 돌아오지 않았다. 그 바람에 내가 그동안 겪은 고난은 그 어떤 장강(長江)보다 깊다. 그래서 아프다. 하지만 고난을 극복하고 이제는 비교적 평화로운 삶을 살고 있다.

다만, 이 책의 제목 『두 번은 아파봐야 인생이다』에서 말하는 '두 번'은 중의적(重義的)이고 포괄적(包括的) 개념이자 표현이라는 사실을 강조하고자 한다. 세상에 어찌 두 번만 아팠던 삶이 있었겠는가. 따라서 여기서 말하는 '두 번'은 결코 둘⁽²⁾이 아니다. 어쩌면 그의 몇 배 혹은 몇십 배로 확장될 수 있다. 그만큼 나는 이 풍진 세상을 온갖 아픔과 시련, 풍상을 몸으로 부대끼고 극복하며 살아왔다. 그 과정이 너무도 혹독해서 때론 모든 걸 포기하려는 비겁함도 때때로 고개를 쳐들었다.

그래서 물불 안 가리는 청소년기 때는 이 세상의 행복들에게 적개심과 반감을 품으며 반항하고 충돌하기도 했다. 소년가장 시절 부랑배들에게 맞지 않으려고 배운 운동은 비겁하거나 의리가 없는 자를 향한 응징의 수단이라는 일탈 행위로 사용되기도 했다. 그러한 격정과 때론 제어 곤란의 소용돌이를 헤가르다로 극복하게 해준 건 '천사표' 아내였다. 결혼할 때까지는 아무도 나를 사랑하지 않았다. 아내는 모든 부분에서 부족한 나를 보듬고 아껴줬다. 사랑은 정말 힘이 셌다. 나는 시나브로 순한 양으로 변해갔다. 아내는 아들에 이어 딸이라는 소중한 선물까지 내 품에 안겨주었다. 사랑스러운 두 아이는 그때부터 내 삶의 목적으로 우뚝한 지표이자 거울이 되었다. 인성이 좋고 공부도 잘하여 만인이 선망하는 대학과 직장에 들어갔다.

사람은 누구나 행복한 삶을 원한다. 아울러 아프지 않은 삶을 추구한다. 그래서 우리는 인사를 할 적에도 "건강하십시오!"

라는 말을 습관적으로 하는 것이다. 상식이겠지만 건강이 제일이기 때문이다. 그렇지만 우리네 인생사는 그렇게 호락호락하지 않다. 불과 한 치 앞조차 알 수 없는 게 어쩌면 오리무중(五里霧中)이랄 수 있는 인생길이기 때문이다. 또한 인생은 새옹지마(塞翁之馬)와 길흉화복(喜怒哀樂)으로 늘 바뀌게 전개된다. 이외에도 동행하는 것은 당연히 희로애락(喜怒哀樂)이다. 물론 여기서 로(怒)와 애(哀)를 빼고 '희락'만 있다면 오죽이나 좋으랴. 그렇지만 이러한 바람은 원천적으로 성립되지 않는다. 낭패(狼狽)라는 의미처럼 세상사라는 것은 앞다리가 길고 뒷다리는 짧은 따위의 이리(狼,갯과의 포유류)와 같은 당황과 곤혹스러운 상황을 계속하여 만들어내기 때문이다.

예컨대 부자를 꿈꾸며 사업과 장사를 시작했지만 거듭되는 불황과 악재에 속수무책으로 만세를 부르는 경우가 이에 해당한다고 하겠다. 여기에 설상가상(雪上加霜)이 개입하면 더욱 빠져나오기 힘든 고초(苦楚)의 늪이 된다. 더군다나 코로나19 3년 동안 우리는 모두 정말 힘들었다. 연일 거듭되는 코로나 신규 확진자와 위중증 환자, 사망자 수는 국민의 간담을 서늘하게 만들었다. 이의 여파로 자영업자와 소상공인의 몰락과 폐업도 꼬리를 물었다. 이 또한 커다란 아픔이었다. 사람의 건강으로 치면 그야말로 치명상이다. 국외적으로도 예외가 아니었다. 러시아의 우크라이나 침공은 세계적 에너지난과 제반 물가고의 가파른 인상이라는 그야말로 퍼펙트스톰 급 경제위기 공포를 불러왔다. 2023년으로 접어들면서 떠오른 이른바 '난방비 폭탄'은 국민적 화두이자 직격탄으로 대두되었다.

이런 와중에도 북한은 연일 미사일을 쏴대며 핵으로 공격하겠다는 공갈과 협박으로 일관하고 있다. 국방에 대하여 정부와 정치권, 국민 모두 삼위일체로 정신을 똑바로 차리지 않으면 정말 큰일이다. 국방이 허술한 것 역시 사람의 건강으로 치면 치명적 위기 상황이다. 상식이지만 건강을 잃으면 모든 걸 잃는다. 아픔의 종류와 깊이는 이루 말할 수조차 없는 정도를 노정(露呈)한다. 이런 경우는 굳이 멀리서 찾을 것도 없다. 우리의 주변과 이웃을 보면 각종 환자가 넘쳐난다. 고삭부리 아내 역시 언제 터질지 모르는 화약고다. 그만큼 건강이 안 좋다. '종합병원'이라는 별명이 말해주듯 노상 약으로 산다.

그래서 늘 노심초사로 불안하다. 나라도 건강해야 연약한 아내를 건사할 수 있다. 지금이야 밤에도 집에서 잠을 자지만 지난 9년 동안은 그렇게 하지 못했다. 야근을 밥 먹듯 하는 경비원을 했기 때문이다. 야근 때마다 아내 생각에 불안과 초조하기는 이루 말할 수 없었다. 그처럼 좌불안석의 시간을 제어할 목적에 야근 때마다 집필에 몰두했다. 그 결과 4권의 저서가 세상과 만날 수 있었다. 이 책은 나의 65년 지난한 삶의 경험과 그 과정의 험로에서 터득한 나름 지혜의 인생사를 복합하고 직조한 글이다. 그런데 식사할 때 매일 반찬도 한 가지만 있으면 금세 질린다. 그래서 이 책의 독자님들께 기왕이면 골라 먹을 수 있으며 일류 호텔 급(級)의 고급 뷔페답고 푸짐한 버라이어티(variety) 스타일의 읽을거리까지 정성껏 갖추어 드리고자 노력했다.

'chapter 1~4'까지는 인생길의 고진감래(苦盡甘來) 순서를 밟았다. 'chapter 5'는 트로트 열풍 시대에 부응하고자 히트한 우리의 친근한 대중가요를 모티프로 썼다. 'chapter 6'에서는 르네상스 시대에 접어든 우리나라 영화와 외국영화를 각 4편 골라서 글의 소재로 활용했다. 'chapter 7'은 사자성어(고사성어)를 중심으로 했다. 우리말의 단어 중 65% 이상을 한자어가 차지하고 있다. 따라서 한자를 많이 아는 사람일수록, 특히 학생의 경우에는 국어의 이해도에 있어서도 유추하고 파악하는 능력이 높아진다. 베이비부머는 물론이요, 어르신과 학생들까지 다 함께 읽을 수 있도록 신경을 썼다. 끝으로 'chapter 8'에 나오는 글은 내가 연재하고 있는 언론사의 칼럼 중에서 엄선하여 실은 것이다.

또한 8개의 챕터(chapter)로 글을 실은 것은 '칠전팔기(七顚八起)'를 나타내기 위함이다. 일곱 번 넘어져도 여덟 번 일어나면 못할 게 없다는 의지의 표현이다. 다른 책도 마찬가지지만 이 책을 내기 위해 나는 그동안 많은 책을 읽었다. 여기에 20년 글쓰기의 관록과 더불어 열 군데가 넘는 기관과 지자체, 언론사 등에서 시민기자와 칼럼니스트로 활동하며 배양한 경력을 접목했다. 이 책이 많이 부족하긴 하겠지만 특히 대한민국을 오늘날 명실상부 선진국으로 이끌어 온 일등 공신 베이비부머들께 격려가 되길 바란다. 아울러 내가 도전하여 적극 실천하고 있는 기자와 작가라는 새로운 인생 2모작의 건강한 씨앗까지 될 수 있다면 커다란 자부심까지 느낄 수 있을 것이다.

2023년 2월

보문산 해돋이 길에서

목차

프롤로그 · 006

 Chapter 1

아파 봐야 인생을 안다

부산 여행에서 느낀 감격 · 016 / 그리운 할머니 · 020 / 금강은 알고 있다 · 025 / 실업급여 못 받은 이유 · 030 / 아파 봐야 인생을 안다 · 034 / 그러나 아버지를 버릴 수 없었다 · 038 / "정말 미안했다!" · 041 / 미리 쓰는 유언 · 045

 Chapter 2

눈물의 승차권

육십 대 경비원을 울린 곡절 · 052 / 우리 아프지 말아요 · 055 / 뜨겁다고 푸념하지 마라 · 059 / 눈물까지 강요하지만 · 062 / 친정엄마의 일편단심 · 066 / 눈물의 승차권 · 070 / 이태원 포비아 · 073 / 늦은 때란 없다 · 077

Chapter 3

고난은 정류장이다

두 번은 아파봐야 인생이다 · 082 / 고난을 극복하는 길 · 087
/ 건강이 금보다 낫다 · 091 / 2년 반 만에 찾아온 행복 · 095
/ 세상엔 사기꾼이 너무 많다 · 099 / 고난의 인생을 바꾸려
면 · 104 / 기개의 남아 안중근의 재발견 · 109 / 숨은 진주의
발견? · 114

Chapter 4

노력하면 보인다

아내는 딸을 이렇게 서울대 보냈다 · 122 / 경비원에서 '교수님'
으로 수직 상승한 까닭 · 127 / 빵보다 배려 먼저 · 131 / 방송
이 만들어 준 '인생 9단' · 135 / 희망은 배신하지 않는다 · 139
/ 50년 의리에 눈물 펑펑 · 144 / 청춘은 나이가 없다 · 149 /
이젠 그럴 때도 됐다 · 153

Chapter 5

가요(歌謠)는 삶의 힘

이별의 종착역 · 160 / 그 사람 찾으러 간다 · 164 / 가지
마 · 171 / 내 나이가 어때서 · 176 / 산다는 건 · 182 / 아모
르 파티 · 187 / 둥지 · 192 / 홍시 · 197

Chapter 6

영화는 세상을 보는 창(窓)

기생충 · 204 / 비열한 거리 · 209 / 나의 결혼 원정기 · 214 / 만무방 · 220 / 올로투레 · 227 / 메건 리비 · 232 / 연단 · 236 / 베를린의 여인 · 241

Chapter 7

사자성어가 지식을 살찌운다

무신불립(無信不立) · 246 / 토포악발(吐哺握髮) · 250 / 한복공정(韓服工程) · 254 / 과이불개(過而不改) · 259 / 이발지시(已發之矢) · 264 / 득시무태(得時無怠) · 267 / 아멸서존(我滅書存) · 271 / 사불급설(駟不及舌) · 276

Chapter 8

칼럼니스트의 온당한 시선

책은 사서 봐야 · 282 / 성심당이라는 종교 · 286 / 실내화 대신 책이었으면 · 290 / 64년의 한을 풀다 · 293 / 학력과 지력 · 297 / 긍정이 합격을 불렀다 · 301 / 메라비언의 법칙 단상 · 308 / 날이 추워진 뒤에야 알 수 있는 것 · 312

에필로그 · 317 / 출간 후기 · 323

Chapter 1

아파봐야 인생을 안다

부산 여행에서 느낀 감격

　작년 12월에 아이들 덕분에 부산으로 여행을 갔다. 해운대에서 100층 빌딩에 올랐더니 "날씨가 좋은 날에는 일본의 대마도까지 보인다"고 했다. 대마도는 일본 나가사키현에 속한 섬이다. 행정구역상 쓰시마 시(市)로 이루어져 있다. 우리는 흔히 '대마도'라고 부른다. 날이 안 좋아서 대마도는 볼 수 없었다. 요즘 일본을 찾는 한국인이 폭발적으로 늘었다고 한다. 후쿠오카, 오사카, 도쿄 등 일본 주요 관광지마다 한국인 여행객들이 북적이는데 이렇게 한국인 관광객이 폭증하면서 일본 현지 방송사들도 깜짝 놀랐다는 뉴스를 봤다. 일본 관광청은 작년 11월 한 달간 일본을 찾은 여행객 중 한국인이 31만 5천 명으로 1위를 차지했다고 밝혔다. 이는 2위 대만, 3위 미국을 압도하는 숫자였다. 12월에는 이보다도 더 늘었을 것으로 여행업계는 보고 있다고 했다. 비행시간이 짧고, 무엇보다 엔저 현상으로 여행 비용이 싸다는 게 일본을 찾는 가장 큰 이유라고 한다. 젊었을 적에 호텔리어(hotelier)로 근무했다. 유명한 관광지의 호텔이었는데 일본인 관광객이 많이 찾았다.

그들은 씀씀이도 컸다. 당시 엔화로 팁을 주면 그 액수가 상당했다. 그즈음 일본은 살기 좋은 나라였다. 반면 우리는 살기가 팍팍했다. 그런데 영원한 건 없다더니 그 말이 맞았다. 유엔산업개발기구에서는 제조업 경쟁력을 분석해서 국가마다 순위를 발표한다. 이를 '세계 제조업 경쟁력 지수'라고 하는데 이에 따르면 1990년에 한국은 17위, 일본은 2위였다. 그러나 2018년 기준으로는 한국이 3위로 올라간 반면 일본은 5위로 떨어졌다. 통쾌한 반전이자 역전이었다. 요즘 젊은이들 사이에서 유행하는 말이 "나만 일본 못 가나 봐"라고 한다. 대학원 동기들이 2박 3일 일정으로 일본 여행을 구상 중이다. 하지만 나는 여유가 안 되어 갈 수 없다. 그야말로 화중지병(畵中之餠)이다. '그림 속의 떡'이라는 뜻이다. 바라만 보았지 쓸모가 없음을 나타낸다. 어찌 감히 그런 마음을 품을 수 있겠냐는 뜻으로, 전혀 그런 마음이 없(었)음을 이르는 말인 언감생심(焉敢生心)과 비슷하다. 그렇다고 해서 섭섭하거나 안타까울 정도로 마음이 쓰리다는 좁은 생각에 수박(수박하다=붙잡아 묶다)된 건 아니다. 하루라도 글을 쓰지 않으면 못 견디는 성격인 나는 지금 또 다른 신간 저서의 집필에 몰두하고 있기 때문이다. 일본 여행은 못 가지만 대신 '일본'을 멋지게 치를 생각이다. 출간 작업의 마무리 '일'을 '본'때 있게 하겠다는 의지의 표현이다. '본때'는 무언가의 본보기가 되거나 내세울 만한 것과 아울러 맵시나 모양새를 나타낸다. 정말 멋진 베스트셀러를 만들어 출판사에서 받는 인세만으로도 넉넉하게 아내와 부부 동반 일본 여행을 딱 일주일만 한다면 참 좋겠다. 홋카이도의 온천을 즐기고 도쿄 타워에도 오르고 싶다.

해운대에서는 아들이 예약한 특급호텔에서 잤다. 아들과 딸이 별도로 용돈을 넉넉하게 보내줘서 모처럼 여유가 있었다. 그럼에도 우리 부부는 호텔 안에 비치되어 있는 음료나 맥주를 단한 병도 건드리지 않았다. 왜? 가격이 무서웠다. '돈도 써본 놈이 잘 쓴다'고 평소 돈을 잘 벌 줄도, 그래서 쓸 여력이 없는 서민이었기에 당연한 현상이었다. 대신 우리는 이튿날 새벽에 근처의 해운대 전통시장을 찾았다. 마침맞게 광안리해수욕장에서 열리는 부산불꽃축제를 구경하려고 온 많은 사람으로 붐볐다. 인근의 식당에 들어가 아내는 뼈다귀 해장국, 나는 육개장을 먹었다. 다시 호텔로 돌아와 침대에 누웠다. 안락한 쿠션이 전신을 감쌌다. 아이들을 잘 둔 덕분에 호강하는구나 싶어 행복했다. 그건 정말 화양연화(花樣年華)의 감격이었다. 새삼 아이들이

고마웠다. 지금 생각해도 내가 이 세상을 살아오면서 잘한 건 딱 두 가지라고 생각한다. 그건 아내를 잘 만난 것과 효자 아이들을 뒀다는 것이다. 그런데 지난 세월은 결코 그렇지 않았다. 온갖 풍상이 난분분했다.

> "우리는 자기가 행복하게 되기 위해서보다는 자기가 행복하다고 다른 사람들이 믿게 만들기 위해 애쓴다"
>
> – 프랑수아 드 라로슈푸코, 프랑스 작가

그리운 할머니

    작년 가을이었다. 그날도 일을 마치고 돌아오니 대전시조시인협회에서 보낸 소포가 와 있었다. 제37회 한밭시조백일장에서 수상한 작품을 모은 『수상 작품집』이었다. 여기에 실린, '할머니'를 주제로 한 나의 글에서도 드러난 할머니는 당시 같은 동네서 사셨던 유모 할머니였다. 비정한 어머니는 핏덩이였던 나를 버리고 떠났지만, 천사표 할머니는 기꺼이 나를 거두어 키워주셨다. 나는 어머니를 너무도 일찍 잃었다. 따라서 지금도 어머니의 모습은 꿈속에서조차 꿀 수 없다. 적막강산의 홀아비가 된 아버지께선 같은 동네의 할머니께 나의 양육을 부탁하셨다. 애면글면 혼자 사셨던 유모 할머니께서는 나를 친손자 그 이상의 사랑으로 길러주셨다. 돈을 벌러 객지로 떠돈 아버지는 가뭄에 콩 나듯 집에 오셨다. 가난이 덕지덕지 붙어있던 초가집에서 살았던 할머니는 꽁보리밥도 귀하여 툭하면 수제비를 만들어주셨다. 아내는 과거의 '가난한 음식' 상징이기도 했던 수제비를 먹지 않는다. 심지어 라면도 안 먹는다. 밀가루라면 신물나고 징그럽단다. 그래도 나는 여전히 수제비가 좋다.

마실(이웃에 놀러 다니는 일)을 가셨다가도 꼭 먹을 것을 챙겨 나의 입에 물려주셨던 할머니… 뭘 잘못 먹은 탓에 배가 아플 적에도 "할머니 손은 약손~"이라며 배를 어루만져주시면 마치 화타(華佗 = 중국 한나라 말기의 의사로 편작과 더불어 명의를 상징하는 인물로 꼽힌다)의 손처럼 신통방통 금세 낫던 그 시절이 먼 추억의 그림으로 우뚝하다. 그래서 지금도 아플 때면 할머니가 더욱 보고 싶다.

물론 할머니의 손보다 엄마의 손이었더라면 금상첨화였으리라. 가수 조항조의 히트곡인 〈정녕〉을 즐겨 듣는다.

"당신은 나에게 할 말이 없나요 아직도 나는 할 말이 많은데 당신에 눈에 한 방울 눈물이 이별에 진실인가요 사랑은 정녕 무엇인가요 가슴 하나 태우면 그만 인가요 이별은 정녕 무엇인가요 또 다른 만남의 시작인가요 돌아서는 그대 마지막 눈물에 나는 바람 되어 웁니다"

어머니를 지금이라도 만날 수 있다면 이 노래를 부르면서 엉엉 울고 싶다. 그러면서 이렇게 절규하고 싶다. "엄마~ 엄마는 그동안 나한테 미안하지 않으셨나요? 당신은 정녕 나에게 할 말이 없나요!" 사람은 아무리 늙어도 엄마는 항상 그리운 법이다. 여기에서 나라고 해서 예외가 될 수 없음은 물론이다.

『월간 샘터』에서 더욱 필명을 떨쳤던 동화작가 정채봉은 「엄마가 휴가를 나온다면」이라는 글에서 독자의 심금을 흠씬 울렸다.

"하늘나라에 가 계시는 엄마가 하루 휴가를 얻어 오신다면 아니 아니 아니 아니 반나절 반 시간도 안 된다면 단 5분 그래, 5분만 온대도 나는 원이 없겠다. 얼른 엄마 품속에 들어가 엄마와 눈맞춤을 하고 젖가슴을 만지고 그리고 한 번만이라도 엄마! 하고 소리 내어 불러보고 숨겨 놓은 세상사 중 딱 한 가지 억울했던 그 일을 일러바치고 엉엉 울겠다."

나도 마찬가지다. 사람은 누구나 생로병사의 길을 간다. 언젠가 내가 죽어 저세상에 가면 할머니를 만날 것이다. 그럼 이렇게 일러바치며 통곡을 하고 싶다. "할머니 ~ 저, 이 험한 세상을 맨땅에 헤딩하듯 사느라 정말 외롭고 힘들었어요. 그렇지만 누구 못지않게 열심히 살았습니다. 저 좀 안아주고 위로해 주세요!"

세월은 여조과목(如鳥過目. 새가 눈앞을 날아 지나간다는 뜻으로, 세월이 빨리 지나감을 이르는 말)하여 나도 화수지노(華首之老. 흰머리의 노인) 할아버지가 된 지 오래다. 하루에 먹는 약이 반 주먹도 넘는다. 그렇지만 할아버지가 된 즐거움도 크다. 지난 설날에는 아들네와 딸네 식구도 모두 와서 너무 행복했다. 코로나 때문에 3년 만에 다 모인 것이다. 손주의 재롱에 흠뻑 취한 아내의 넉넉한 미소도 보기 좋았다. 여기서 늙음과 연관된 어쭙잖은 시조를 한 편 올린다.

미부선로(未富先老)

친구가 전화했다 술 한 잔 나누자고
그러세 오늘 마침 정중동 한가하여
여태껏 글만 썼다네 마침맞게 권태감

열일곱 너무 일찍 술 배워 지금까지
마셔댄 술병 세면 아파트 몇 채쯤은
순식간 셈으로 도출 그러고도 지금껏

술탐이 여전하니 이야말로 깽비리[01]

그러니 미부선로[02] 뉘라서 막을 소냐

마음은 부자란 따위 허장성세 끝판왕

"지랄, 이제 좀 놀아 볼라 치니 다 늙어버렸네"

– 출처 미상

---

01 깽비리 : 하잘 것 없는 사람

02 미부선로 : 부자가 되기 전에 늙어버린다

금강은 알고 있다

"비 오는 낙동강에 저녁노을 짙어지면 흘려보낸 내 청춘이 눈물 속에
떠오른다. 한 많은 반평생에 눈보라를 안고서 모질게 살아가는 이내 심
정을 저 강은 알고 있다."

국민가수라는 수식어조차 부족하여 '엘레지의 여왕'으로 군
림하고 있는, 노래 인생 60년을 맞은 이미자의 히트곡 중 하나
인 〈저 강은 알고 있다〉이다. 이 노래는 1965년에 발표되면서
히트했고 이듬해에는 영화로도 만들어졌다고 한다. 이 노래를
처음으로 듣던 날은 공교롭게 친구가 극단적 선택으로 이승을
저버린 사건으로 말미암아 기분이 몹시 침잠된 날이었다. 가뜩
이나 멜랑콜리(melancholy)하던 차였다. 귀에 쏙쏙 들어와 꽂히는
가사는 바로 나를 비유하는 노래였다. 나는 이 노래를 들으며
한참을 오열했다. 어쩜 저렇게 내 슬픈 마음을 드러낼 수 있단

말인가! 물론 나에게 더욱 적확하게 들어맞자면 '비 오는 낙동 강에'가 아니라 '비 오는 금강에'가 적합하지만. 어쨌든 지금도 저녁노을이 짙어지면 이따금 금강으로 흘려보낸 내 청춘이 눈 물 속에 떠오르곤 한다.

금강은 충청권을 적시는 강이다. 그렇다. 나는 고향이 충청 도다. 그런데 지난 내 청춘은 고통과 슬픔의 이중주였다. 먼저, 얼굴조차 알 수 없는, 사진 한 장 남기지 않고 떠난 어머니는 나를 심학규의 딸 심청과 다름없는 극난(極難)의 처지로 내몰았 다. 절해고도에 위리안치(圍籬安置)된 듯한 절망과 외로움은 당연 한 다음 수순이었다. 나이가 차 초등학교에 입학했다. 가정환 경은 어려웠지만, 공부는 썩 잘했다. 줄곧 1등을 달렸다. "엄마 도 없는 놈이 공부 하나는 정말 잘하네!"라는 소문이 꼬리를 물 었다. 하지만 거기까지였다. 등록금이 없어 중학교에 갈 수 없 었다. '없는' 건 비단 이뿐만 아니었다.

진작 알코올에 포로가 된 아버지는 아들의 교육엔 전혀 관 심이 없었다. 아들에 대한 최소한의 미안함과 아버지로서 자식 을 가르치지 못한다는 죄책감 역시 발견할 수 없었다. 아버지 가 찾는 것은 오로지 독한 술뿐이었다. 굶어 죽을 수는 없었기 에 소년가장으로 나섰다. 구두닦이, 신문팔이, 행상 등 갖가지 힘든 생업으로 겨우 밥을 먹을 수 있었다. 고륜지해(苦輪之海)의 세상살이가 너무 힘들어서 때론 아무렇게나 일탈도 하고 싶었다. 그래서 밤마다 권투도장(拳鬪道場)을 찾아 복싱을 배웠다. 운동을 배우자 근거 없는 자신감이 무럭무럭 배양됐다. 그동안 툭하면 나까지 괴롭혔던 구두닭이 왕초이자 오사리잡놈(온갖 못된 짓을 거침없이 하는 사람)이었던 양아치부터 순식간에 평정했다. 이후 질풍노도(疾風怒濤) 시기에 지금의 천사표 아내를 만났다. 외모와 속정까지 100점 만점이었기에 부부의 연을 맺었다. 두 아이가 태어나면서 외로웠던 내 마음에도 비로소 환한 등대가 생겼다.

나는 비록 못 배웠지만, 아이들만큼은 잘 가르치마고 이를 악물었다. 자녀교육은 이 험한 세상을 거뜬히 살아갈 수 있는 평생 튼튼한 그물이라는 것을 나는 진작부터, 그것도 누구보다 뼈저리게 간파했기 때문이다. 줄탁동시(啐啄同時)의 노력 덕분이었을까… 둘 다 명문대를 갔고, 직장도 탄탄하다. 아이들이 결혼하여 선물한 손주는 내 삶의 커다란 비타민이다. 작년 여름, 아들 내외와 손주도 함께 피서를 다녀왔다. 아들이 운전하는 차가 금강 상류를 연어처럼 거슬러 오르고 있었다. 술을 한잔 마셨던 때문이었을까, 불현듯 〈저 강은 알고 있다〉 노래가 다시 떠올랐다.

"밤안개 깊어가고 인적노을 사라지면 흘러가는 한세상이 꿈길처럼 애달프다 오늘도 달래보는 상처뿐인 이 가슴 피맺힌 그 사연을 서러운 사연은 저 강은 알고 있다"

인생은 극구광음(隙駒光陰)이라더니 내 나이도 어느덧 '7학년'을 향해 질주하고 있다. 언제까지 살 수 있을지 모르겠다. 그렇지만 앞으로 남은 인생은 그동안의 상처뿐인 가슴에서 벗어나고자 한다. 아울러 비록 아무리 어려웠지만 비겁하지 않고 당당하게 살아왔던 남다른 내 삶의 이정표에 이제는 박수를 보내고 싶다.

어머니가 없었던, 그래서 겪어야만 했던 온갖 풍상과 상처만발의 서러웠던 지난 사연은 반면교사의 지혜를 빌려 전화위복의 결과로 치환했다.

1. 나는 죽는 한이 있어도 가정을 온전히 지키겠다.
2. 아이들에게는 사랑과 칭찬만 주겠다
3. 주변 사람들에게는 내가 손해를 보더라도 민폐를 끼치지 않겠다.

이 세 가지가 나의 또 다른 생활신조였다.

저 강, 금강은 그 사실을 다 알고 있다. 그래서 오늘도 저렇듯 나를 포용하며 평탄하게 흐르고 있는 것이다.

"세상의 그 어떤 것도 집요함을 당할 수는 없다."

— 잭 포스터, 미국 광고인

실업급여 못 받은 이유

　잠시 전 〈홍경석 작가의 신입 기자 교육자료〉를 완성했다. 1시간 분량인데 5일이 걸렸다. 그만큼 신중에 신중을 기한 때문이다. 내가 시민기자단 단장으로 있는 모 기관에서 조만간 신입 기자 교육이 있다. 여기서 내가 또 강의를 하는 것이다. 20년 동안 축적한 나만의 특화된 글쓰기 노하우를 몽땅 전수해 줄 작정이다. 그 자리에서 나는 5가지 키워드를 쏟아낼 것이다. 먼저, 20년 시민기자 경력으로 저서 5권(올해 기준)을 발간한 비결부터 피력할 요량이다. 또한 올해 창간 72주년을 맞은 굴지의 언론사에서 8년째 부동의 칼럼니스트로 활동하고 있는 저변을 알릴 참이다. 이어선 '기자로 활동하면 좋아지는 것들'을 주제로 열변을 토할 것이다.

다음으론 '어떻게 쓸 것인가'와 '항상 뉴스를 발굴하라', '어떤 글이 돋보이는가?'로 이어진다. 나는 2020년까지 빌딩 경비원으로 일했다. 그러면서도 줄곧 글을 써왔다. 아울러 순찰을 할 때면 강사가 되어 열변을 토하는 버릇을 들였다. 기자와 작가에 이어 강사가 나의 꿈이었기 때문이다. 간절하면 이뤄진다고 했던가. 마침내 숙원(宿願)의 꿈을 이루게 되었다. 신입기자의 교육은 물론이고, 작년에는 한남대학교에서도 강의를 했다. 적지 않은 강사료를 받아 아내에게 줬다. 아내의 입이 귀에 가서 붙었다.

강사로 진출하기 위한 교두보는 진작부터 놓아왔다. 강사가 어떻게 강의를 해야 청중이 매료되는지를 파악하고자 일부러 강사 초빙 전문기관에서 1년간 시민기자를 했다. 그 결과 강의를 정말 잘하는 사람, 그저 그런 사람, 나보다도 못한 사람이란 3분법을 발견했다. '내가 저 자리에 섰다면 이렇게 했을 것을…'이라는 시나리오를 마음속에 무시로 썼다. 나는 못 배운 무지렁이다. 하지만 만 권의 책을 읽고 인생 역전을 이뤄냈다. 자녀교육에도 성공했기에 출판사에서도 흔쾌히 책을 내줬다. 출판비 한 푼 안 받고 출간해 준 까닭은 나의 특이하고 파란만장한 인생 스토리텔링을 높이 평가해 준 덕분이다.

    2020년에 직장을 그만둔 까닭은 새로 온 직장 상사의 의도적 갑질이 원인이었다. 자신보다 못 배웠고 직급도 아래인 내가 실은 두 아이가 명문대 출신이라는 데서부터 배알이 꼬였던 것이다. 뿐이던가, 다수의 저서 발간도 모자라 시민^(객원)기자로 필력까지 날리고 있었으니 어찌 배가 아프지 않았겠는가. 이미 밝혔지만 나는 10대 때 복싱을 배웠다. 못된 사람을 만나 참다 참다 인내의 자물쇠가 풀리면 불의의 일격이 나가곤 했다. 나는 상대방의 급소를 정확히 알고 있다. 아무리 천하장사일지라도 세 방이면 '단번에 간다'. 2020년 가을에 그 못된 직장 상사와 최악의 지경까지 갔다. 인내의 판도라 상자 뚜껑이 열리려 할 즈음, 손자와 손녀가 아른거렸다. 앗, 맞아! 참아야 해! 아무리 걸레부정^(걸레같이 너절한 사람을 비유하는 말)이라곤 하되 그자를 때리고 경찰서나 교도소까지 가게 된다면 그게 무슨 개망신이란 말인가. "너 보기 싫어서 차라리 내가 나가마!" 그 바람에 실업급여 한 푼도 받지 못했다. 그렇지만 후회는 없었다. 그보다 더한 고난과 아픔이 어디 한두 번이었던가. 믿었던 도끼에 발등 찍혀 지인에게 사기를 당하기도 다반사였다. 자책의 홧술에 몸을 버려 입원하기까지 했다.

그렇긴 하더라도 '고통 없는 사람은 글을 쓸 수 없다'는 게 나의 지론이다. 그만큼 나는 고통의 질곡을 점철해 왔다. 그리고 극복했다. "단장님 덕분에 글 쓰는 실력이 일취월장했습니다." 올부터 시민기자로 합류한 기자들의 입에서 나의 강의를 듣고 나서 이런 칭찬이 나왔으면 좋겠다. 강사에게도 칭찬은 보약이다.

"많은 사람들이 뒤늦게야 이해하는 진실은, 고통을 피하려록 더 고통스러워진다는 것이다. 다칠까 두려워하는 만큼씩 더 작고 하찮은 것들까지 당신을 괴롭히기 시작할 것이기 때문이다."

— 토마스 머튼, 프랑스 작가

아파 봐야 인생을 안다

"덕분에 지금까지 강연 요청이 쇄도해요. '4전 5기' 정신, 네 번 쓰러
졌다가 다섯 번째 일어서서 죽기 살기로 승리를 일궈낸 비결을 들려
달라고."

2022년 11월 26일 자 조선일보 『아무튼 주말』에 "포기하고
싶을 때, 1회전만 더 뜁시다… 기적이 펼쳐집니다"라는 제목으
로 나의 제1 롤 모델이자 불멸의 영원한 챔피언 홍수환 님의 기
사가 실렸다. 반가운 마음에 그 내용을 냉큼 캡처하여 나의 블
로그에 싣고 카톡으로 홍수환 님께도 보내드렸다. 금세 답신이
왔다. 사람에게는 누구나 롤 모델(role model)이 존재한다. 롤 모델
은 자기가 해야 할 일이나 임무 따위에서 본받을 만하거나 모
범이 되는 대상을 의미한다. 전설의 복싱 세계 챔피언 홍수환
님이 나의 '제1 롤 모델'이다. 과거에 나는 사실 골비단지(몹시 허

약하여 늘 병으로 골골거리는 사람을 속되게 이르는 말)의 불우하고 힘든 처지의 사면초가(四面楚歌) 청소년이었다. 하지만 지금도 여전히 한국 프로복싱 역사의 신화로 남은 명장면이었던, 1977년 11월 27일 세계복싱협회(WBA) 주니어페더급 초대 챔피언 결정전에서 홍수환 선수가 기적을 일궈내면서 단박 나의 롤 모델로 등극했다. 홍수환 선수는 2라운드에서만 4번 쓰러지고도 3라운드서 상대를 KO로 눕히고 챔피언 벨트를 차지했다. 기사를 좀 더 살펴본다.

"(전략) 20년간 관공서, 대기업, 군부대 등에서 1,300여 회 강연하며 '입담'으로도 명성을 얻었다. (중략) "강연하면서 제일 많이 받는 질문이 어떻게 4번을 일어났느냐는 거예요. 답은 늘 똑같아요. 내가 저놈을 이기기 위해서 얼마나 열심히 연습했는데 이렇게 질 수는 없다는 거죠. 연습을 안 한 놈은 '안' 일어납니다. 일어나봤자 질 것 같으니까. 우리가 인생을 살아도 '못' 일어나는 인생을 살아야지, '안' 일어나는 인생을 살면 되겠어요?"

어느 날인가는 모 명강사의 "꿈꾸고 상상하라"라는 주제의 명강의를 들었다. 강의의 핵심은 어떠한 문제에 봉착하면 포기하지 말고 '왜?'와 그 의문에 대한 '해법'을 연구하라는 것이 골자였다. 홍수환 선수가 '4전 5기'의 신화를 쓰면서 영웅으로 등극하는 모습을 보고 나는 즉시 복싱을 배웠다. 덕분에 지금도 건강을 유지하고 있다. 위에서 홍수환 님이 나의 '제1 롤 모델'이라고 고백했다. 그럼, 제2의 롤 모델은 또 있을 터. 그는 바로 나처럼 경비원 출신의 세계적 작가인 스티븐 킹이다.

그의 대표작이 영화로도 성공한 〈쇼생크 탈출〉이다. 홍수환 님의 말씀처럼 '내가 저놈을 이기기 위해서 얼마나 열심히 연습했는데 이렇게 질 수는 없다는 거'는 나의 또 다른 신앙이다. 나는 오늘도 글을 쓴다. 더불어 다시금 출간하고자 하는 책 쓰기도 병행하고 있다. 반드시 베스트셀러를 만들 것이다! 그래서 전국을 무대로 하는 강연에서도 '인생 9단'이 되는 게 꿈이다. 연습을 안 한 놈은 '안' 일어나지만 나는 20년 동안 끊임없이 일어난 집필의 오뚝이였다.

존경하는 영원한 챔피언 홍수환 회장님은 취재 과정에서 몇 번 뵈었다. 작년 11월 28일 유성 계룡스파텔에서 『챔피언 홍수환 신화창조 4전 5기 45주년 기념 및 도전 한국인 대전 시상식』이 준비되었다. 그 자리에서 주인공인 홍수환 회장님을 다시 뵙고자 했으나 워낙 바쁘신 분이어서 아쉽게도 못 오셨다. 나는 그 자리에서 과분하지만 '도전 한국인 상'을 받았다. 우리네 인생은 누구나 아픔을 겪는다. 그런데 아파 봐야 인생을 안다.

종합편성채널 TV조선의 최고 흥행작이 〈미스 트롯〉과 〈미스터 트롯〉이다. 여기서 탄생한 스타 가수들은 하나같이 갖은 고생을 다 겪었다. 그렇지만 그들에겐 "반드시 성공한다!"는 야무진 꿈이 있었다. 나도 그랬다. 홍수환 선수가 2라운드에서 4번이나 쓰러지고도 3라운드서 오뚝이처럼 벌떡 일어나 상대를 KO로 눕히지 않았던들 오늘날의 영광은 결코 존재할 수 없었다.

> "인생은 하나의 치명적 통증이며 아주 전염성이 강한 통증이다."
>
> – 올리버 웬델 홈스, 미국 대학교수

그러나 아버지를 버릴 수 없었다

    병마와 고군분투했던 숙부님께서 작년에 끝내 영면하셨다. 개인적으로 친아버지에 다름 아니었던 분이셨다. 장례를 위해 충남 홍성군 금마면 금마로 516번길 85에 소재한 홍성추모공원을 찾았다. 홍성추모공원은 '장례부터 봉안까지 원스톱 서비스'를 표방하고 실천하는 곳으로 소문이 짜한 곳이다. 부지면적은 111,836m2이며 5실의 빈소와 조문객실 5실, 안치실 4기, 염습실 1개소 외에도 식당과 매점까지 갖추고 있었다. 우리 가족이 제일 먼저 찾았으나 다른 유족들도 잇달아 도착했다. 안치실의 여기저기서 오열이 쏟아졌다. 참았던 눈물이 견딜 수 없는 전이현상으로 이어졌다. 슬픔을 제어할 요량에 밖으로 나와 홍성추모공원 경내를 걸었다. 잘 가꿔진 정원과 산책길은 주변의 풍광과도 잘 어울려 안성맞춤, 아니 '홍추('홍성추모공원'의 약칭)맞춤'이었다. 더불어 삶의 겸허함을 교훈으로 안기기에도 부족함이 없었다. 홍성추모공원에서 느낀 삶의 태피스트리(tapestry)는 많았다.

　사람은 십인십색(十人十色)이듯 그가 세상을 살아온 과정 또한 각양각색과 천차만별이다. 아버지께서 이 세상을 떠나신 지도 어언 40년에 육박한다. 무모(無母)와 빈곤(貧困), 불학(不學)이라는 세 가지 부채만을 남기고 가셨다. '덕분에' 이를 악물고 살아왔다. 주변에서 "자식농사에 성공했다"며 부러워한다. 작가와 기자로도 나름 입신양명(立身揚名)했다고 생각한다. 하지만 늘 그렇게 허기가 졌다. 그것은 '화해의 강'을 건너지 못한 때문이었다. 아버지와 숙부님께서는 생전에 화해(和解)를 이루지 못했다. 나 또한 지금껏 어머니와 화해를 도출하지 못했다. 아니 '안했다'는 표현이 솔직하다. 육십 년이 넘도록 어머니는 여전히 증오의 대상이다. 세상에 자신의 배에서 태어난 핏덩어리를 버리고 떠난 엄마가 대체 무슨 엄마 자격이 있단 말인가… 하긴 쇠도 녹일 만치 무서운 그 증오심이 어쩌면 나를 이 풍진세상을 그나마 견디며, 극복하고 살아오게 한 원천이긴 했다. 어머니는 아버지와의 불화로 나의 생후 첫돌 무렵 가출했다. 그것도 영원히!

　아버지는 충격을 받아 정상적인 삶을 포기했다. 아버지는 얼추 평생을 알코올에 붙잡혀 사셨다. 공부를 썩 잘 했던 아들마저 포기한 당신이었다. 그러나 나는 그런 아버지를 결코 버릴 수 없었다. 그럼 천벌을 받을 게 뻔했다. 중학교 진학 대신 고향 역전에서 소년가장으로 갖은 고생을 했지만, 아버지에 대한 측은지심(惻隱之心)과 효도만큼은 허투루 방기하지 않았다. 그러한 시종일관의 실천이 '자녀 성공'이란 선과(善果)로 나타났다고 믿는다. 장례의 끝부분에서 망자와 끝으로 하고픈 말을 하라는 장례지도사의 조언이 있었다. "작은아버지, (저세상에서 만나게 될) 제 아버지와 이젠 화해하세요." 그러면서 한참을 흐느꼈다. 화해(和解)는 사람이 살아가는 데 있어 꼭 필요하다. 이 풍진세상을 살아가자면 반드시 감동이 필요하다. 진실된 화해가 그 디딤돌 역할을 한다. 또 다른 화해(火海)는 넓은 지역이 온통 불길에 휩싸여 있는 것이다. 그래서 위험하다. 따라서 여기에도 화해(和解)의 물길이 반드시 필요하다. 그래서 이제는 어머니도 용서하고 싶었다. 홍성추모공원에서 인생은 누구나 생로병사를 가는 나그네라는 평범한 사실을 또 다른 배움으로 얻었다. 살아있을 때 가족을 더 사랑하고 더 배려하는 게 진정한 행복이다. 용서할 힘이 없는 자는 사랑할 힘도 없다.

> "지금 용서하지 못한 사람이 있다면 나를 위해 용서하세요. 철저히 나를 위해."
>
> – 혜민스님

"정말 미안했다"

#1

눈물은 눈알 바깥면의 위에 있는 눈물샘에서 나오는 분비물이다. 우리가 의식하지 못하지만 늘 조금씩 나와서 눈을 축이거나 이물질을 씻어 내는 데 도움을 준다. 자극이나 감동을 받으면 더 많이 나온다. 그런데 눈물은 대략 아픔이나 감격할 경우에 더 많이 분출된다. 처음으로 눈물과 만난 것은 초등학생 때였다. 급우와 또래들은 다 있는 엄마가 나에겐 없었다. "엄마 없는 아이"라는 꼬리표와 주홍글씨가 각인되었다.

지금은 어버이날이지만 당시엔 5월 8일이 어머니날이었다. 이날이 되면 급우들의 어머니들이 고운 옷으로 치장하곤 교실까지 점유했다. 하지만 나에겐 아무런 의미가 없는 날이었다. 요란스럽게 어머니날 행사가 치러지는 교실을 슬그머니 빠져

나왔다. 학교 뒷동산에 올라 하늘을 올려다봤다. 구름도 엄마가 앞장서고 아이들 구름이 우르르 몰려가는 모양새였다. 그렇지만 나에겐 해당하지 않았다. 나도 모르게 눈물이 주르르 흘렀다. "울 엄마는 도대체 이 세상 어디에 있는 것일까? 나한테 조금이라도 미안했다면 최소한 한번쯤이라도 날 찾아왔어야 그게 바로 엄마의 도리 아닐까?"

#2

딸이 고등학생이 되었다. 돈이 없었기에 사교육을 시켜줄 수 없었다. 그랬어도 성적은 늘 최상위권이었다. 고맙고 미안한 마음에 고교 재학 3년 동안 아침 등굣길엔 동반자로, 저녁 하굣길엔 정류장으로 마중을 나갔다. "오늘은 뭘 배웠니?", "아빠가 맛난 떡볶이 만들어줄까?" 무엇이라도 끄집어내어 대화를 이어 나갔다. 닫혔던 딸의 마음 대화창이 시나브로 활짝 열렸다. 그해 겨울, 두 군데 명문대학에서 딸에게 합격증이 도착했다. 학원 한 번 가지 않았음에도 하늘의 별 따기만큼이나 어렵다는 명문대 합격이라니! 감격하여 눈물이 쏟아졌다.

학교에선 더 난리가 났다. 의대를 가겠다는 딸의 고집을 막아달라는 선생님들의 방문과 회유가 이어졌다. 결국 가까스로 방향을 돌려 딸은 S대로 직항했다. 이어 고교 졸업식 날이 도래했다. 그날 학교서 시상한 이런저런 상의 절반을 딸이 독식했다. 졸업식장이 술렁거렸다. "쟤가 이 학교에서 유일하게 S대학교에 합격한 애라며?", "저 아이 부모는 얼마나 기분이 좋을까!" 그랬다. 나는 그날 너무 행복해서 눈물이 쏟아졌다. "사랑하는 내 딸아. 이 아빠가 못나서 학원 한번조차 보내주지 못한 걸 사과한다. 정말 미안했다!" 이 말은 아들에게도 똑같이 하고 싶다.

#3

내가 중학교를 못 간 설움은 다양한 저서의 독서와 이런저런 만학(晚學)으로 충당했다. 주경야독(晝耕夜讀)의 치열한 공부는 다수의 저서 발행이라는 선과(善果)로 나타났다. 그 책들의 책갈피 마다에는 지난 시절 나의 통한과 눈물이 차곡차곡 담겨있다. 나는 비록 어쩔 수 없이 눈물의 포로 인생이었다지만 아이들에게 만큼은 절대로(!) 그런 아픔의 눈물을 유산으로 물려주면 안 되었다. 비록 낙엽과 잡초처럼 살아왔으되 입때껏 경찰서 한번을 안 갔을 정도로 모범시민의 정도를 걸어왔다고 자부한다. 오늘날 두 아이는 견실한 직장과 안온한 가정에서 나의 분신인 손녀 손자와 함께 아주 행복하다. 이제 내 나이도 어느덧 '6학년

5반'이다. 나 또한 언제 이승을 떠날지 모른다. 언젠가는 저세상에서 어머니도 만날 것이다. 그럼 내가 어머니에게서 꼭 듣고픈 말이 하나 있다. 그건 바로 "정말 미안했다! 나의 불찰로 말미암아 핏덩이였던 너를 버리고 집을 나왔던 이 엄마를 용서해다오."이다. 진정한 눈물은 사람을 무력화시킨다. 엄마의 진솔한 눈물을 보는 순간, 나는 수십 년 동안 쌓였던 분노와 아픔의 상처까지 씻은 듯 치유될 수 있을 듯싶다.

> "분노는 사람들로 하여금 사는 재미를 잃게 만든다."
>
> – 빌리 그래함, 미국 목사

미리 쓰는 유언

2023년으로 해가 바뀐 지 얼마나 됐다고 그 친구는 벌써 갔다. 달력의 첫 장에 그 친구는 영원히 돌아올 수 없는 곳으로 떠났다. 장례식장에 들어서니 고인의 영정 사진에서 친구의 웃는 모습이 보였다. 순간, 터지는 오열을 참을 수 없었다. 나는 통곡했다. "다들 멀쩡한데 왜 너만 먼저 갔니?" 울면서 절을 하자니 앞이 잘 보이지 않았다. 상주에게 맞절을 할 때도 눈물은 그치지 않았다. 망자의 남편과 아들이 절을 마치며 와 주셔서 고맙다고 했다. "당연히 와야지요!" 친구가 투병 생활을 한 지는 얼추 10년도 더 된 것으로 알고 있다. 그동안 얼마나 아팠을까!

갈수록 병세가 악화된 친구는 결국 치매까지 걸려 요양원에서 생을 마감했다고 한다. 어느 누구도 요양병원이나 요양원에서 생을 마감하기를 원하지는 않을 것이다. 하지만 어쩔 수 없는 사유로 인하여 가야만 하거나 보내야만 하는 곳이 바로 노인 의료복지시설인 요양원과 요양병원이다.

　현재 전국의 노인 의료복지시설은 79,382개소(2020년 기준)이다. 노인 요양시설은 2008년에 1,332개소였으나 2019년에는 3,604개소로 270.6% 증가하였다. 또 노인 요양 공동생활 가정은 2019년에 1,939개소로 2008년에 비해 459.5%가 증가되었다고 한다. 지금은 고령사회이다. 노인 인구는 더욱 가파르게 증가하여 멀지 않아 65세 이상 인구가 전체비율의 20%를 넘게 되는 초고령사회가 될 것이라는 보도가 있었다.

　또한 고령인구 비중 및 노년 부양비가 급증하면서 대한민국은 노쇠한 고비용 국가의 길로 가고 있다. 65세 이상 고령 인구는 2020년에 815만 명에서 2040년에는 1,724만 명으로 2배 이상 증가할 예정이라고도 했다. 나도 이 노년인구에 포함되는 세대이다 보니 이러한 뉴스들을 간과할 수 없다.

　올부터 나도 빼도 박도 못하는 '65세 열차'에 올랐다. 딱히 아픈 데는 없다. 어머니가 나를 건강한 몸으로 태어나게 해 주신 부분만큼은 감사를 표하고 싶다.

2023년 1월의 첫째 주에 영면한 친구는 고향의 초등학교 동창이다. 여자 동창 친구였으며 초등학교 때 같은 반을 한 번도 안 했기에 어렸을 적의 추억은 별로 건질 게 없다. 그러다가 나이를 더 먹어 동창회를 하게 되면서 만나기 시작했다. 평소 착하고 소심하며 나설 줄 모르는 성격이었다. 아무튼 거의 10년 전에 초등학교 동창이 가장 먼저 세상을 떠났는데 그 뒤를 따른 것이다. 문상을 마치고 나오니 고향에서 온 초등학교 동창들이 술과 밥을 먹고 있었다. 친구들이 술을 권했으나 한 잔도 안 마셨다. 술을 먹었다가는 필경 만취할 것이고, 그러면 자칫 경거망동으로 이어질 것을 우려했기 때문이다.

사람은 누구나 생로병사(生老病死)의 길을 간다. 삼도천(三途川)은 불교에서 말하는 이승과 저승의 경계에 있는 강이다. '삼도내'라고도 하는데 죽은 지 7일째 되는 날에 이곳을 건너게 된다. 이 내에는 물살이 빠르고 느린 여울이 있어, 생전의 업(業)에 따라 산수뢰(山水瀨) · 강심연(江沈淵) · 유교도(有橋渡) 등 건너는 곳이 세 가지 길이 있다는 데서 붙여진 이름이다.

선량한 사람은 보화가 덮인 다리인 유교도를 건너게 되고, 죄가 가벼우면 잔잔히 흐르는 산수뢰를 건너게 되며, 죄가 무거우면 급류가 흐르는 강심연을 건너게 된다고 한다. 요단강은 기독교에서 말하는 저승의 강을 의미하며, 중음(中陰)은 사람이 죽은 뒤에 다음 생의 몸을 받아 날 때까지의 영혼의 상태로, 중유(中有)라고도 한다. 어쨌거나 사람이 죽는다는 것은 슬프다. 그것도 친구라고 한다면 그 슬픔의 깊이는 바다보다 깊다. 사람은 누구나 바람이 있다. 나도 언젠가는 죽을 것이다. 그렇지만 자다가 죽는 복이라도 누렸으면 하는 바람 간절하다.

말도 안 되는 소리라는 걸 잘 알고 있다. 그런데도 이런 희망을 지니고 있는 까닭은 지난 시절 고생을 너무 많이 했기 때문이다. 인간이 추구하고 원하는 오복(五福)은 수(壽)·부(富)·강녕(康寧)·유호덕(攸好德)·고종명(考終命)의 5가지를 가리킨다.

오복은 첫째가 수로, 인간의 소망이 무엇보다도 장수를 원하기 때문이다. 둘째는 부로, 부유하고 풍족하게 살기를 바라는 간절한 소망이다. 셋째가 강녕이며, 일생 동안 건강하게 살고자 하는 욕망 또한 중요하기 때문이다. 넷째가 유호덕인데, 오래 살고 풍족하고 몸마저 건강하면 그다음에는 이웃이나 다른 사람을 위하여 보람 있는 봉사를 해보자는 것이다. 마지막으로 고종명은 죽음을 깨끗이 하자는 소망으로, 모든 사회적인 소망을 달성하고 남을 위하여 봉사한 뒤에는 객지가 아닌 자기 집에서 편안히 일생을 마치기를 바라는 소망이 담겨 있다.

사람은 누구나 삶과 죽음의 경계에 있다. 나는 가족 모두가 보는 앞에서 죽는 게 소원이다. 그리고 먼저 아내에게 사죄의 이런 말을 하고 싶다. "그동안 이 못난 남편을 만나 고생만 시켜서 미안했소! 또 더 미안하게 당신보다 내가 먼저 가리다." 이번엔 아이들에게 하고픈 유언이다.

　"부족한 이 아빠가 너희들한테 해준 건 없고 되레 폐만 끼치다 가는 구나. 그렇지만 끝으로 부탁을 하나만 더 하마. 혼자 남을 네 엄마한테 니들 남매가 최소한 교대로 최소한 한 달에 한 번은 내려와서 엄마랑 하룻밤씩 자고 가거라. 꼭 부탁한다!"

> "겁쟁이는 죽음에 앞서 몇 번이고 죽지만 용감한 사람은 한 번밖에 죽음을 맛보지 않는다."
>
> ― 윌리엄 셰익스피어, 영국의 극작가

Chapter 2

눈물의 승차권

육십 대 경비원을 울린 곡절

그는 8년째 모 아파트 경비원으로 일하고 있다. 지금은 많이 좋아졌지만 처음엔 정말 힘들었다. 원래 갑(甲)인 아파트 주민들이야 그렇다손 쳐도 정작 문제는 같이 근무하는 을(乙) 신분의 경비원들이었다. 그들은 십인십색의 성품답게 함께 일하는 동료에게 애먼 화풀이를 하는 이도 많았다. 일종의 '수평폭력'이었다. 참고로 수평폭력은 프란츠 파농이 제시한 사회 이론이다. 사회의 계층 사회에서 하류 계층이 상류 계층으로부터 압력과 공격을 받으면서 쌓인 증오 감정을 같은 하류 계층에 풀려는 현상을 의미한다. 예컨대 종로에서 뺨 맞고 한강에서 화풀이한다는 말과 같다.

본질을 찌르지 못하니 다른 쪽에 화풀이를 하는 것이다. 그리고 단순히 화풀이가 아니면 강자의 것을 나눠야 하지만, 그

것을 나누는 것은 리스크(risk)가 크니 약자의 것을 빼앗아 자신의 지분을 올리는 것이라는 개념이다. 아무튼 그래서 경비원 입문 후 많이 힘들었다. 하루에도 열두 번씩 그만두고 싶다는 생각이 파도처럼 밀려왔다. 그러나 가장인 자신만 바라보고 있는 처자 식을 떠올리면 차마 그럴 수 없었다. 더욱 이를 앙(快) 악물고 그런 고통을 극복하자고 마음을 다잡았다. 그렇게 나름 와신상담(臥薪嘗膽)의 경비원으로 오늘도 모 임대 아파트에서 일한다. 하루는 아파트 거주민 할머니께서 부침개를 갖고 오셨다.

"늘 친절하시고 편히 대해 주셔서 고맙습니다. 비도 오고 그래서 부침개를 만들어 봤어요. 맛이 없더라도 성의로 받아주세요." 인사를 드린 후 부침개를 받았으나 그날따라 속이 안 좋아서 먹을 마음은 사실 눈곱만큼도 없었다. 고민하다가 쓰레기통에 버릴까도 생각했다. 하지만 그러면 천벌을 받을 듯싶어 차마 그럴 수는 없었다.

부침개를 둘러싸고 있는 비닐 포장을 뜯었다. 순간, 반전(反轉)이 일어났다. 부침개 바로 밑에는 접혀진 봉투에 담긴 3만 원이 비뚤비뚤 메모와 함께 은거(隱居)하고 있었기 때문이었다. 부침개를 주신 할머니가 직접 쓴 글씨는 그예 육십 대 경비원 아저씨를 울리고 말았다.

"아저씨, 오늘도 힘드시죠? 저도 이 세상을 살아보니 세상사에 안 힘든 건 없더군요. 그렇지만 힘내세요! 사노라면 반드시 좋은 날은 올 겁니다."

그 글을 보면서 경비원은 내가 헛살지 않았다며 펑펑 울었다. 퇴근하여 자초지종을 설명했더니 아내도 덩달아 눈물을 뺐다. 그야말로 '눈물의 승차권'이었다. 이후로 그 경비원은 더욱 주민들에게 바짝 다가가는 견고한 친절 정신을 철옹성으로 정립했다. 물론 당시 할머니에게서 받은 돈 3만 원은 차마 쓸 수 없어 지금도 간직하고 있다. 이상은 어느 날 지인의 친구인 현역 경비원과 두부 오징어 두루치기로 술을 먹으면서 나눈 대화이다. 연전(年前) 그만두었지만 나 또한 경비원으로 생활한 경험이 있다. 그래서 금세 동병상련을 공유했다. 이 풍진 세상을 사노라면 때론 억울한 일도 왕왕 발생한다. 그럴 적마다 "왜 접니까?"라고 적대감을 보이기보다는 "하긴 왜 저라고 아니겠습니까!"라는 순응(順應)의 마인드도 필요하다. 갑질 없는 사회의 착근과 소위 '진상' 아파트 주민이 없어지길 바라면서 이 글을 썼다.

> "모든 문제에는 인내가 최고의 해법이다."
> – 플라우투스, 고대 로마의 희극작가

우리 아프지 말아요

"어이구 아파 죽겠네!" 바로 곁에서 들리는 다른 환자의 고통스러운 신음(呻吟)이었다. 병원의 5인용 다인실 병실은 각 환자마다 커튼으로 가려져 있다. 그러나 워낙 지근거리인지라 심지어는 숨소리까지 들렸다. 특히 심야에는 더더욱이나. 순간, 아들의 말대로 2인용 병실로 옮길 걸 그랬나… 라는 생각이 들었다. 하지만 그 또한 돈으로 연결되는지라 아내는 여전히 손사래였다. 아들이 힘들게 번 돈을 의식한, 엄마의 어쩌면 당연한 논리의 주장이었다. 드라마에서 보면 부자는 마치 대궐처럼 넓은 1인용 병실도 자유롭게 사용한다. 그렇지만 대다수 서민은 그럴 수 없는 게 현실이다. 다른 환자의 힘에 겨운 숨소리가 더욱 가까이 다가왔다. 휴대전화에 이어폰을 연결했다. 마침맞게(?) 양희은의 〈당신만 있어 준다면〉이 흘러나왔다.

"세상 부귀영화도 세상 돈과 명예도 당신, 당신이 없으면 아무 소용이 없죠 세상 다 준다 해도 세상 영원타 해도 당신, 당신이 없으면 아무 의미가 없죠 아무도 모르는 둘만의 세월 이젠 알아요 그 추억 소중하단 걸 가진 건 없어도 정말 행복했었죠 우리 아프지 말아요 먼저 가지 말아요 이대로도 좋아요 아무 바램 없어요 당신만 있어 준다면 당신, 당신, 나의 사람 당신만 있어 준다면 ～"

순간 나도 모르게 눈물이 주르륵 흘러내렸다. 그것은 어떤 죄책감과 회한이 복합된 당연한 귀결이었다. 그동안에도 고삭부리였던 아내가 모 대학병원에 입원한 건 작년 가을이었다.

입원 이튿날 수술을 받았다. 노심초사하면서 병구완에 최선을 다했다. 그런데 문제는 24시간 아내와 함께 할 수 없다는 현실적 제한이었다. 직장에 나가야 하고, 귀가해서는 빨래도 해야 하는 등 졸지에 '홀아비'가 되고 보니 할 일이 태산이었다. 오래전 아내가 병원에 입원했을 때도 똑같은 고난의 시기를 경험한 적이 있다. 당시에도 절감했지만, 사람에게 있어 건강처럼 중요한 건 또 없다.

쥐뿔도 없는 빈가(貧家)의 장손에게 시집온 지 어언 42년. 무능한 가장 때문에 입때껏 한 번도 호강 한 번 누린 적이 없는 가련한 아내는 그저 속절없이 늙고 병까지 들었다. 그렇지만 아내는 한 번도 이처럼 부족한 남편을 원망하거나 폄훼하지 않았다. 되레 두 아이를 보란 듯 잘 길러 주변의 칭찬과 부러움이 여전히 무성하다. 그날도 평소와 달리 새벽 2시도 안 돼 일어났다. 밤새 아내는 또 얼마나 지독한 통증에 시달렸을까… 퇴원 때까지 금식이라는데 먹지 못하는 그 간절함은 뉘라서 알까… 달랑 둘이 살던 집에서 아내가 부재중이고 보니 무기력증에 빠지는 건 남편이라고 해서 예외가 될 수 없었다.

뭐라도 한술 떠야 또 일을 나갈 수 있다. 그렇지만 식욕을 잃은 지 오래인지라 라면 따위로 대충 때우고 있었다. 냉장고를 열어보니 냉동된 밥이 수북했다. 남편이 툭하면 지인과 밖에서 밥 내지 술을 먹고 오는 날에도 아내는 항상 내가 먹을 분량의 밥을 짓고 기다렸으리라. 그러면서 아내는 무슨 생각을 했을까? 갑자기 눈시울이 뜨거워지면서 다시금 아내가 가여웠다.

냉동실의 해동한 밥에 물을 넣어 끓인 뒤 깻잎장아찌로 대충 배를 채우기로 했다. 따지고 보면 깻잎장아찌 역시 어쩌면 그날과 같을 때 먹으라고 선견지명(先見之明)을 지닌 아내가 만들어 둔 '비상식량'이었을 게다. 깻잎장아찌를 먹는데 주책없이 또 눈물이 났다. 여보~ 세상 그 어떤 부귀영화도, 돈과 명예도 당신이 없으면 아무 소용이 없더군요. 이대로도 좋아요. 당신만 내 곁에 있어 준다면 아무 바람 없어요. 부디 하루빨리 훨훨 털고 일어나시구려! 당신의 빈자리가 너무 크구려. 나의 간절한 기도 덕분이었을까⋯ 아내는 며칠 후 퇴원했다. 지금도 비실비실하지만 크게 아프다는 소리는 안 하니 얼마나 고마운지 모르겠다. "여보, 아프지 말아요. 나는 몰라도 당신은 반드시 아프면 안돼요!"

> "반드시 결혼하라. 좋은 아내를 얻으면 행복할 것이다. 악처를 얻으면 철학자가 될 것이다."
>
> – 소크라테스. 고대 그리스의 철학자.
> 나훈아 히트곡 〈테스형〉 주인공

뜨겁다고 푸념하지 마라

"뜨겁다고 푸념하고 괴로워하지 마라. 가난하다고 고통으로 생각하고 슬퍼하지 마라. 뜨겁더라도 뜨겁다고 괴로워하는 마음을 없애면 절로 시원한 바람이 분다. 뜨겁다고 괴로워한다고 뜨거운 것이 시원해지지 않는다. 가난하다고 슬퍼하기로 가난한 것이 없어지지 않는다. 슬퍼하지만 않는다면 가난한 것도 즐겁다. 보라, 신이 만드는 이 샘물가에서 얻은 한 모금의 물과 자비심 있는 사람에게서 얻은 한쪽 빵과 그리고 별이 반짝이는 하늘을 천정으로 삼은 이 잠자리 외에는 아무것도 가진 것이 없다는 그것의 즐거움을 알라."

성 프란시스의 마음을 촉촉하게 적시는 「있는 그대로 받아들여라」라는 글이다. 2022년 11월 17일은 2023학년도 대학수학능력시험(수능)이 치러지는 날이었다. 코로나19 유행 이후 세 번째로 치러지는 그날 수능에서는 51만 명에 가까운 학생들이 그동안 쌓아온 실력을 쏟아 부었다. 수능생 모두 소기의 목적을 달성하길 응원하며 모 고등학교 정문 앞에서 낙수(落穗)를 취재했다. 수능 결과의 도출은 분명 성적을 담보로 한다. 그 결과에 따라 누구는 소위 명문대를, 그렇지 않은 경우엔 다른 대학에 가게 될 것이다.

해마다 수능일이 닥치면 아들과 딸이 경험했던 수능일이 기억의 틈새를 파고든다. 아들은 동대전고에서, 3년 뒤 딸은 둔산여고에서 수능을 치렀다. 다행히 둘 다 수능을 잘 봤다. 덕분에 자신이 원하는 대학에 갈 수 있었다. 반면 나는 아주 뒤늦게 지천명을 전후하여 사이버대학에 들어갔다. 누구보다 열심히 주경야독(晝耕夜讀)에 열중했다. 그 결과 졸업식 때는 학업 최우수상까지 받았다. 여세를 몰아 작년 봄부터는 한남대학교 경영대학원에서 MBA 과정을 공부했다. 주경야독(晝耕夜讀)이었지만 너무 재미있었다.

위에서 성 프란시스의 글을 소개한 것은 다 까닭이 존재한다. 그날의 수능에서도 그 결과는 분명 '뜨겁다고 푸념하고 괴로워하게 될' 것으로 도출될 경우를 배제할 수 없었다. 하지만 그 또한 '가난하다고 고통으로 생각하고 슬퍼하지 마라'를 상정(想定)하는 게 약이다. 즉 스스로를 위안(慰安)하라는 주장이다. 수

능만이 인생의 전부는 아니다. 설혹 그날은 실패했더라도 얼마든지 기회는 또 있다. 가난하다고 비관하고 슬프다며 운다고 해서 그 가난은 결코 없어지지 않는다. 슬퍼하지만 않는다면 가난한 것도 즐겁다. 내가 꼭 그렇게 살아왔다. 내일은 또 오매불망 기다렸던 대학원에서의 컴퓨터 수업이 있다. 퀄리티(quality)의 수업도 기대되지만 실은 이어질 뒤풀이가 더 삼삼한 매력이다. 작년과 올해의 수능 수험생들이여~ 수능의 짜릿함과 그것의 즐거움을 즐겨라. 실패하더라도 결코 울거나 절망하지 말라. 그 또한 어쩌면 바람처럼 지나갈 테니까. 젊어 고생은 사서도 한다.

"세상이 널 버렸다고 생각하지 마라. 세상은 널 가진 적이 없다. 학문을 좋아하는 자는 이를 즐기는 자만 못하다. 지금 이 순간에도 적들의 책장은 넘어가고 있다. 공부할 때의 고통은 잠깐이지만 못 배운 고통은 평생이다. 내가 헛되이 보낸 오늘은 어제 죽은 이가 갈망하던 내일이다. 포기하지 마라. 저 모퉁이만 돌면 희망이란 녀석이 기다리고 있다."

– 출처 미상

눈물까지 강요하지만

해마다 해가 바뀌면 '새해 복 많이 받으세요'라는 인사가 봇물을 이룬다. 대신 "새해 복 많이 지으세요"라는 말을 하고 싶다. 이는 법정 스님의 『새들이 떠나간 숲은 적막하다』 중에 나오는 명언이다. 복은 어느 누가 주는 것이 아니라 오히려 내가 지어서 내가 받는 것이라는 의미와 철학까지 담고 있다. 맞다. 복은 스스로 만드는 것이다. 이런 관점에서 자원봉사는 노년일수록 더욱 관심을 기울여야 할 장르가 아닐까. 작년에도 나는 자원봉사자를 많이 취재했다. 자갈밭에서 힘들게 지은 배추와 무 등의 농사를 지어 어려운 이웃에 나눠주는 '천사'를 찾아 인터뷰했다. 무려 26,000시간의 봉사로 대통령상을 받은 분도 만날 수 있었다. 취재 과정에서 함께 울고 웃은 적도 적지 않았다.

이쯤에서 그렇다면 '사람들은 왜 자원봉사를 하는가?'라는 부분을 돌아보고 갈 일이다. 일반적으로 사람들이 자원봉사를 하는 이유로는 절대로 한유(閑遊)해서가 아니다. 새로운 기술 습득을 위해, 재미 삼아, 또는 사회에 보탬이 되기 위해 등 여러 가지가 있다. 또한 그들의 열정을 불태우는 무언가를 발견하고 다른 이들을 위해 좋은 일을 하고 싶기 때문이다.

자신의 공동체 내에서 봉사를 하는 사람들은 대부분 그 지역과의 연결고리가 있다. 그래서 자신, 그리고 다른 사람들을 위해 그 지역을 더 좋은 곳으로 만들고 싶어 한다. 과거에 사회적 문제로 어려움을 겪었던 사람은 보통 자신과 비슷한 상황에 놓인 사람들과 공감하고 도움을 주고 싶기 마련이다. 자원봉사를 하는 사람은 지금 자신이 이렇게 살아갈 수 있는 것을 축복으로 여기고 마치 저울을 평행하게 만들 듯, 사회에 되갚고 싶어 하는 경향을 보인다. 또한 많은 사람은 자원봉사가 자신의 인품에 주는 긍정적인 영향 때문에 봉사를 하고자 하는 경향을 자주 보인다. 자원봉사자들은 자신의 봉사 경험은 정말 자신을 좀 더 좋은 사람으로 만들어주었다고 힘주어 얘기한다.

봉사활동의 가장 긍정적 부분은 개인의 기량을 키운다는 데 있다. 아울러 자원봉사를 함으로써 그냥 기분이 좋아지는 것 또한 간과할 수 없다. 일반적으로 사람은 자신의 기분이 좋아지려면 인위적 방법을 동원하게 된다. 등산, 낚시, 운동, 음주 등 그 장르도 다양하다. 그런데 이럴 경우 돈이 많이 들어간다. 반면 자원봉사는 그렇지 않다. 아무리 문명(文明)한 사회일지라도 나 스스로 행복해지는 방법의 동원에 자원봉사만큼 좋은 게 또 없다. 대부분의 자원봉사 프로젝트 단체들은 이 점들을 잘 알고 있으며 그 콘셉트에 맞는 지원을 하고자 노력하고 있다.

더불어 자원봉사자들이 자신들의 단체를 위해 투자하는 시간과 노력에 진심으로 감사하고 있다. 비록 금전적 보상은 지급하지 못할지라도 봉사자들에게 말과 행동으로나마 사의를 표하고 싶어 한다. 자원봉사는 교육, 저널리즘, 사회복지, 동물관리, 보건, 마케팅, 정치, 웹 디자인 등 한없이 다양한 분야에서 경험을 할 수 있는 좋은 방법이다. 그런데 아무리 좋은 점이 많다고 한들, 일이 견딜 수 없고 재미가 없다면 자원봉사를 하고 싶은 사람은 하나도 없을 것이다.

자원봉사는 힘들고, 더럽고 짜증이 나는 경우도 있다. 심지어 때론 눈물까지 강요하는 상황도 잦다. 고립무원의 불우이웃과 사면초가의 독거노인 등의 경우를 말하는 것이다. 물론 그건 착한 사람, 즉 대부분의 자원봉사자에게서 흔히 볼 수 있듯

측은지심(惻隱之心)에서 기인한 본능적 정서다. 하지만 대부분 매우 보람찬 일이다. 이런 맥락에서 나는 올해도 대전자원봉사센터 시민기자단 단장의 자격으로 열심히 취재할 작정이다. 따지고 보면 나도 평소 기부와 봉사를 잘하는 기자 겸 작가다. '새해 복 많이 지으세요'의 실천인 셈이다. "전국의 자원봉사자 여러분~ 올해도 봉사 열심히 하시고 건강하며 넉넉한 한 해가 되시길 축원합니다. 그게 바로 복을 더 짓는 겁니다. 저도 여러분들의 선행을 적극 알릴게요!"

"자신의 일을 찾은 사람은 축복받은 것이다. 그로 하여금 다른 복을 찾지 않게 하라."

– 토마스 칼라일, 영국 비평가

친정엄마의 일편단심

차가운 겨울 길거리 전봇대에 훈훈한 현수막이 펄럭이고 있었다. 연극 〈친정엄마와 2박3일〉 공연 안내였다. 사람이 이 풍진 세상을 살면서 더욱 힘든 순간, 가장 먼저 떠오르는 사람은 누구일까. 단연 어머니다. 국민 엄마 강부자와 윤유선 주연의 〈친정엄마와 2박3일〉을 본 적은 없다. 그럼에도 현수막 광고 하나만으로도 나는 진작 『친정엄마의 일편단심』을 읽어냈다.

지난날 딸은 S대학교에 합격하여 상경을 앞두고 있었다. 그러던 어느 날 S대 기숙사 입사(入舍)를 준비하느라 딸의 짐을 싸면서 아내는 울었다. "우리 딸 이제 서울로 가면 언제 오는 겨?" 당황한 딸이 엄마의 손을 덥석 잡았다. "엄마, 왜 그러세요? 주말 아니면 최소한 한 달에 한 번은 올 텐데요." 하지만 공붓벌레였던 딸은 그 약속을 지키지 않았다. 아니 곧이곧대로 지킬 수 없었다. 학교에서 장학금을 계속하여 받자면 집에 오고 가는 시간조차 딸로서는 어쩌면 낭비였을 것이었다. 그러한 언저리에는 이 아빠의 준엄한 명령도 합리적 이유로 작용했다. "괜히 알바 같은 거는 절대로 하지 마라. 그러다가는 시간 뺏겨서 장학금까지 놓치기 십상이니까." "…!"

어려서부터 아빠 말도 잘 들었던 참 착한 딸은 대학교 재학 4년 내내 한 번도 안 놓치고 장학금을 받았다. 딸은 여름이나 겨울방학 때는 집에 내려와 며칠 자고 갔다. 그럼, 아내는 신이 났다. 시장에 가서 바리바리 사 온 식재료를 총동원하여 딸이 좋아하는 반찬과 음식으로 상다리가 부러졌다. 덕분에 원님 덕에 나팔, 아니 딸내미 덕에 내가 포식(飽食)했다. 세월이 더 흘러 대학을 졸업할 때 딸은 최우수상을 받았다. 그 상을 넘겨받자 아내는 열차를 타고 내려오면서 "딸한테 변변히 해준 것도 없는데…"라며 또 울었다. 딸이 결혼한 뒤 손녀의 출산을 앞두고 산부인과에 입원했다. 출산했다는 사위의 전언에 즉시 서울로 올라갔다. 핼쑥한 얼굴의 딸을 보는 순간 아내의 눈은 다시금 눈물범벅이 되었다. "내가 몸이 안 아파야 너의 산후조리까지 해줄 텐데" 그리 못하는 현실에 그만 아내는 어떤 속죄의 오열을 했던 것이다. 그러한 아내의 딸을 향한 일편단심(一片丹心) 모정에 나는 아내가 진정 위대해 보이기까지 했다.

일편단심은 '한 조각의 붉은 마음'이라는 뜻으로, 진심에서 우러나오는 변치 아니하는 마음을 이르는 말이다. 정몽주(鄭夢周)의 시조(時調)「이 몸이 죽고 죽어 일백 번 고쳐 죽어. 백골(白骨)이 진토(塵土)되어 넋이라도 있고 없고. 임 향한 일편단심(一片丹心)이야 가실 줄이 있으랴.」에서 여실히 발견할 수 있다. 또 박팽년(朴彭年)의 시조「까마귀 눈비 맞아 희는 듯 검노매라. 야광명월(夜光明月)이 밤인들 어두우랴. 임 향한 일편단심(一片丹心)이야 고칠 줄이 이시랴.」 등에서도 볼 수 있다.

아내는 아이들이 어려서부터 가정교육에서도 발군의 실력을 뽐냈다. 때로는 감정을 속일 줄도 아는 센스쟁이 엄마였다. 안 좋은 일로 나와 티격태격하다가도 아들과 딸이 하교하면 감쪽같이 자신의 잔뜩 불거졌던 감정까지 어리숙한 미소로 숨겼다. 남편과 험악하게 인상 쓰며 싸우다가도 아이를 대할 때는 천사의 얼굴로 돌아올 줄 아는, 정서적인 유연성이 있는 긍정의 카멜레온 엄마이기도 했다.

누구나 자기 자녀는 훌륭한 인재로 키우고 싶어 한다. 그런데 엄마의 욕심으로 아이를 다그치고, 엄마의 희망과 바람에 아이가 못 따라오면 미워하는 따위의 행태는 지극히 위험하다. 이웃 아이와 비교하고 "걔는 잘하는데 너는 왜?" 따위의 질책은 아이를 독립적인 개체로 인정하지 않기 때문이다. 아이는 절대로 부모의 소유물이 아니다. 지금도 아내는 그 불편한 몸을 이끌고 툭하면 절에 간다. 그리곤 딸네와 아들네 가족의 건강과 무탈을 부처님 전에 일편단심과 지극정성으로 발원한다. 참 고운 아내의 뒤로 조용필의 '일편단심 민들레' 노래가 치맛 끈으로 달려있다.

"님 주신 밤에 씨 뿌렸네 사랑의 물로 꽃을 피웠네 처음 만나 맺은 마음 일편단심 민들레야 그 여름 어인 광풍 그 여름 어인 광풍 낙엽 지듯 가시었나 행복했던 장미 인생 비바람에 꺾이니 나는 한 떨기 슬픈 민들레야 긴 세월 하루같이 하늘만 쳐다보니 그이의 목소리는 어디에서 들을까 일편단심 민들레는 일편단심 민들레는 떠나지 않으리라"

"최고의 가르침은 아이에게 웃는 법을 가르치는 것이다"

- 프리드리히 니체, 독일 철학자

눈물의 승차권

　배우 이정재를 미래의 뚜렷한 스타로 새로이 본 것은 영화 〈암살〉에서 기인했다. 1933년 조국이 사라진 시대 대한민국 임시정부는 일본 측에 노출되지 않은 세 명을 암살 작전에 지목한다. 한국 독립군 저격수 안옥윤, 신흥무관학교 출신 속사포, 폭탄 전문가 황덕삼이다. 백범 김구의 두터운 신임을 받는 임시정부 경무국 대장 염석진은 이들을 찾아 나서기 시작한다. 암살단의 타깃은 조선 주둔군 사령관 카와구치 마모루와 친일파 강인국이다. 한편, 누군가에게 거액의 의뢰를 받은 청부살인업자 하와이 피스톨이 암살단의 뒤를 쫓는데…. 친일파 암살 작전을 둘러싼 이들의 예측할 수 없는 운명이 펼쳐지면서 관객은 손에 땀을 쥔다. 1,000만 관객 흥행 돌파를 이룬 이 영화에서 이정재는 독립군에서 친일파로 변절한 염석진으로 열연한다.

　그 이정재가 〈오징어 게임〉으로 대망의 에미상을 받았다. 그것도 최고 영예인 남우주연상을. 명실상부 세계적 배우로 재탄생한 것이다.

이로써 가뜩이나 열풍인 한류의 확산은 BTS(방탄소년단)와 영화 〈기생충〉에 이어 〈오징어 게임〉이 그야말로 파죽지세(破竹之勢)의 한류 트라이앵글(triangle)을 완성시켰다. 이들의 선전은 대한민국의 국위 선양이라는 또 다른 부수적 효과까지 생산했다. 〈오징어 게임〉 하나만 보더라도 경제적 효과는 무려 1조 원을 훌쩍 넘었기 때문이다. 반면 정치권은 여전히 격돌 일변도에서 벗어나지 못하는 모양새다. 또한 북한의 김정은이 '비핵화 절대불가법'을 만들면서 "절대로 핵을 포기할 수 없고 비핵화를 위한 어떤 협상도 없을 것"이라는 사실상의 협박에도 여야는 협치를 모르고 있다. 언필칭 국가를 위하고 국민을 위해 일한다는 정부와 정당(여야 모두)의 정강(政綱)에도 모순이며 배치되는 것이라고 본다. 우크라이나를 침공한 러시아, 미국과 첨예하게 부딪치는 중국, 70년 분단의 북한은 공산주의라는 공통점을 가진 국가다. 이들 지도자는 또한 영구집권을 획책하는 등 무자비한 독재의 사슬로 무장한 공포의 집단이다. 이들 사이에 마치 샌드위치처럼 끼어있는 우리는 따라서 항상 국방력 제고와 함께 국익을 위해선 여야 간 정당 논리의 합종연횡(合從連橫)도 필요하다는 생각이다.

요컨대 토고납신(吐故納新)이 절실하다는 것이다. 이는 묵은 것을 토해내고 새것을 들이마신다는 뜻으로, 낡고 좋지 않은 것을 버리고 새롭고 좋은 것만 받아들이는 기공(氣功) 요법의 하나라는 의미를 담고 있다. 공자가 말하기를 "왕은 바람이고, 백성은 풀이다. 풀 위에 바람이 불면, 풀은 반드시 쓰러진다"라고 했다. 예부터 왕이 좋은 정치를 하면 백성이 복종한다는 의미이니, 좋은 뜻이다. 이런 나라는 도불습유(道不拾遺)의 건강한 민심이 또 다른 힘이다. 길에 떨어진 물건을 주워 가지지 않는다는 뜻으로, 법이 잘 지켜져 나라가 태평하다는 의미를 담고 있다. 하지만 이렇지 못한 경우엔 어찌 될까. 그야말로 한야독작유회(寒夜獨酌有懷)의 처지가 될 것이다.

이는 '추운 밤에 홀로 술잔을 기울이며 느낀 바 있다'라는 뜻이다. 술이란 가까운 벗이나 사랑하는 대상과 마셔야 제맛이다. 그런데 혼자서, 그것도 추운 밤에 넘기는 쓰디쓴 술이라고 한다면 어지러운 세상사에 설상가상 잔채질(포교가 죄인을 신문할 때에, 회초리로 연거푸 때리던 일)까지 당하는 느낌이 더욱 강하지 않을까 싶다. 또 다른 눈물의 승차권이다.

> "늙은이들이 전쟁을 선포한다. 그러나 싸워야 하고 죽어야 하는 것은 젊은이들이다."
> – 허버트 후버, 미국 제31대 대통령

이태원 포비아

사람은 불과 한 치 앞조차 가늠하지 못한다. 서울 이태원에서 '핼러윈 참사'가 일어난 2022년 10월 29일은 토요일이었다. 당일 나는 다섯 군데의 취재를 하느라 새벽부터 바빴다. '2022 대청호 오백 리 길 걷기대회'에 이어 대전시청 남문 광장으로 자리를 옮겨 '제11회 일류도시 대전 NGO 시민축제'를 카메라에 담았다. 칼국수로 점심을 대충 해결한 뒤엔 서구문화원 앞 보라매공원에서 열린 '보라매 문화 산책 축제'를 취재했다.

이어 두 곳에서 더 인터뷰한 후 귀가하자마자 파김치가 돼 나가떨어졌다. 그리곤 기사를 쓰려고 습관처럼 이튿날 새벽 4시경 일어났다. 뉴스가 온통 '핼러윈 참사'로 도배되어 있었다. 너무 경악하여 정신까지 아찔했다. 어째 또 이런 일이…! 핼러윈(Halloween)은 만성절(萬聖節) 전날인 10월 31일에 행해지는 축제이다. 새해와 겨울의 시작을 맞는 날로, 아이들은 괴상한 복장을 하고 이웃집을 돌아다니며 음식을 얻어먹는다.

　고대 켈트 민족의 풍습에서 유래하였다고 한다. '만성절'은 그리스도교의 모든 성인을 기념하는 축일이다. 가톨릭교회에서는 '모든 성인의 축일'이라고도 한다. 그 전야인 핼러윈은 새 불을 피우는 날로서 성대한 화제(火祭)가 행하여졌다.

　농민은 불을 피워서 선조의 영을 인도하고 악마를 쫓았다. 이를 우리나라에 비교하면 정월 대보름 행사쯤 되는 셈이다. 따라서 해마다 핼러윈 축제를 즐기는 젊은이들을 비판하거나 폄훼하는 건 옳지 않다. 어쨌든 '핼러윈 참사'는 순식간에 300명이 넘는 사망자와 부상자를 남기며 우리의 고질병인 안전 불감증에 다시금 경종을 울렸다. '핼러윈 참사'에서 우리는 새삼 '하인리히 법칙'를 발견하게 된다.

　1920년대에 미국의 어떤 여행 보험 회사의 관리자였던 허버트 W. 하인리히는 7만 5000건의 산업재해를 분석한 결과 아주 흥미로운 법칙 하나를 발견했다. 그는 조사 결과를 토대로 1931년 『산업재해 예방』이라는 책을 발간하면서 산업 안전에 대한 〈1 : 29 : 300 법칙〉을 주장했다. 이 법칙은 산업재해 중에서도 큰 재해가 발생했다면 그전에 같은 원인으로 29번의 작은 재해가 발생했고, 또 운 좋게 재난은 피했지만 같은 원인으로 상처를 당할 뻔한 사건이 300번 있었을 것이라는 사실을 밝혀냈다. 이를 확률로 환산하면, 재해가 발생하지 않은 사고의 발생 확률은 90.9%, 경미한 재해의 발생 확률은 8.8%, 큰 재해의 발생 확률은 1%라는 것이라는 것이다.

즉 '하인리히 법칙'은 어떤 상황에서든 문제 되는 현상이나 오류를 초기에 신속히 발견해 대처해야 한다는 것을 의미한다. 또한 초기에 신속히 대처하지 못할 경우, 큰 문제로 번질 수 있다는 것을 경고하고 있다. 이러한 사례는 주변에서도 쉬이 발견할 수 있다.

예컨대 러시아워 때 콩나물시루가 된 시내버스가 내리막길에서 급정거하는 경우가 발생했다고 치자. 이런 때, 안전벨트를 매지 않은 승객은 순식간에 앞으로 쏠리면서 제2의 '이태원 포비아(phobia)' 사태가 발생할 개연성이 농후하다. '공포증'을 의미하는 포비아는 사실 우리 주변을 장악하고 있는 게 현실이다.

콜 포비아(call phobia)는 '보이스피싱'처럼 전화로 음성 통화를 하는 것에 두려움을 느끼는 증세를 말한다. 케모포비아(chemophobia)는 화학 제품에 대해 두려움이나 거부감을 느끼는 증세이다. 아무리 사후약방문(死後藥方文)이라 할지라도 철저한 대비로 다시는 '이태원 포비아'가 발생해선 안 된다. 삼가 고인들의 명복을 거듭 빌면서 이런 비극이 일어나질 않기를 간절히 기도한다. 공포와 눈물이 없는 사회가 진정한 민주주의 국가다.

> "지혜로운 토끼는 세 개의 굴을 판다."
>
> — 우리나라 속담

늦은 때란 없다

　나를 잘 아는 사람은 이름 대신 별명으로 부른다. "어이~ 홍키호테, 반가워!" 그렇다. 나는 별명이 '홍키호테'다. 첫 저서의 제목도 『경비원 홍키호테』다. 경비원으로 근무할 때 낸 책이다. 이후 나의 별명은 '홍키호테'로 고착화되었다. 첫 작품을 낼 때는 아예 제목부터 정하고 글을 썼다. 그래서 그동안 저술한 저서 중 가장 애착이 간다. 『경비원 홍키호테』는 미겔 데 세르반테스의 명작인 글쓰기 『돈키호테』의 제목을 약간 차용한 것이다. 대문호로 회자되는 세르반테스가 그 작품을 출간한 건 그의 나이 58세 때였다. 따라서 그의 열정을 높이 사지 않을 수 없다. 늦은 나이에 성공한 사람은 의외로 많다.

　책의 연금술사로 알려진 파울로 코엘료는 마흔을 앞둔 나이에 산티아고 순례길을 따라 걸은 경험을 토대로 『순례 여행』

을 처음 출간하였다. 인간 내면에 대한 깊은 탐구가 담긴 그의 책은 세계적인 베스트셀러가 되었다. 전 세계적인 패스트푸드 KFC의 창업주 할랜드 샌더스는 65세에 사업을 시작했다. 그는 6살에 아버지를 여의고 어린 동생들을 돌보기 위해 극심한 생활고를 겪으며 농장에서 일했다. 마흔이 훌쩍 넘은 나이에 작은 식당을 차렸지만, 화재로 모든 것을 잃었다. 설상가상 정신병까지 얻게 되어 아내도 고무신을 거꾸로 신었다. 그는 사회보장기금으로 받은 전 재산 105달러로 낡은 트럭을 사서 자신의 요리 비법을 팔러 미국 전역의 레스토랑을 돌아다녔다. 그가한 레스토랑과 계약을 체결하기까지 무려 1,008회나 거절당했고, 68살이 되어서야 KFC 1호 매장을 세웠다.

세계 최대의 유통 기업 월마트의 창업주 샘 월튼도 44살에 시작했다. 최근 지인이 책을 출간하고 싶다고 했다. 나는 독서하는 사람과 책을 내겠다는 사람을 존경한다. 그래서 거푸 칭찬했다. "잘하셨습니다! 꼭 책을 내십시오. 제가 많이 도와드리겠습니다." 글을 쓰고 책을 발간하는 것의 유익함은 엄청나다. 먼저 성찰과 성장의 시간이 즐거운 중독으로 다가온다. 특히 자신의 이름으로 된 책을 내게 되면 말할 수 없는 희열과 상상이 무지개로 도래한다. 책을 쓰는 시간의 몰입과 성취감은 격한 카타르시스까지 선사한다. 또한 책 쓰는 이의 가장 큰 장점은 치매에 안 걸린다는 것이다. 항상 머리를 써야 하고 공부까지 열심히 하므로 치매가 근접할 틈이 없다는 주장이다. 도전에는 나이가 필요 없다.

　무엇이든 결코 늦은 때는 없다. 시작하기에 늦은 때란 없다. 지금 시작해도 늦지 않다. 더욱이 인생 후반전을 살고 있는 6070 세대는 그 자신이 거대한 도서관 한 채에 맞먹는 지혜와 경험의 스펙트럼 소유자다. 망설이지 말라. 시작하면 반드시 끝이 보인다. 당신도 작가가 될 수 있다. 가수 최진희는 히트곡 〈눈물의 승차권〉에서 "떠나야할 사람인가 이토록 사랑하는데 떠날 시간 기다리는 가슴 아픈 우리 두 사람 눈물의 젖은 승차권을 말없이 건네주면서 이별이라 생각하니 추억이 새로워지네."라고 했다. 맞다. 베스트셀러 작가에 오르면 그동안 강제됐던 눈물의 승차권하고도 이별이다. 대신 더 풍성하고 아름다운 추억이 쌓이기 시작한다.

> "앞서 가는 방법의 비밀은 시작하는 것이다. 시작하는 방법의 비밀은 복잡하고 과중한 작업을 할 수 있는 작은 업무로 나누어, 그 첫 번째 업무부터 시작하는 것이다."
>
> – 마크 트웨인, 미국 소설가

Chapter 3

고난은 정류장이다

두 번은 아파봐야 인생이다

작년 가을, 대전광역시 시정종합 월간지인 '대전이즈유' 명예기자 기자단 회동이 있었다. 그동안 물심양면으로 도움을 주신 전임(前任) 편집장님을 모시고 저녁 식사를 했다. 그 자리에서 편집장님은 오랜만에 만나는 내가 많이 수척해졌다며 걱정을 해 주셨다. "9개월 동안 힘든 공공근로를 하느라 몸무게가 4kg이나 빠졌다. 그러나 내일만 근무하면 끝이다."라고 했더니 "앞으론 뭘 하실 거냐?"는 질문이 돌아왔다. 다섯 번째 저서의 출간에 박차를 가할 작정이라고 하니 "부디 베스트셀러가 되길 응원하겠다. 그런데 새로 쓰는 책은 제목이 뭐냐?"고 물으셨다. "네, '두 번은 아파봐야 인생이다'입니다." "와~ 제목부터 범상치 않네요." 신간(이 책)의 제목을 『두 번은 아파봐야 인생이다』으로 설정한 건 물론 중의적(重義的)이고 포괄적(包括的) 표현의 작명이었다.

이 풍진 세상을 살면서 우리네 인생이 어찌 달랑 '두 번'만 아프겠는가? 그보다 몇십 배 혹은 몇백 배의 아픔과 원치 않은 동고동락(同苦同樂)을 같이했거늘. 아무튼 기자단에서도 이구동성 베스트셀러를 응원하는 바람에 기분이 낭창낭창했다. 그래서 또 만취할 수밖에 없었다. 마지막 근무일이었던 이튿날도 공공근로장인 ○○구 양묘장에 나갔다. 잡다한 일거리가 산더미처럼 몰렸다. 노동 강도가 세다 보니 얼마 전에 다친 허리가 다시금 욱신욱신 쑤셔왔다. 같이 일하는 아주머니께 "그만두는 날까지 그야말로 뽕을 빼는군요."라고 농을 던지니 맞다며 웃으셨다. 참고로 여기서 말하는 '뽕'이란 용례의 사용 사례는 다음과 같다.

1. "직장 상사에게 일을 못 한다고 뽕 빠지게 혼났다"
2. "오늘은 뽕이 빠지도록 힘들게 일했다"
3. "한턱 내게 해서 저 친구 월급의 뽕을 뽑자"
4. "한턱 쓰는 바람에 내 돈이 그만 뽕 빨렸다"

대개 이런 경우에 인용한다. 물론 나의 이 설명이 분명 적확하지는 않음을 밝힌다. 아무튼 근무 마지막 날에 주어지는 어떤 '특권'에 의거, 그날은 오전 근무만 마치고 귀가했다. 버스를 타고 오는데 얼마 전 자원봉사와 연관하여 내가 취재한 인터넷 기사를 출력한 뒤 브로마이드(bromide)로 크게 만들었다는 지인의 카톡 문자가 들어왔다. 자신이 주선하여 기사화된 인터뷰이에게 선물로 주겠다고 했다.

이에 대한 설명이 필요하다. 대전자원봉사센터 기자단 단장을 맡고 있는 나는 자원봉사와 관련된 취재를 자주 한다. 그런데 이런 경우, 지인의 소개가 절대적이다. 혹여 '기레기' 내지 돈을 받고 취재를 하는 줄 알고 착각하거나 오해의 소지가 있기 때문이다. 아무튼, 순간 '기자의 보람'으로 크게 만족스러웠다. 자신이 베푼 선행이 언론에 보도되고 또한 이를 영구적으로 보관할 수 있는 커다란 브로마이드까지 선물로 받는다면 얼마나 기쁘겠는가! '이런 맛에 기자 한다'는 생각에 흐뭇했다. 지인은 "또 다른 봉사를 하니 저도 모르게 아픈 데까지 스르르 낫는 기분입니다"라고 첨언했다.

지금 이 시간에도 많은 사람이 각종 질환으로 아프다. 사람이 아픈 이유는 무엇일까? 내가 의사가 아닌 터에 감히 알 수 없는 노릇이다. 다만 작가적 관점에서 볼 때 이는 인간의 교만을 꾸짖기 위한 세상의 섭리가 아닐까 싶다. 과식하면 소화가 안 되고 넘어지면 다친다. 전혀 원치 않았거늘 내 부모님께도 치매가 찾아와 가족 모두를 고통스럽게 만든다. 누군가는 "아픈 것도 축복이다"라고 했다. 내가 그 정도까지의 철학을 간파할 줄 알았다면 진작 의사와 교수가 됐을 것이다. 다만 내가 정의하는 아픔, 즉 각종 질환과 통증, 기타 각종 질환의 습격은 궁극적으로 나 자신을 비우고 초심(初心)으로 돌아가라는 명제를 담고 있다고 본다.

갓난아이는 오로지 엄마의 젖만 먹고도 무럭무럭 잘 자란다. 그러나 점차 성장하면서 남보다 더 가지려는 욕심에 눈뜨면서 시나브로 병이 찾아온다는 주장이다. 부동산 투기꾼들이 달려들어 집 값을 마구 올려놓는 바람에 애먼 입주자만 그 피해를 보았다. 이른바 '빌라왕'이라는 임대인이 무려 수백에서 수천 채 빌라를 갖고 있다가 죽으면서 임차인들이 보증금을 떼이게 된 상황은 자본주의의 나쁜 병폐를 고스란히 발견하게 되는 대목이다.

개인적으로 부동산 투기자를 경멸하고 혐오한다. 뭐든 오르는 게 있으면 반드시 내려가기도 한다. 부동산도 결국엔 토가여분(土價如糞) 시대로 치환되기 마련이다. 한탕주의에 빠져 큰돈을 투자했다가 빈손의 손재수(損災數)로 돌아온다는 뜻이다. 경주 최부잣집과 조선 말기 인삼 거상 임상옥은 자신의 그 엄청난 재물을 어려운 이웃을 위해 썼다. 덕분에 그들은 그 격랑의 시대에도 화를 입지 않았다. 개인도 마찬가지다. 욕심이 과하면 반드시 탈이 난다. 물은 아래로 흐르는데 사람은 자꾸만 위로 달리니까 아픈 것이다. 그래서 사람은 최소한 두 번은 아파 봐야 인생을 안다. 나의 개똥철학이다.

> "아플 때 우는 것은 삼류이고, 아플 때 참는 것은 이류이며, 아픔을 즐기는 것이 일류 인생이다."
>
> – 셰익스피어, 잉글랜드 시인

고난을 극복하는 길

　야구를 좋아한다. 한화 이글스의 열성 팬이다. 한화 이글스의 전신은 '빙그레 이글스'였다. 빙그레 이글스가 출범할 당시 팀명 공모를 했다. 내가 응모한 '빙그레 이글스'가 덜컥 채택되었다. 1986년 4월 1일 대전구장에서 빙그레의 역사적인 첫 경기가 열렸다. 상대는 MBC 청룡이었다.

　야구 얘기를 하는 김에 미국의 전설적 홈런왕이었던 베이브 루스(1948년 사망)를 빠뜨릴 수 없다. 그는 1895년 2월 6일, 미국 메릴랜드주 볼티모어에서 독일계 이민자 가정 8남매의 장남으로 태어났다. 가족이 술집을 운영했기 때문에 교육적으로는 이롭지 못한 환경에서 성장하였다고 한다. 7살 때 들어간 성모 마리아 직업학교에서 교사로 일하던 머사이어스 보틀리어 신부를 만나 야구에 입문한다. 또래 선수들보다 두 배는 되는 체격을 살려 처음에는 포수로 뛰었지만 이후 투수로 바꿨다. 더 지나 타자로 전향하면서 성공 가도를 달리게 된다. 1914년부터 1934년까지 22시즌 동안 무려 12번의 홈런왕에 올랐다. 아울러 1935년 은퇴할 때까지 통산 714개의 홈런과 2,217타점, 3할 4푼 2리의 경이적 타율까지 기록했다. 베이브 루스는 은퇴 후 야구팀 감독을 하려고 했다. 그러나 "스스로를 컨트롤하지도 못하는 인간이 팀을 감독한다고?"라는 나쁜 평판이 그의 발목을 잡았다. 그는 실제로 선수 시절에 개인 관리가 잘 안되어 술을 자주 마셨다.

또한 경기 중 심판한테 대들다가 퇴장당했으며 이를 촬영하던 기자 멱살을 잡고 내던지는 일도 벌였다. 당연히 기자들이 '기자 폭행'이라고 1면에 대서특필하면서 언론과도 사이가 한동안 안 좋았다. 따라서 그는 구시화문(口是禍門)으로 인해 감독을 할 수 없었던 것이다. 성공회 김규돈 신부가 지난 2022년 11월 14일 페이스북에 "대통령 전용기 추락을 염원한다"는 글을 올려 대전교구가 발칵 뒤집혔고, 덩달아 국민적 공분까지 불렀다. 국익을 위해 동남아시아를 순방 중인 윤석열 대통령을 격려하고 응원하기는커녕 폄훼하는 글을 그처럼 악의적으로 올리는 바람에 그는 자승자박(自繩自縛)의 면직 처분을 자초했다. 성공회 교회법에 따르면 직권 면직은 최고형으로, 사제로서 자격을 박탈한다는 뜻이라고 한다. 이에 뒤질세라 천주교 대전교구의 박주환 신부 또한 해외 순방 중인 윤석열 대통령 부부가 전용기에서 추락하는 모습이 담긴 합성 이미지를 사회관계망서비스(SNS)에 게시해 논란을 불렀다. 천주교 대전교구 역시 성공회처럼 이와 관련해 2022년 11월 15일 박 신부를 정직 처리하고 대국민 사과를 했다. 하지만 거듭된 성직자들의 망언에 국민들은 분노와 성토를 넘어 탄식까지 하기에 이르렀다면 지나친 표현일까.

나는 두 종교인의 '구시화문'을 보면서 홈런왕이었던 베이브 루스와 함께 '페시화문'이라는 생각이 동시에 떠올랐다. 입이 재앙을 불러들이는 문이라는 뜻으로, 항상 말조심을 해야 함을 이르는 말이 구시화문이라면 페이스북 따위의 SNS에 정제되지 않은 막말을 올리는 것이 바로 '페시화문'이다. 이후로도 페이스북에 올린 글이 정치인들의 발목을 잡는 일이 다발했다. 꼭 그런 때문은 아니지만 나는 페이스북과 인스타그램을 하지 않는다. 유튜브도 마찬가지다. 오로지 블로그(blog)만 고집한다.

자신의 관심사에 따라 자유롭게 칼럼, 일기, 취재 기사 따위를 올리는 웹 사이트인 블로그는 나의 글 창고와 같다. 나는 여기에 수많은 글과 사진, 자료를 저장하여 필요할 때마다 꺼내서 사용한다. 아주 요긴하다. 입조심과 말조심을 이르는 속담과 격언은 차고 넘친다. "가루는 칠수록 고와지고 말은 할수록 거칠어진다"는 상식이다. 말 한마디에 천 냥 빚도 갚지만, 발 없는 말은 천 리를 간다. 낮말은 새가 듣고 밤말은 쥐가 듣는다. 물은 깊을수록 소리가 없다. 주먹을 불끈 쥐기보다 두 손을 모으고 기도하는 자가 더 강하다. 그게 바로 고난을 극복하는 길이다.

> "나는 오늘 해야 할 일이 너무 많기 때문에 기도하는 시간을 갖기 위해서 한 시간 더 일찍 일어난다."
>
> – 마틴 루터, 종교 개혁자

건강이 금보다 낫다

　최창학^(崔昌學)은 일제강점기 때 천만장자^(千萬長者)로 불렸던 인물
이다. 1891년 북한 평안도에서 태어난 그는 1923년부터 1929
년까지 평안북도 구성군에 있는 삼성금광을 경영하였다. 당시
그는 조선인 최대의 광업자^(鑛業者)로 금광의 호황을 디딤돌 삼아
돈을 그야말로 쓸어 담았다. 여기서 새삼 금^(金)은 예나 지금이
나 부자로 통용될 만큼 그 가치를 인정받고 있음을 발견하게 된
다. 최창학은 일신의 영달을 계속 도모할 목적으로 친일에도 앞
장섰다. 각종 친일 단체에서 활동하면서 거액의 국방헌금을 헌
납하였다. 일제의 태평양 전쟁을 적극 지원했던 것이다. 그랬
던 그가 8·15광복 후 귀국한 백범 김구에게 자신의 별장인 서
울 서대문구 경교장^(京橋莊)을 사저로 제공하였다는 것은 어떤 의
도와 함의가 담겼을까?

그러나 불행하게도 김구 선생은 경교장 집무실에서 육군 소위 안두희에게 암살된다. 그 후 최창학에게 반환된 경교장은 1949년부터 1952년까지 주한중화민국 대사관저로 사용되었다. 6·25전쟁 때에는 미국 특수부대가 주둔하였으며, 1967년 삼성재단에서 매입했다. 건물 뒷면에 고려병원(현 강북삼성병원) 본관을 붙여 병원 현관으로 사용되었다. 2009년 8월 14일에는 60년 만에 경교장 전체를 복원하기로 하여, 건물 내에 있던 병원 시설들을 모두 옮기고 2011년 3월부터 공사에 들어가 2013년 3월 1일 개관하였다. 성균관 의대 강북삼성병원에 가면 볼 수 있는 '백범기념실' 경교장은 따라서 생로병사(生老病死)의 교훈까지 배울 수 있는, 그야말로 역사의 산물이자 증인인 셈이다. 대저 사람은 대체로 삶의 최후를 병원에서 마치기 때문이다.

　　앞으로 편의점에서도 금 자판기를 통해 골드바 등 귀금속도 판매한다는 뉴스를 봤다. 편의점에서 금을 산다? 격세지감(隔世之感)을 느끼지 않을 수 없었다. 그렇지만 예나 지금이나 인간이 금을 좋아하는 것은 불변의 어떤 본능이다. 문명의 기원지로 알려진 고대 이집트는 피라미드라는 수식어를 동반한다. 그 피라미드에서는 파라오 투탕카멘이 쓰고 있던 '황금 가면'과 '금광지도'가 발견되었다. 여기서도 볼 수 있듯 과거에도 인간은 열광적으로 금을 좋아했다. 고대 로마 또한 '포에니 전쟁'과 '다키아 전쟁'에서 가장 많은 금을 약탈함으로써 '모든 길이 통하는' 강력한 로마 제국을 이루었다. 독일의 경제학자 칼 마르크스는 "금은 원래는 화폐가 아니지만, 화폐는 원래부터 금이었다"라고 말했다. 그의 말처럼 인류 역사에서 화폐로서의 금은 오랜 역사를 갖고 있다. 더욱이 지금처럼 고물가, 고금리, 고환율, 인력난, 경영난에 봉착한 기업과 상공인들로서는 더더욱 그리운 대상이 바로 금(붙이)이다.

하지만 정작 문제는 편의점에서도 금을 살 수 있다곤 하되 그 구입 대상은 한정되어 있다는 것이다. 과거의 최창학처럼 천만장자는커녕 당장 천정부지(天井不知) 장바구니 물가 부담에까지 시달리고 있는 서민들로선 화중지병이기 때문이다. 그래서 생각나는 속담이 있다. '남의 집 금송아지가 우리 집 송아지만 못하다'는 것이다. 아무리 적고 보잘것없는 것이라도 자기가 직접 가진 것이 더 나음을 비유적으로 이르는 말이다.

그동안 건강 문제로 아내와 나도 병원과 약국 신세를 톡톡히 졌다. 우리의 건강은 궁극적으로 우리 몸에 무엇을 넣느냐에 달려 있다. 건강이 금보다 낫다. 건강해야 당면한 고난을 잠시 지나가는 정류장으로 치부할 수 있다. 욕심을 버리고 능력 없는 건 바라지도 말고, 운도 믿지 말 것이며, 그저 스트레스 없이 사는 게 건강의 첩경이다.

> "건강과 젊음은 잃고 난 뒤에야 그 고마움을 알게 된다."
>
> – 아라비아 속담

2년 반 만에 찾아온 행복

계족산(鷄足山)은 높이는 429m로, 산줄기가 닭발(鷄足)처럼 퍼져 나갔다 하여 붙여졌다. '대전 8경'의 하나로 꼽히며 1995년 6월에 개장한 장동삼림욕장 등이 있어 연중무휴 많은 사람이 찾는다. 무명(?)의 계족산을 일약 전국적 관광지로 승격시킨 주인공이 있다. (주)맥키스컴퍼니 조웅래 회장이다.

2006년 4월의 어느 날, 지인들과 계족산을 찾은 그는 하이힐을 신고 온 여성에게 자신의 운동화를 벗어주게 된다. 산에 오르면서 등산화 내지 운동화 대신 하이힐을 신는다는 것은 실정법 위반이자 일종의 격화소양(隔靴搔痒)이다. 아무튼 졸지에 맨발로 돌길을 걷게 된 그는 하산 후 모처럼 숙면의 행복에 빠진다. 거기서 그는 코페르니쿠스적 발상의 전환을 도모하기에 이른다. '여기에 전국의 질 좋은 황토를 가져다 깐다면 보다 많은 사람이 진정 맨발의 힐링을 느끼지 않을까?' 생각을 즉시 실천에 옮긴 그는 14.5km의 임도에 최상품의 황토를 깔기 시작했다. 참신한 그 아이디어는 소위 대박을 터뜨렸다. 입소문까지 나면서 전국 각지에서 관광객이 쇄도했다. 세상엔 그 어떤 것도 공짜가 없듯 계족산 황톳길이 〈한국 관광 100선 4회 연속 선정〉의 대기록 등극은 거저 만들어진 게 아니다.

이런 공로를 인정받아 조웅래 회장은 2021년 3월 대한상공회의소 국제회의장에서 열린 행정안전부 〈제10기 국민추천포상 수여식〉 행사에서 영예의 '대통령표창'을 수상했다. 조 회장은 2006년 계족산 황톳길을 조성한 이후 매년 10억여 원을 투입했다. 2000여톤의 황토를 수급해 관리하고 있으며 연간 100만 명 이상이 방문하는 에코 힐링 명소로 만들었다. 이뿐만 아니라 계족산을 방문하는 사람들이 문화예술을 향유할 수 있도록 2007년부터는 무료로 '숲속 음악회'를 개최해 왔다. 아울러 찾아가는 힐링음악회 '뻔뻔(funfun)한 클래식'을 통해 문화소외계층 및 지역에도 무료 음악회를 진행했다. 참고로, 이는 재미있다는 뜻의 'fun'에서 이름을 따온 것으로 클래식과 뮤지컬, 개그가 만나 유쾌한 웃음을 주는 맥키스 오페라의 별칭이다. '뻔뻔한 클래식' 맥키스오페라 공연단은 소프라노, 테너, 바리톤, 피아노 등 단원 7명으로 구성되어 있다. 코믹한 내용과 재미로 관객들을 사로잡으면서도 결코 클래식의 품격을 잃지 않고 있어 여전히 인기 절정을 보여주었다. 코로나19가 습격하면서 본의 아니게 공연을 멈추었던 계족산 '숲속 음악회'가 작년 가을의 주말부터 우리 곁에 찾아왔다.

반가운 마음을 주체할 수 없어 단걸음에 달려갔다. '돌아온 디바' 소프라노 정진옥 단장이 여전히 좌중을 휘어잡는 카리스마는 역시 명불허전(名不虛傳)의 압권이었다. 계족산도 반갑다며 환호성을 질렀다. 한 시간여 공연 동안 무려 20벌에 가까운 드레스와 무대복으로 시시각각 변화무쌍 하는 모습 또한 프리마돈나에 손색없는 팔색조(八色鳥)의 경이와 매력의 진수까지 보여주었다. 공연을 마친 뒤 정진옥 단장과 인터뷰를 가졌다.

"코로나 기간 동안 많이 힘들었지만, 더 좋은 공연을 보여드리고자 각고의 노력을 경주했다. 또한 새 음반 '우리나라 대한민국'을 취입하는 등 나름 와신상담의 세월이었다"는 정 단장은 "그런 와중에서도 특히 어린이들이 보내준 편지와 그림 등의 진솔한 팬레터가 큰 위안이 되었다"며 감사를 표했다. 아울러 "어린이와 어르신 등 3대가 볼 수 있는 공연인 만큼 응원 차원에서 (주)맥키스컴퍼니 제품에 대한 각별한 애정을 부탁드린다"고 강조했다. 대전시 대덕구 장동 계족산 황톳길 숲속 음악회장에서 열리는, 2년 반 만에 찾아온 행복, '뻔뻔(funfun)한 클래식' 〈2022 시즌〉은 10월 말까지 매주 토·일요일 오후 2시 30분부터 열렸다. '뻔뻔한 클래식'의 화려한 등장 또한 코로나의 암흑기 동안이라는 고난을 일시적 정류장으로 여기고 슬기롭게 견디며 재공연을 위해 더욱 철저하게 준비해 온 결과의 아름다운 결실이었다고 보았다. 올해는 더 멋진 공연일 것이라 확신한다.

> "마음이 깨끗한 자만이 맛있는 음악을 요리할 수 있다.
>
> — 루드비히 반 베토벤,
> 18세기 당대 최고의 피아니스트이자 작곡가

세상엔 사기꾼이 너무 많다

지구대나 파출소를 지나려면 "보이스피싱 사기에 주의하라"
는 안내문을 쉬이 보게 된다. 그럴 적마다 '나는 저런 사기에 당
하지 말아야지!'라며 마음에 다짐의 자물쇠를 잠그곤 한다. 보
이스피싱으로 인한 피해액이 지난 16년간 4조 원을 넘어선 것
으로 나타났다. 통계청의 '2022년 한국 사회 동향'을 보면 지
난 2006년부터 2021년까지 누적 피해 금액은 3조 8681억 원
으로 집계됐다. 지난해 피해액을 감안하면 16년간 4조 원을 넘
어선 것이다. 보이스피싱 사기가 얼마나 심각한지를, 또한 지
금도 여전히 광범위하게 벌어지고 있는지를 살펴볼 수 있는 대
목이다.

보이스피싱은 지난 2006년 처음 피해가 발생한 후 그 수법
은 날이 갈수록 치밀해지고 있다. 자녀가 다쳤다며 병원비를 보

내라거나 검찰, 경찰을 사칭하여 현금을 요구하는 경우도 다반사였다. 또한 주변에서 보이스피싱 사기를 당했다는 사람을 보는 건 어쩌면 일상이 된 지 오래다. 장르는 다르지만, 필리핀에서 '카지노 왕'이 된 남자 차무식(최민식)을 다루는 디즈니플러스 드라마 〈카지노〉는 돈에 노예가 된 남자를 주인공으로 하고 있다. 보이스피싱 사기범이나 차무식이나 돈에 혈안이 된 비정함은 오십보백보다.

그렇다면 이들, 특히 사회적 암적 존재인 보이스피싱 사기범들을 근절할 방법은 없는 것일까. 막강한 국가권력과 정부에서도 어쩌지 못하는 문제를 나처럼 힘없는 필부가 해결할 수는 없는 노릇이다. 다만 강조하고 싶은 것은 보이스피싱 등의 사기를 당했을 경우 피해자는 물질적 부문만 아니라 정신적 충격까지 엄청나다는 사실이다. 다시는 기억조차 하고 싶지 않지만, 눈만 뜨면 다시금 말도 안 되는 사기에 당했다는 자책과 자학의 트라우마가 괴롭힌다.

생각해보고 싶지도 않은 아픈 기억에 밤이 되었어도 잠이 오지 않는다. 여기서 더욱 깊은 고민의 고랑을 파는 것은 결국엔 자신이 못나서 당했다는 땅끝 같은 암울함과의 만남이다. 건강에도 치명적이다. 여기서 빨리 탈출하고 회복하려면 하루라도 빠른 회복 탄력성(回復彈力性)이 관건이다. 하지만 이게 말처럼 쉽지 않다는 게 문제다.

아들이 생후 백 일도 안 됐을 때, 직장에서 인천으로 발령이 났다. 처음엔 인천으로 갈 생각이 전혀 없었다. 그런데 직장의 사업소장이 초등학교 2년 선배였다. 평소 일 잘하고 의리도 깊었던 나를 잘 보았던지 소장은 "나를 좀 도와 달라!"며 간곡히 동행을 요청했다. 하는 수 없어 핏덩이 아들을 등에 업고 아내와 인천으로 이사했다. 그런데 그게 화근이었다. 소장은 아들의 백일잔치를 불과 며칠 앞두고 돈을 빌려달라고 했다. 그를 철석같이 믿고 백일잔치를 하려고 모아둔 거금을 몽땅 줬다. 이튿날부터 소장은 잠수하고 종적을 감추었다. 본사에서 감사팀이 내려와 서류 일체를 압수했다. '공금 횡령'이라며 그를 경찰에 고발했다. 하늘이 무너지는 기분이었다. 남도 아닌, 자신을 도와주려고 온 고향과 초등학교의 후배를 이따위로 배신하다니… 누구보다 아내 보기가 민망스러웠다.

충격에 빠져 한동안 홧술만 먹었다. 빚을 내 어찌어찌 아들의 백일잔치를 치렀지만 더 이상 인천에서 있을 이유를 발견할 수 없었다. 그럴 즈음 대전지사의 지사장이 대전으로 발령을 내줄 테니 오라고 했다. 미련 없이 인천을 떠났다. 소장에게 복수한다는 일념으로 악착같이 일에 더 매진했다. 이듬해 전국 최연소 사업소장으로 승진했다. 전화위복이 된 셈이다. 그러나 선배에 대한 배신감과 트라우마는 쉬이 지워지지 않았다. 그로부터 몇 년 뒤 길거리에서 우연히 그 선배를 만났다. 나를 보는 순간, 경찰을 본 범법자가 달아나듯 도망치려는 것을 쏜살같이 쫓아가서 잡았다. "참 오랜만이군요. 그동안 어찌 지내셨습니까?" "할 말이 없습니다." "인제 와서 선배님에게 돈을 달라는 소리는 안 하겠습니다. 다만 이 말 한마디만큼은 꼭 듣고 싶네요. '미안했다'라고 하시면 다 풀겠습니다." 결국 그 선배는 고개를 떨구며 사과했다. "내가 잘못했습니다!"

믿었던 출판사였기에 두 번째 출판계약을 마쳤다. 그러나 당초 약속과 달리 출간은 자꾸만 더뎌졌다. 차일피일 미루는 출판사 사장의 행태가 못마땅했지만, 을(乙)인 내가 비위를 맞추려고 상경했다. 술을 사주며 약속 이행을 부탁했다. 걱정하지 말라고 호언장담하기에 기분 좋게 내려왔다. 얼마 뒤 책이 출간되었다. 그런데 저자 몫으로 받기로 한 책, 즉 나의 저서는 계약대로의 부수에서 94권이 부족하게 내려왔다. 독촉을 했지만 마이동풍이었다. 그러면서도 "걱정 말라"는 따위의 사탕발림 식 임기응변은 여전했다. 부아가 치솟았지만, 또 참았다. "출판사 사정이 그렇게 어려우시면 제가 돈을 좀 보내드리겠습니다." 출판사 사장은 반색했다. ○○○만 원의 돈을 송금했다. 그게 얼추 3년이 다 되었다. 그런 데도 출판사 사장은 여전히 나머지 책을 보내지 않고 있다. 이쯤 되면 사기 아닌가? 설날을 앞두고 출판사 사장에게 전화했다. 여전히 변명으로 일관하기에 마침내 폭발하고야 말았다. "야, 이 ×××야, 네가 사람이냐?" 출판사 사장은 서둘러 전화를 끊었다. 몇 번 더 전화했지만 안 받았다. 이 세상을 65년이나 살아왔지만 송사(訟事)로 이어진 사례는 단 한 번도 없었다. 다 내가 참고 손해를 감수하였기 때문이다. 그렇지만 이제는 그만 참으려 한다. 계약은 약속이다. 약속은 지키라고 있는 것이다. 세상엔 사기꾼이 너무 많다. 사기를 치면 당연히 벌을 받아야 맞다.

"서로가 약속한 일 하나의 작은 약속에서 우리는 그 사람의 됨됨이를 알 수 있다. 수많은 말이 없어도 그 작은 행위에서 많은 것을 느낄 수 있다."

– 출처 미상

고난의 인생을 바꾸려면

그날은 모처럼 '나의 날'이었다. 오전부터 사실상 내가 주인 공인 스토리의 지역 방송이 송출됐다. 내용은 무척교에 있었던 중앙데파트 철거 당시 현장에서 이를 취재한 기자의 글을 추적한 TJB 방송사 작가의 기민한 대처 때문이었다. 그 방송을 보면서 카메라로 찍었다. 이어 블로그에 담고, 가족 카톡방에도 올렸다. 오후엔 전문 방송인 뺨치는 지인을 찾아 유튜브를 촬영하고 2차까지 가는 화기애애 술자리도 가졌다. 술을 마시던 도중, 가족 단톡방에 아들이 답글을 올렸다. "아버지는 이 시대의 슈퍼스타!" 피식 웃음이 터졌다. 슈퍼스타(superstar)는 아무에게나 쓰는 용어가 아니다. 그만한 자격이 있어야 한다. 기적(奇跡)의 행보를 거친 자라야만 비로소 이 낱말의 부여가 합당하기 때문이다. '기적'은 상식으로는 생각할 수 없는 기이한 일을 뜻한다. 따라서 기적을 만들자면 남보다 최소한 몇 배의 노력을 기울여야 하는 건 기본이다. 내가 꼭 그랬다.

오랫동안 새벽마다 글을 써왔다. 전날 아무리 고주망태로 귀가했더라도 새벽엔 반드시 일어나 경건한 마음으로 집필에 몰두했다. 덕분에 네 권의 책을 발간한 저자가 됐다. 이 책을 포함하면 다섯 권이다. 지금은 소설을 쓰고 있다. 혹자는 양보다 질을 강조한다. 그러나 내 생각은 다르다. 가수도 히트곡이 서너 곡 있는 것보다는 열 곡 이상인 가수가 더 유명하다는 건 상식이다. 각종 행사에서도 다작(多作)의 가수가 우선시되는 건 물론이다. 자신의 노래 한 곡 없이 허구한 날 유명 가수의 노래만 부르다가는 무명 가수의 그늘에서 벗어나기 힘들다.

유명가수 송대관 씨가 작년 TV조선 〈퍼펙트라이프〉에 출연하여 굶는 걸 밥 먹듯이 하던 긴 무명 시절을 지나 히트곡 '해 뜰 날'을 만나 "진짜로 '쨍하고 해 뜰 날'이 찾아왔다"고 고백하여 큰 감동을 안겼다. 고생 끝에 가수왕 트로피를 거머쥔 그는 "5만 원밖에 안 되던 출연료가 단숨에 3천만 원으로 수직 상승했다"며 "돈에 맺혀있던 한을 풀기 위해 어머니와 함께 돈을 바닥에 깔고 자보기도 했다"고 과거를 회상했다. 그 장면을 보면서 나 역시 이를 악물었다. 이제는 '트로트 대부'로 불리는 송대관 씨 또한 지난날에 경험한 지독한 고난을 잠시 지나가는 정류장으로 알고 더욱 열심히 가수 활동에 매진한 덕분에 오늘날 명실상부의 스타가 된 것이다.

나는 글을 쓸 적마다 느끼는 감흥이 있다. 집필(執筆)은 섹스보다 더 카타르시스(catharsis) 하다는 것이다. 내 마음대로, 붓이 가는 데로, 아니 자판을 두드리는 방향으로 글이 완성되는 쾌감은 작가만이 누릴 수 있는 행복이다. 그런데 작가는 대부분 고독하다. 어떤 책에서 본 내용이다.

'나무는 고독하다. 하지만 달과 바람과 새라는 친구가 있다. 달은 날마다 때를 어기지 않고 찾아와 고독한 밤을 같이 지내주고 가는 의리 있고 다정한 친구이다. 그런데 바람은 자기 마음 내키는 때만 찾아오고 쏘삭쏘삭 알랑거리며 난데없이 휘갈기기도 하는 못 믿을 친구다. 새라고 해서 별반 다를 바 없다. 제 맘대로 찾아와 혼자서 푸념해대다가 역시도 내 의사는 묻지도 않고 훌쩍 날아가는 무정한 녀석이다.'

여기서도 볼 수 있듯 작가는 나무(木)다. 글을 쓰노라면 달과 바람과 새라는 친구가 무시로 찾아온다. 그러나 우직한 막역지우(莫逆之友)와 같은 달(月)과 달리 바람(風)과 새(鳥)는 제멋대로 까분다. 그 건방짐이 눈에 거슬리긴 하지만 제어할 수 없기에 수수방관할 수밖에 없다. 그들을 뿌리치거나 구속한다면 폭풍한설(

暴風寒雪)과 새 떼들의 집중 공격을 부를 수도 있다. 어렸을 적, 여느 아이들처럼 장난꾸러기였던 나는 달리는 열차의 철로 위에 쇠붙이를 올려놓기 일쑤였다. 친구들이 그러면 기차가 지나가면서 쇠붙이를 자석으로 바꿔준다고 했다. 그렇지만 쇠붙이가 멀쩡하게 펴지긴 했으되 결코 자석은 되지 않았다. 쇠붙이가 자석으로 변한다는 건 그러니까 기적의 범주였다.

얼마 전에도 "나도 책을 내고 싶다"는 작가 지망생이 나를 찾아왔다. 그래서 또 거듭 강조했다. "잘 생각하셨습니다. 반드시 책을 내세요! 인생(人生)이 바뀝니다. 제가 바로 그 주인공입니다." 누구나 각자의 인생이 있다. 주어진 인생길을 속수무책(束手無策)으로 끌려가는 사람이 있는가 하면, 나처럼 스스로 바꾸는 사람도 있다. 내 인생을 바꿀 수 있는 주체는 결국 나 자신이다. 고난과 고독의 인생을 바꾸려면 책을 써야 한다.

책을 쓰다 보면 자연스레 인격과 품격까지 올라간다. 사귀는 사람들의 레벨(level)까지 덩달아 상승한다. 그들은 때로 천군만마(千軍萬馬)의 역할까지 해 준다. 이 책의 발간이 바로 그런 사례를 밟았다. 서점에는 글을 잘 쓰는 노하우를 다룬 책이 차고 넘친다. 그래서 굳이 이에 대한 코멘트는 삼가련다. 하나만 거론하자면 책을 쓰기 시작하면 분명 나 자신이 달라진다는 사실이다. 나라는 사람의 과거와 현재의 모습, 사고와 경험, 평소의 습관 따위가 마치 파노라마처럼 줄줄이 활자로 풀어진다는 것이다. 그러니 거짓말을 할 수 없다. 책은 독자와의 준엄한 약속이기 때문이다. 오늘, 아니 지금 당장 책을 잘 쓰는 방법을 다룬 도서를 구입하라. 이어 밑줄을 치면서 정독하라. 그러면 분명 당신도 글을 쓰고 결국엔 책까지 내고픈 충동에 휩싸일 것이다. 누구나 자신만의 독특한 컬러가 있다. 또한 나만 아는 인생철학 내지 난세 극복법까지 다양하다. 그러한 것들을 모으고 꿰면 책 한 권은 그야말로 뚝딱이다. 내 책을 발간하면 삶에 현격한 변화가 찾아온다. 내가 증인이다.

"당신이 가지고 있는 최선의 것을 세상에 주라.
그러면 최선의 것이 돌아올 것이다."

― 출처 미상

기개의 남아 안중근의 재발견

안중근 의사의 마지막 1년을 그린 영화 '영웅'이 화제다. 개봉한 지 20일도 안 돼 200만 관객을 돌파했다고 한다. 김훈의 소설 '하얼빈' 또한 30만 부나 팔리는(1월 초 현재) 베스트셀러 태풍권에 진입했다. '영웅'은 아직 못 봤지만 '하얼빈'은 일독했다.

'우리 시대 최고의 문장가'로 평가받고 있는 소설가 김훈의 신작 장편소설『하얼빈』은 책 안에서 이토 히로부미로 상징되는 제국주의의 물결과 대한 남아 안중근으로 상징되는 청년기의 뜨거운 열정이 부딪친다. 아울러 살인이라는 중죄에 임하는 한 인간의 대의와 윤리가 격돌한다. 이토 히로부미를 저격하여 죽인 뒤 수감된 안중근을 일본인 재판관 마나베가 심문하는 장면이 더욱 정의롭다.

Q. 안중근 당신이 진술할 필요가 있다고 생각하는 바를 진술하라.

A. 나의 목적은 동양 평화이다. 이토(히로부미)는 한국에 통감으로 온 이래 태황제를 폐위시키고 현 황제를 자기 부하처럼 부렸다. 또 타국민을 죽이는 것을 영웅으로 알고 한국의 평화를 어지럽히고 십수만 한국 인민을 파리 죽이듯이 죽였다. 이토, 이자는 영웅이 아니다. 기회를 기다려 없애버리려고 생각하고 있었는데 이번에 하얼빈에서 기회를 얻었으므로 죽였다. (P.236~237)

새삼 대한의 영웅이자 남아의 기개(氣槪)까지 출중했던 청년 안중근을 재발견하는 기회였다. 중국 전국시대의 협객이자 자객이었던 형가(荊軻)는 시황제를 암살하기 위해 도모했으나 실패한 일화로 유명하다. 그의 생애에 대해 잘 알려진 것은 없으나『사기』와『자객 열전』,『십팔사략』에 그에 관련된 이야기가 남아 있다. 특히『자객 열전』에 있는 형가의 기록은 중국 고서상 가장 스펙타클하기로 손에 꼽는 대목이다. 역사에서 '만일'은 의미가 없다. 만일(萬一)은 혹시 있을지도 모르는 뜻밖의 경우와 함께 만 가운데 하나 정도로 아주 적은 양이기 때문이다. 가능성이 희박하다는 얘기다. 그렇긴 하지만 당시에 만일 형가가 시황제를 죽였더라면 역사는 과연 어찌 흘렀을까?

안테나를 돌린다. 안중근이 일본 경찰과 재판관으로부터 고초를 겪을 당시, 채가구역에서 검거된 우덕순 또한 신문을 받았다. 안중근과 우덕순은 성장 과정이나 세습된 환경이 전혀 달랐다. 안중근은 남부럽지 않은 토호(土豪)의 자식이었지만 우덕순은 극빈의 하층민이었다. 일반적으로 토호의 자식은 현실에 안주하고 부모가 물려준 금전 옥답으로 호의호식을 지향한다. 하지만 안중근은 그조차 배격하고 애국심을 바탕으로 철저히 조국을 강탈한 이토를 죽였다. 세월이 흐를수록 존경심이 더해가는 이유다. 반면 우덕순은 고향 산천을 떠나 이국 만 리에서 갖은 고생을 겪었다. 그럼에도 정작 고향의 아내에게는 변변한 생활비조차 보내줄 수 없었다.

여기서 그나 나나 같은 빈민(貧民)이라는 진한 동병상련을 느꼈다. 빈곤은 분명 고난이다. 물론 그곳이 종착역이 아니라 일시적 정류장이라는 긍정과 함께 얼마든지 탈출이 가능하다는 자신감만 있다면 된다. 그 또한 남아(男兒)의 정신이기 때문이다. 기개의 남아이자 위대한 명성만으로도 '천 년을 사는' 남자 안중근을 다시 만나면서 위대한 그의 어머니를 거론하지 않을 수 없다.

조마리아 여사는 남편 안태훈과의 사이에 안중근(1879~1910), 안성녀(1881~1954), 안정근(1884~1949), 안공근(1889~1939) 등 3남 1녀의 자녀를 두었는데, 이들은 모두 독립운동에 헌신하였다. 장남 안중근이 중국 하얼빈역에서 한국 침략의 원흉 이토 히로부미를 처단하였고, 차남 안정근은 북만주에 난립한 독립군단을 통합시켜 청산리전투의 기반을 확립하였다. 삼남 안공근은 백범 김구의 한인애국단을 실질적으로 운영하며 윤봉길과 이봉창의 항일 의거를 성사시켰으며, 딸 안성녀는 안중근 의거 이후 일제의 탄압을 피해 중국으로 망명하여 손수 독립군의 군복을 만들었다. 조마리아는 자식들을 모두 독립운동의 제단에 바친 진정 장한 애국 어머니였다. 조마리아 여사는 죽음을 앞둔 안중근을 면회하지 않았다. 아들을 보면 흐트러질 수 있을 자신의 마음을 스스로 제어한 것이었다.

다만 안중근에게 이르길 "네가 항소를 한다면 그것은 일제에게 목숨을 구걸하는 짓이다. 네가 나라를 위해 이에 이른즉 다른 마음먹지 말고 당당하게 죽으라. 옳은 일을 하고 받는 형(刑)이니, 비겁하게 삶을 구하지 말고 대의에 죽는 것이 어미에 대한 효도다."라는 마지막 당부를 전했다. 조마리아 여사는 당신에게 닥친 고난을 정말 슬기롭게 극복하고 처신한 명불허전의 여장부였다. 나에겐 왜 저런 어머니가 없었을까… 라는 한탄이 절로 나왔다. 훌륭한 어머니는 예나 지금이나 올바른 자녀의 우상이자 본보기다.

"어머니란 기댈 수 있는 사람이 아니라 기대는 것을 필요없게 만드는 사람이다."

— 도로시 캔필드 피셔, 미국 소설가

숨은 진주의 발견?

'젊은 생각 빠른 신문'을 경영 모토로 하고 있는 대전투데이가 창간 17주년을 맞았다. 창간 당시부터 정도 경영과 아울러 올곧은 기사, 정직한 평론, 겸손한 언행을 사훈으로 일관해온 대전투데이가 전국 광역권 최강 필진위촉으로 제2의 중흥기 날개를 펼치고 있어 화제다. 지난 1월 13일 12시 대전시 유성구 유성대로 26-20 태동빌딩 7층 대전투데이 본사 대표이사실에서 열린 〈2023년 전국광역권 필진 위원 위촉장 수여식〉은 오지원 시 낭송가의 경쾌한 사회로 시작되었다. 오지원 시 낭송가는 사무엘 울만의 '청춘'을 암송하면서 분위기를 점차 몰입과 점입가경(漸入佳境)의 분위기로 몰고 갔다.

"청춘이란 인생의 어떤 한 시기가 아니라 마음가짐을 뜻하나니 장밋빛 볼, 붉은 입술, 부드러운 무릎이 아니라 풍부한 상상력과 왕성한 감수성과 의지력 그리고 인생의 깊은 샘에서 솟아나는 신선함을 뜻하나니…"

(중략) "영감이 끊기고 정신이 냉소의 눈『雪』에 덮이고 비탄의 얼음『氷』

에 갇힐 때 그대는 스무 살이라도 늙은이가 되네 그러나 머리를 높이 들

고 희망의 물결을 붙잡는 한, 그대는 여든 살이어도 늘 푸른 청춘이네."

세계인이 즐겨 암송하는 사무엘 울만의 '청춘'이라는 시에는 보충 설명이 필요하다. 사무엘 울만이 「청춘」이라는 시를 쓴 것은 78세 때였다. 사무엘 울만은 1840년 독일에서 유대인으로 태어나 프랑스의 알자스에서 유년기를 보내고 열한 살 때 부모를 따라 미국으로 이주했다. 버밍햄에서 1924년까지 살았던 사업가이자 교육가, 신앙인, 시인이었다. 정규교육을 제대로 받지 못하였음에도 불구하고 부단한 노력으로 수준 높은 학문과 신앙적 경지까지 개척했다. 학교와 병원 설립에 참여하고 시 교육위원과 시 의원, 유대교 율법사로 헌신하기도 했다. 이러한 업적을 기려 앨라배마 대학에 울만 기념관이 세워지고 마거릿 암브레스터 교수가 그의 인생 전기와 시들을 묶어 출판했는데 이 책이 '사무엘 울만과 청춘'이라는 이름으로 소개된 것이다.

울만의 시 중에서 가장 애송되는 시가 바로 「청춘(Youth)」이다. '청춘은 인생의 한 시기가 아니고, 그것은 마음의 한 상태이다. 그것은 장밋빛 볼, 붉은 입술 그리고 유연한 무릎의 전유물이

아니고, 의지의 전유물, 상상의 품질, 정서의 활력'이라는 것이다. 옳은 주장이다. 사무엘 울만의 열정에서 우리는 새삼 나이는 숫자에 불과하다는 것을 발견할 수 있다. 다음으로는 대전투데이 김성구 대표이사의 환영사가 이어졌다.

이 자리에서 김성구 대표는 "창간 17주년을 맞아 명불허전의 전국 광역권 최강 필진이 합류하게 되니 정말 반갑다. 이를 기화로 사무엘 울만의 「청춘」처럼 대전투데이 또한 청소년에서 '청년'으로 거듭날 수 있는 기반과 토양이 마련되었다"며 환영의 뜻을 밝혔다. 이어 박상도 한국사회공헌운동본부 대전 효.인성 교육원 총재이자 원장의 축사가 이어졌다. 김우영 논설실장의 경과 소개 다음으로는 필진 위원에 대한 위촉장 수여식이 있었다. 위촉장을 받은 신임 필진 위원들은 이구동성으로 "대전투데이의 가열한 발전을 위해 최고의 기사와 글로써 보답하겠다"는 각오와 포부를 천명했다. 이어서는 '아프리카 탄자니아 어린이 급식 후원금 전달식'이 열렸다.

이 후원금 마련은 지난해 말 아프리카 탄자니아에서 선교활동을 하며 어린이학교를 운영하는 비영리 국가 봉사 자립형 문화나눔 민간 단체인 한국문화해외교류협회 아프리카 지회 김종진 지회장이 김우영 논설실장을 만나면서 기폭제가 되었다.

"김우영 박사님, 제가 아프리카 탄자니아 음빙가에서 어린이 학교를 운영하는데 하루 두 끼 1,200실링기(Shilingi,한화 600원)가 없어 학교를 안 오는 학생들이 많아요. 정말 가슴이 미어지고 아파서 견딜 재간이 없습니다. 어찌 방법이 없을까요?" 이에 측은지심(惻隱之心)까지 일등이자 '자원봉사의 대부'로도 일컬어지고 있는 김우영 논설실장이 두 팔을 걷어붙이고 나섰다. 어려운 아프리카 어린이 급식 후원 운동을 전개하기로 하고 한국문화 해외교류협회 회원들에게 이 사실을 공지했다. 그러자 공지한 지 불과 20일 만에 국내와 해외 회원들 105명이 400만 원에 육박하는 후원금을 십시일반의 마음다운 마음과 정성의 결집으로 모아주었다.

참고로 아프리카 탄자니아에서는 우리 돈 18,000원이면 학생 1명이 한 달간 먹을 수 있는 급식비가 해결된다고 한다. 참석자 소개에 이어 김우영 논설실장은 "새로이 합류한 필진 위원님들의 정성어린 옥고가 대전투데이 발전의 시금석이자 토양"이라며 "그러므로 명실상부 최고의 글과 기사로 보답해 달라"고 신문 연재 안내의 철저한 약속 이행과 중요성을 당부했다. 고운 한복 차림의 유양업 신임 논설위원은 특유의 아리따운 목소리로 소프라노를 불러 앙코르까지 받았다. 기타 연주까지 압권을 자랑하는 김우영 논설실장은 경쾌한 합창곡과 '사랑해'까지 연주하고 노래하며 손에 손잡고의 우정까지 과시한 필진 위원들을 한층 더 결속하게 만들었다.

포토존에서 기념 촬영을 마친 대전투데이 필진 위원들은 자리를 옮겼다. 대전시 서구 둔산동 '명태가 썸타면' 식당으로 자리를 옮겨 즐거운 식사와 여흥으로 뜻깊은 자리를 마감했다. 1월 13일의 대전투데이 필진 위원 위촉장 수여식에서 나는 영예의 칼럼위원 위촉장을 받았다. 어깨가 더욱 무거워졌음은 물론이다. 언론사에 칼럼위원으로 전격 위촉된 것은 전적으로 김우영 논설실장의 적극적 천거(薦擧) 덕분이었다.

김우영 실장을 처음으로 만난 인연은 몇 년 전 자원봉사자 시상식에서였다. 이때 나는 대전자원봉사센터 시민기자로 취재하면서 수상자인 김우영 실장과 초면(初面)했다. 취재를 마치고 돌아서려니 김우영 실장은 술을 한잔하자며 손목을 잡았다. 그 술자리가 화기애애하면서 나는 그 자리에서 한국인 특유의 형님 동생 구별법인 '호구 조사' 끝에 아우가 되었다. 김우영 실장은 자타공인의 마당발 인맥을 자랑한다. 덕분에 나는 각종 문학단체의 간부로 초빙되었으며 대전투데이에도 발을 들이밀게 되었다. 김우영 실장은 평소 나에게 글쓰기에 관한 한 '숨은 진주'라고 칭찬을 아끼지 않는다. '숨은 진주'라는 표현은 대단한

과찬이다. 그래서 쑥스럽기는 하지만 그 칭찬이 불쑥불쑥 글을 더 잘 써야 한다는 동기부여의 징검다리가 되는 것도 사실이다.

'숨 막힐 듯한 걸작'으로 꿈틀대는 소설 장르로의 도전이 나의 또 다른 숙제다. 그 또한 고난의 길이 될 건 뻔하다. 그렇지만 나는 또 도전할 것이다. 왜? 도전은 나의 특기니까. 고난의 정류장은 성공으로 가는 길목이다. 경험해봐서 잘 안다.

> "내가 목표에 달성한 비밀을 말해줄게. 나의 강점은 바로 끈기야."
>
> — 루이 파스퇴르, 프랑스의 미생물학자

Chapter 4

노력하면 보인다

아내는 딸을 이렇게 서울대 보냈다

"어머니는 내 이야기를 항상 진지하게 들어주셨고 어머니의 생각을 얘기하실 때도 아주 진지하셨다. 어린 아들과의 대화라고 해서 건성으로 듣는 둥 마는 둥 하신 적이 없었다. (중략) 어머니는 나를 아주 잘 아셨고, 무엇보다 나를 믿어 주셨다."

『가난하다고 꿈조차 가난할 수는 없다』라는 책의 P.24~25에 등장하는 의미심장의 글이다. 김현근 저자는 이 책에서 남다른 각오와 의지, 열정과 노력으로 한국과학영재학교를 수석 졸업하고, 미국 프린스턴대학교에 수시 특차 합격한 분투기를 담고 있다. IMF 여파로 인해 아버지가 실직하고, 어머니가 생계를 책임지게 되면서 저자는 영어학원에 가는 것조차 버거웠다. 하루하루 먹고사는 일을 걱정해야만 하는 상황에서도 '미국 유학'이라는 꿈을 잃지 않은 저자의 초등학교 시절부터 프린스턴대학교의 합격통지서를 받는 순간까지를 담고 있다. 이 책의 저자는 나의 딸과 같은 1987년생이다. 그래서 더욱 감흥을 짙게 느낄 수 있었다. 특히 저자가 아버지의 서가에서 우연히 발견한 책『7막 7장』(저자 홍정욱)을 읽고 미국 유학을 꿈꾸게 된 이야기는 '책의 힘'까지 느끼게 하는 교훈의 공명(共鳴)으로 다가온다.

홍정욱 전 국회의원의 저서인『7막 7장』역시 발간 즉시 센세이션을 일으킨 바 있었다.『가난하다고 꿈조차 가난할 수는 없다』책을 우연히 만나게 된 것은 중앙로 지하상가의 중고 서점 덕분이었다. 거기서 푼돈으로 구입한 책이었지만 그 가치는 몇백만 원이나 되는 느낌이었다. 새삼 책의 중요성을 인지하게 되는 계기를 부여하기도 했다. 저자도 밝혔듯 '어머니라는 불빛'은 밤바다를 순항하게 해주는 등대 역할에 멈추지 않는다. 그보다 몇 배, 아니 몇 수십 배 이상을 상회한다.

헬렌 켈러(Helen Keller)가 청각과 시각까지 잃고 실의와 좌절에 빠져 있었을 때 구세주처럼 등장한 이가 맹아학교 교사 앤 설리번(Anne Sullivan)이었다. 그녀는 천사보다 더한 지극정성으로 헬렌 켈러를 불세출의 영웅으로 만들었다. 더욱 극적인 것은, 흔히 헬렌 켈러의 선생님으로만 유명한 앤 설리번 역시 성장 과정을 보면 한때는 구나방(말이나 행동이 모질고 거칠고 사나운 사람을 이르는 말)으로 난폭

했었다는 것이다. 앤 설리번의 아버지는 술에 중독되어 가족에게 항상 폭력을 가하였다. 어머니는 결핵을 앓고 있었으며 그녀가 여덟 살이 되던 때에 사망했다. 그 충격으로 인해 그녀는 정신적 피해가 오면서 점점 난폭해져 갔다. 공격적이고 자해를 하는 소녀까지 되었지만 '샤론 로라'라는 간호사가 그녀를 사지에서 구해주었다. 이런 걸 보면 사람은 누구를 만나느냐에 따라 인생까지 달라진다는 사실을 발견할 수 있다.

김현근 저자가 현명한 어머니를 만난 덕분에 미국 유학까지, 그것도 삼성의 '이건희 장학금(지금은 폐지된)'으로 갔다면 나의 딸은 올바른 자녀교육에 일로매진(一路邁進)한 어머니, 즉 현명한 아내 덕분에 서울대학교를 간 사례다. 아내는 아이들이 어렸을 적부터 진지한 가정교육과 밥상머리 교육에도 철저했다. 말을 배우기 시작할 때부터는 존댓말을 쓰게 가르쳤다. 시내버스 등의 대중교통을 이용할 때도 어르신을 뵈면 반드시 자리를 양보하라고 강조했다. 내가 벌였던 사업과 장사에서 돈은 못 벌고 연전연패로 쫄딱 망하여 경제적 골비단지(몹시 허약하여 늘 병으로 골골거리는 사람을 속되게 이르는 말)로 추락하였을 때도 아내는 의연했다.

아침에 일찍 집을 나서 백화점에 출근했다. 온종일 서서 접객하는 여성 의류매장의 고된 알바 주부 사원 일이었다. 말 그대로 개고생의 연속이었다. 깜깜한 밤이 되어서야 파김치로 귀가하는 아내를 보는 건 커다란 부끄러움이었다. 그렇게 힘든 나날이었음에도 아내는 항상 아이들의 성적을 챙겼다. 그렇지만 절대로 공부를 더 하라거나 남의 집 아이 성적과 비교하는 따위의 어리석음은 실천하지 않았다. 다만 책은 많이 보라고 권유했다. 그건 아들에게도 마찬가지였다. 다른 건 몰라도 아이들이 책일 사본다고 하면 지인에게 돈을 꿔서라도 반드시 사줬다. 아내가 실천한 나름의 가정교육과 자녀교육에 대한 가치관은 뚜렷했다. 그건 돈이 많아야 부자가 아니라 책을 많이 읽은 사람이 진정한 부자라는 인식이었다.

유학부지족(唯學不知足)이란 '배움은 만족해서 그치지 않아야 한다'는 뜻으로, 배움에는 항상 노력을 다해야 한다는 말이다. 그 중심에 책이 있다. 예부터 가을을 일컬어 독서를 하기에 좋은 계절이라고 하여 등화가친(燈火可親)이라고 한다.

세월이 변하니 이 또한 바뀐 지 오래다. 요즘엔 여름이나 겨울에도 냉방과 온방까지 완비된 지하철과 시내버스가 독서 장소로는 더 제격이다. 하지만 거기서도 책을 보는 사람을 도무지 발견할 수 없는 이유는 뭘까? 온통 스마트폰만 만지작거린다. 책이 없는 사회는 풀 한 포기 없는 사막과 같다. 책을 가까이하면 그 안에서 지혜와 슬기를 배울 수 있다. 그런데 독서도 실은 노력의 범주에 든다. 예로부터 노력하는 사람을 당할 자는 없다고 했다. 이런 측면에서 아들이 다들 부러워마다 않는 굴지의 글로벌기업에 입사할 수 있었던 것도 따지고 보면 아내의 노력과 지극한 아들 사랑이 디딤돌이었다고 느낀다. 딸과 마찬가지로 아내는 아들 역시 무한 신뢰와 사랑으로 길렀다. 노력하지 않으면 아무 것도 보이지 않는다. 아무것도 하지 않으면 아무것도 달라지지 않는다.

> *"책은 한 권 한 권이 하나의 세계다."*
>
> – W.워즈워스, 영국 시인

경비원에서 '교수님'으로 수직 상승한 까닭

지난 시절, 경비원으로 근무했음을 밝혔다. 어쩌면 대표적 을(乙)의 직업인 게 경비원이다. 을은 사전의 의미처럼 차례나 등급을 매길 때 '둘째'를 이르는 말이다. 따라서 '첫째'를 통칭하는 갑(甲)을 이길 수 없다. 더욱이 아파트 경비원은 더욱 힘들다. 아파트 입주민 모두가 사실상 '갑'이기 때문이다.

다음은 https://joycook.tistory.com/114에서 만난 「서러운 갑을 관계 그 유래를 아나요?」라는 글이다. 흥미진진하고 맞는 말이다 싶어 옮겨왔다.

"갑(甲)으로 태어나 자랐지만 결혼하면서 을(乙)이 됐고, 아이가 태어나자 병(丙)으로 내쳐지더니, 급기야 강아지한테 밀려 정(丁)으로 추락했다는, A 그룹 임원의 '웃픈(웃기지만 슬픈)' 이야기가 어디 그만의 사연일까.

직장에서는 '별'을 달았지만, 가정에서는 '팽'을 당하는 가장들은 주변에 숱하다.

집 밖에서의 맹수가 집 안에 들어서면 초식동물로 변한다. 그러니 개한테 밀릴 수밖에. 이게 끝이 아니다. 저 개가 새끼라도 낳으면?

몸이 아파 병원을 찾는 환자에게는 의사가 갑이다. 이 의사의 자녀가 학교에서 사고를 쳤다면 의사는 졸지에 을이 되고 교사가 갑이다. 이 교사가 근무하는 학교가 비리를 저질렀다면 교사는 을이고 검사가 갑이다. 반전은 또 있다. 앞서 병원을 찾는 환자가 검사라면? 교사, 의사, 검사가 뒤엉킨 '갑과 을의 뫼비우스 띠'다.

사실은 우리 삶이 갑과 을의 드라마다. 조직에서는 선배가 갑이고, 경기장에서는 심판이 갑이고, 선거 전에는 국민이 갑이고, 선거 후에는 정치인이 갑이고, 아파트에서는 윗집이 갑이고, 술자리에서는 폭탄주가 갑이고, 무도장에서는 스피커와 조명이 갑이고, 라면에는 찬밥이 갑이다. (후략)"

경비원을 그만둔 뒤로는 한 푼이라도 벌 요량에 시민기자 활동에 더욱 노력했다. 덕분에 취재와 인터뷰 과정에서 이따금 진정 꽃보다 고운 사람을 만나는 수확을 거둘 수 있었다. 그 선과(瓜果) 덕분에 모 대학교 강의까지 이뤄졌다. 그게 봉인첩설과 SNS로 입소문이 나면서 주변에서 "앞으론 강사로 추천해 주겠다"는 응원이 쇄도했다. 어느 날에도 모처로 취재를 나갔다. 나를 만난 모 인사는 "어이구~ 대학에서 강의도 잘하시는 교수님"이라며 반색했다. 나는 서둘러 손사래를 쳤다. "아닙니다! 저는 여전히 무명소졸(無名小卒)의 무지렁이에 불과합니다." 사람은 누구나 꿈을 지니며 산다. 나의 롤 모델 미국 작가 스티븐 킹 외에도 『해리포터』 시리즈로 유명한 영국 작가 조앤 롤링이다.

그들은 오로지 책 쓰기 하나로 억만장자의 반열에 올랐다. 따지고 보면 사실 강의는 교수와 유명 인사의 어떤 준엄한 영역이다. 그만큼 어렵고 아무나 할 수 있는 게 아니라는 방증일 터다. 여하튼 나는 대학에서도 강의를 마친 바 있다. 통장으로 입금된 두둑한 강의료를 아내에게 줄 때는 정말이지 어찌나 뿌듯했는지 모른다. 말이 난 김에 하는 소리인데 사실 아내는 나의 불학(不學)을 내심 많이 깔봤을 것이다. 다만 겉으로 표현만 안 했을 따름이라는 주장이다. 하기야 중학교 문턱조차 밟아보지 못 한 자신의 무식한 남편을 자랑하고픈 아낙이 세상에 어디 있으랴. 아줌마들은 통상 자녀 자랑을 가장 앞세운다고 한다. 그다음으로는 뭘까? 남편 자랑도 대화의 축에 들지 모르겠다. 자기 남편이 떵떵거리는 법조인이라거나 돈을 잘 버는 의

사라고 한다면 응당 자랑하고도 남을 일이다. 반면 나처럼 못 배운 무지렁이가, 그도 모자라 딱쇠(마음씨가 사납고 고집이 센 사람을 홀하게 이르는 말)이기까지 하다면 어딜 가서도 입도 벙긋하기 싫을 것이다. 아무튼 대학에서의 강의료를 받으면서 새삼 다짐했다. 내일 세상이 망하더라도 한 그루 사과나무를 심는 사람처럼 더욱 정성을 기울여 책을 내고 강의에도 더 열정을 바치리라고. 노력에는 종착역이 없다.

> "성공하려고 아무리 노력해도 실패에 대한 두려움이 마음에 가득하다면 노력하지 않게 되고 칭찬이 허사가 되어 성공은 불가능해질 것이다."
>
> – 보두앵, 벨기에의 제5대 국왕

빵보다 배려 먼저

'젊어 고생은 사서도 한다'라는 속담이 있다. 그러나 이런 고생은 안 하는 게 낫다. 젊어서부터 겪는 극심한 고생은 사람을 쉬이 곯게 만든다. 더욱이 어려서부터의 고생은 어쩌면 평생 트라우마로 간직하게 하는 실마리로까지 작용한다. 고난의 베이비부머답게 그동안 안 해 본 게 없다. 그중 하나가 십 대 때 경험한 소년공(少年工)이다.

호구지책의 일환으로 철공장(鐵工場)에서 잠시 일했다. 펄펄 끓는 쇳물이 나오면 쇠판으로 식힌 뒤 상하 롤러(roller) 기계로 납작하게 만드는 기계를 작동하게 되었다. 지금이야 각종 안전 센서가 장착되어 안전한 전자동(全自動)이라지만 당시엔 그러지 못했다. 따라서 기계 운전자가 잠시만 한눈을 팔아도 비극이 발생했다. 실제 보름여 근무하는 동안 무려 세 명이나 순식간에

팔이 잘리는 사달이 빚어졌다. 순식간에 롤러 사이에 팔이 끼여 녹아버리는 아비규환이 속출했다. 그 현장은 지금 생각해도 끔찍하기 그지없는 지옥(地獄)이었다. 더 일했다가는 나도 꼼짝없이 장애인이 될 건 불 보듯 뻔했다. 과감히 청산하고 다른 직업으로 갈아탔다. 작년 10월, 경기도 평택시 SPC 계열 SPL 제빵공장에서 20대 노동자가 끼임 사고로 사망한 사건이 일어났다. 청운의 꿈을 간직했을 20대 여성 노동자가 샌드위치 소스를 만드는 배합기 기계에 상반신이 끼어 숨지는 사고가 발생한 것이다. 경험자로서 상상만 해도 끔찍스러웠다. 이런 와중에 SPC의 또 다른 계열사인 모 제빵공장에서도 근로 노동자의 손가락 절단 사고가 다시 발생했다.

갈수록 더욱 어려운 지경에 처하게 되는 경우를 비유적으로 이르는 속담에 '산 넘어 산이다'라는 게 있다. 따라서 이쯤 되면 안전 불감증의 '산 넘어 산' 절해고도의 법치(法治) 무용지대(無用地帶)가 아니었던가 싶었다. 상황이 심각해지자 분노한 소비자들은 급기야 SPC 불매 운동에 가담하기 시작했다. 이 과정에서 '웃픈 사건'이 또 발생했다.

20대 여성 노동자의 장례식장에 SPC의 빵을 두고 갔다는 뉴스가 보도되면서 '사망자의 피로 만든 빵'이라는 세간의 비난과 조소가 강물을 이룬 것이다. 상식이겠지만 '근로자의 피로 만든 빵'은 누구도 먹지 않는다. 현대 프리미엄 아울렛 대전점 화재로 일곱 명이 사망한 뒤 이 업장은 엄동설한보다 더 싸늘하게 문이 닫혔다. 한순간의 실수와 방임이 얼마나 큰 후과(後果)를 만드는 지를 여실히 보여주었다. 중대재해처벌법은 SPC와 현대 프리미엄 아울렛에서 발생한 사건 사고 등을 사전에 예방하라고 만들어졌다. 하지만 여전히 노동 현장에서는 이런 시스템이 제대로 작동되지 않는 것으로 보이니 참으로 유감이다.

"빵이 없으면 고기를 먹어라" 이 말은 프랑스 국왕 루이 16세의 왕비였던 마리 앙투아네트가 했다고 알려진 유명한 망언(妄言)이다. 역사는 승자의 기록이다. 그러므로 역사의 패자였던 마리 앙투아네트가 실제 그런 말을 했는지의 여부는 알 수 없다. 다만 강조코자 하는 건 '빵보다 배려'가 먼저라는 것이다.

기업과 재벌의 오늘날 빛나는 성과는 수많은 노동자의 노력과 헌신 덕분이다. 그들의 피와 땀이 있었기에 지금의 영광이 존재하는 것이다. '직원은 내 가족이다'라는 경영자의 마인드 치환이 없는 이상 SPC 산업재해 사태와 현대 프리미엄 아울렛 대전점 화재 같은 비극은 언제든 다시 발생하기 마련이다. 투자 없는 안전은 없다. 그물 없이 물고기를 잡으려는 것과 마찬가지다. 노력 없이 돈만 벌려는 행위는 도둑놈 심보다. "내가 원하지 않는 바를 남에게 행하지 말라." 공자님의 일갈(一喝)이었다.

> "살면서 저지르는 가장 큰 실수는 실수할까봐 계속 걱정하는 것이다."
>
> — 엘버트 허버드, 미국 작가

방송이 만들어 준 '인생 9단'

 TV보다 라디오를 좋아한다. 라디오는 음성 매체이다. 그래서 일이나 공부를 하면서도 청취할 수 있어서 좋다. 좋아하는 음악이 수시로 나오니 금상첨화다. 보낸 문자가 당첨되면 상품도 쏠쏠하다. 평소 TBN 교통방송을 애청한다. 작년의 어느 날 교통방송의 새벽 프로그램인 '굿모닝 코리아' 작가님에게서 전화가 왔다. 방송을 들으면서 문자를 자주 보냈는데 채택이 되었지 싶었다.

 "진행자와 약 10분 이상 인터뷰를 할 예정인데 참여를 부탁드립니다.""좋습니다." 잠시 후 진행자와 전화 인터뷰를 하게 되었다. "초등학교 졸업이 학력의 전부인 베이비부머 애청자라고요?""네, 맞습니다. 올해 64세인 저는 가난해서 중학교조차 진학하지 못했습니다.""그런데 어떻게 해서 책을 4권이나 내셨나요?" "배운 게 없다 보니 이 세상을 참 힘들게 살았습니다. 그게 반면교사의 교훈이 되었지요. 아이들만큼은 반드시 잘 가르치겠노라 이를 악물었습니다. 아이들이 어려서부터 함께 도서관을 다녔지요." "그래서요?" "아이들은 모두 명문대에 갔고 저는 만 권의 책을 읽은 덕분에 작가와 시민기자까지 하고 있습니다." "대단하십니다! 그렇다면 정말 '인생 9단'이시네요."

나는 지금도 열 곳이 넘는 기관과 지자체, 언론사 등에서 시민기자와 칼럼니스트로 활동하고 있다. 취재하면 고료를 주는 경우도 있지만 그렇지 않은 곳이 더 많다. 하지만 나름 언론 보도 부분으로 봉사를 한다는 마음가짐으로 최선을 다하고 있다. 이를 인정받아 해마다 연말이 다가오면 이런저런 상을 많이 받았다. 그동안 문학과 보도 관련으로만 상을 100회 이상 수상했다. 나는 주로 미담을 쓴다. 그래서 취재와 인터뷰 과정에서 마음씨가 비단결처럼 착한 분을 자주 만난다. TBN 교통방송에서는 나에게 '인생 9단'이라는 어떤 자격증을 주었다. 너무나 감사하다. 이 밖에도 나는 '도전하는 홍키호테'와 '사자성어 달인'이라는 별칭으로도 불린다.

TBN 교통방송 얘기가 나온 김에 KBS1TV를 거론하지 않을 수 없다. '드라마 같은 삶의 무대에 당신을 초대합니다. 보통 사람들의 특별한 이야기, 특별한 사람들의 평범한 이야기를 비롯한 치열한 삶의 바다에서 건져 올린 우리 이웃들의 이야기를 전달하는 프로그램'으로 소문난 〈인간극장〉을 거론하는 것이다. 그 방송의 담당 작가로부터 그동안 네 번이나 출연 요청을 받았다. 그러나 정중히 사양했다. 〈인간극장〉을 5부작으로 찍자면 최소한 20일 이상 한 달 가까이 걸린다. 거기서 최초로 출연⁽녹화방송⁾ 요청을 받았던 적은 경비원으로 일할 때였다. 아마 내 저서를 봤거나 검색을 통해서였을 것이란 추측이다.

사실 나처럼 드라마 같은 삶의 무대에서 살아온 사람은 별로 없을 테니까. 문제는 직장에서 발생했다. 경비원 주제에 방송사에서 나와 녹화를 한다? 자초지종을 말했더니 예상했던 대로 야멸찬 직장 상사는 일언지하에 거절했다. "그럴 거면 이 회사 그만 두고 찍으쇼."

사람은 누구나 버킷 리스트⁽bucket list⁾가 있을 터. 나의 버킷리스트는 최고의 베스트셀러를 기록하는 저서를 내는 것이다. 그것이 기화⁽奇貨⁾가 되어 더불어 한 시간에 최소 200만 원 이상을 받는 명불허전⁽名不虛傳⁾의 강사까지 되고 싶다. 그렇게 된다면 한 달동안 죽어라 일하고 받는 공공근로의 월급과 맞먹는 액수다. 작년에 힘든 공공근로를 하면서 몸무게가 많이 빠졌다. 아내는 걱정했지만 다이어트 측면에서 보면 돈을 벌면서 체중을 감소한 셈이니 이 또한 안빈낙도(安貧樂道)의 방편이지 싶다.

작년 연말이 가까웠을 때는 어떤 권위 있는 단체에서 명망가에게만 주는 상의 수상자가 되었다는 반가운 소식을 받았다. 순간 '도끼를 갈아 바늘을 만든다'는 뜻으로, 아무리 이루기 힘든 일도 끊임없는 노력과 끈기 있는 인내로 성공하고야 만다는 뜻을 지닌 마부위침(磨斧爲針)이 떠올랐다. 마치 나를 위해 만든 사자성어가 아닐까 싶었다. 사람은 몰라도 노력은 배신하지 않는다. 누구나 위대한 미래의 씨앗을 갖고 있다. 그러나 그 씨앗에 적절한 노력을 기울이지 않는다면 성숙은커녕 아예 발아되지도 않는다.

> "누가 당신을 한번 배신했다면 그 사람의 탓이고, 두 번 배신했다면 당신의 탓이다."
>
> — 출처 미상

희망은 배신하지 않는다

"인생은 나에게 술 한 잔 사주지 않았다. 겨울밤 막다른 골목길 포장마차에서 빈 호주머니를 털털 털 털어 나는 몇 번이나 인생에게 술을 사주었으나 인생은 나를 위하여 단 한 번도 술 한 잔 사주지 않았다. 눈이 내리는 그런 날에도 돌연꽃 소리 없이 피었다 지는 날에도 인생은 나에게 술 한 잔 사주지 않았다"

가수 안치환의 히트곡 〈인생은 나에게 술 한 잔 사주지 않았다〉이다. 이 노래처럼 내 인생 역시 나에게 술 한 잔 사주지 않았다. 참으로 야박한 녀석이 아닐 수 없었다. 그날은 모처럼 고향 친구들과 흠뻑 마셨다. 술은 역시 흉금을 터놓을 수 있는 친구들과 마시는 게 제일이다. 그 친구들은 또한 나의 성공을 진심으로 비는 초등학교 동창이자 죽마고우들이었다.

가수 김연자는 〈10분 내로〉라는 그녀의 히트곡에서 '내가 전화할 때 늦어도 십 분 내로 내게로 달려와요.'라고 명령한다. 그래서 하는 말인데 이 풍진 세상을 60년 이상 살아보니 아무리 생면부지의 사람일지라도 10분만 대화를 해보면 그 사람의 심상(心相)까지 간파하게 된다.

그중에는 진정 나의 발전을 축원하는 사람이 있다. 반면, 마치 양두구육(羊頭狗肉)인 양 겉과 속이 판이하게 다른 사람도 실재한다. 실례(實例)로 내가 그동안 몇 권의 저서를 출간했지만 단 한 번도 내 책을 구입하지 않은 사람이 있다. 저자는 자신의 책이 나오면 즉시 세일즈맨으로 변신해야 한다. 출판사가 고마워서라도 단 1권의 책이라도 더 팔 수 있도록 적극적으로 노력하는 것이다. 이런 맥락에서 평소는 물론, 출간할 때도 들르는 모 가게의 주인이 주인공(?)이다. 자그마치 얼추 30년 단골이자 후배인데 "요즘 책 보는 사람이 있나요?"라며 교묘하게 피해 간다.

그로부터 다시는 책과 연관된 얘기를 꺼내지 않는다. 지금껏 내 인생과 그 '자린고비' 후배는 덩달아 나에게 술 한 잔 사주지 않았다. 그렇지만 다섯 번째로 세상과 만나는 내 저서(이 책)는 반드시 판매가 잘될 것이라는 확신이 무럭무럭하다. 그렇게 된다면 출판사의 인세(印稅)만으로도 충분히 나는 물론이요, 친구와 지인들에게도 술을 펑펑 사줄 수 있으리라.

얼마 전에는 산티아고 순례길을 다녀왔다는 강사를 취재했다. 산티아고 순례길은 유럽 각지에서 출발하여 스페인 북서부의 소도시 산티아고 데 콤포스텔라로 향하는 길이다. 산티아고는 예수의 제자인 성 야고보의 시신이 안장된 산티아고 대성당이 있는 곳이다. 교황 칙령에 의해 가톨릭의 성지로 지정되면서 많은 순례자가 순례를 떠나는 목적지가 되었다.

이 순례길은 종교적인 목적은 물론이고 개인적인 동기나 자기성찰을 위해 찾는 사람이 많아졌고 여행을 목적으로 오는 사람도 점점 늘고 있다고 알려졌다. 천 년 동안이나 이어져 내려온 힐링의 이 산티아고 순례길은 매년 10만 명 이상의 사람들이 찾는다고 한다. 제주 올레길의 모델이 되기도 한 곳으로 전체 길이가 무려 800km에 달하는 순례길이다. 이 길을 까미노 데 산티아고(Camino de Santiago)라고 하는데 '산티아고로 향하는 길'이라는 뜻이다. 강의를 듣던 많은 사람이 다들 동경하는 모습이었다. "나도 가야지!"라는 동시다발의 부러움이 무성했다. 하지만 나는 달랐다. 그보다 급한 건 이 책의 출간(出刊)이었기 때문이다.

책을 내본 사람은 다 아는 상식이 하나 있다. 그건 바로 출간의 과정은 대단히 어렵다는 사실이다. 한 줄의 문장을 위해 수십 권의 책을 읽어야 한다. 한 줄의 사례를 찾으려면 최소한 네댓 가지의 신문(뉴스)을 검색해야 했다. 그렇지만 모르는 사람은 죽어도 모르는 게 바로 책 쓰는 즐거움이다. 그런데 출간을 하자면 경비(經費)가 필요하다. 그 출간 비용을 마련하고자 작년에는 아홉 달 가까이 공공근로를 했다. 과도한 육체노동이었는지라 많이 힘들었다. 일을 마치고 파김치가 되어 귀가하면 허깨비처럼 쓰러지기 일쑤였다. 그러나 '호박은 환경을 따지지 않는다'는 마음가짐으로 나 자신을 다독거렸다.

호박은 예로부터 식재료로 많은 사랑을 받아왔다. 우리 몸에 좋은 여러 영양소와 물질도이 풍부하게 들어있다. 식감 또한 부드럽고 달콤하기 때문에 남녀노소에게 많은 사랑을 받고 있다. 호박은 험지에서도 잘 자란다. 『명심보감』에 양전만경불여박예수신(良田萬頃不如薄藝隨身)이라는 글이 나온다. '좋은 밭 만 이랑(갈아 놓은 밭의 한 두둑과 한 고랑을 아울러 이르는 말)이 하찮은 재능을 지니는 것만 못하다'는 뜻이다. 양묘장에서의 공공근로는 일종의 농사(農事)와 같은 장르였다.

그래서 하는 말인데 아무리 많은 땅을 지니고 있더라도 소유주가 성실하게 농사를 짓지 않으면 얻을 수 있는 수확이 없다. 오히려 황무지가 되기 십상이다. 공공근로 덕분에 다양한 삶의 경험과 함께 출간에 들어가는 소스(source)의 마련이라는 두 마리 토끼를 잡았다. 희망은 노력과 동격이다. 희망은 간절한 꿈과 같아서 배신하지 않는다.

> "어릴 적 나에겐 정말 많은 꿈이 있었고, 그 꿈의 대부분은 많은 책을 읽을 기회가 많았기에 가능했다고 생각한다."
>
> — 빌 게이츠, 마이크로소프트의 창업자

50년 의리에 눈물 펑펑

작년에 숙부님의 상을 당했다. 이와 연관된 글을 chapter 1의 '그러나 아버지를 버릴 수 없었다'에서 밝힌 바 있다. 그래서 장례를 치르러 아산(온양)에 갔다. 이틀째 되는 날, 낯익은 문상객이 모습을 보였다. 얼추 50년 전 같은 직장에서 근무했던 D형님이었다. D형님께서는 먼저 고인께 절을 한 뒤, 나와 사촌 동생들하고도 맞절을 했다. 착석한 D형님 앞에 나도 앉았다. "이게 대체 얼마 만인가요?" "글쎄… 자네 숙모님께서 작고하셔서 문상할 때 만나고 처음이니 약 10년은 되었지 싶구먼." 그랬다. 숙모님께서는 지난 2012년 10월 2일에 눈을 감으셨다. 이후 숙부님께서는 극심한 외로움과 와신상담의 나날을 힘겹게 살아오셨다. 그리곤 약 10년 만에 숙모님의 뒤를 따라가신 것이었다. 자식이 제아무리 효자라 한들 악처 하나만 못하다는 건 삼척동자도 다 아는 상식이다. 그렇다고 해서 숙모님이 악처였었다는 의미는 절대 아니다. 그저 비유적으로 이르고자 동원한 것이다.

생전에 편부(偏父)와 딸 둘만의 형제였던 숙부님께서는 어려서부터 나를 길러주신 분이다. 어머니와의 결별 후 홀아비로 살았던 아버지께서는 허구한 날 술만 사랑하셨다. 그래서 숙부님께서는 늘 그렇게 나를 걱정해 주셨다. 숙부님께서는 지난 1970년대 말에 임대한 호텔업으로 돈을 많이 벌어 당신의 근사한 빌딩까지 지었다. 호텔 운영 당시, 나를 이어 지배인으로 근무한 사람이 D형님이었다. 입대하면서 나는 그 자리를 내놓았기 때문이다. 그렇게 숙부님과 인연인 된 D형님은 숙부님이 건설한 빌딩 1층에 럭셔리 일식집을 차렸다.

당시는 경기가 지금과는 상상을 불허할 정도의 초격차 활황이었다. 그래서 D형님은 돈을 그야말로 갈퀴로 긁듯 그렇게 모을 수 있었다. 덕분에 그는 지금도 멋진 빌딩의 소유자가 되어 어려운 줄 모르고 산다는 풍문을 오래전부터 듣고 있다. 아무튼 약 50년이나 지났음에도 여전히 의리를 지키는, 그래서 숙부님의 장례식까지 찾아온 D형님의 온전한 사고방식이 너무나 고마웠다. 눈물이 펑펑 쏟아졌다. "예나 지금이나 자네는 눈물이 많구먼." 나는 지난 세월, 사는 게 늘 그렇게 험산 준령이었다.

그리스 신화에 나오는 시시포스(Sisyphus)가 신들을 기만한 죄로 커다란 바위를 산꼭대기로 밀어 올리는 벌에 처해졌다면 나는 어머니를 일찍 여의고 지독한 가난에 시달리는 형벌에 시달렸다. 하지만 그럴 적에도 항상 힘이 돼 주신 분은 단연 숙부님이셨다. 담배와 술을 안 하는 D형님께서는 밥조차 뜨는 둥 마는 둥 하시곤 일어나셨다. "형님 부디 건강하십시오. 그래야 자주 만나죠!" "동생도 술 좀 줄이고." 언제부턴가 의리가 실종된 사회에서 살고 있다고 해도 과언이 아니다. 지인 중 한 사람을 나의 능력으로 소위 '좋은 자리'에 천거해 주었다. 처음엔 고맙다며 간이라도 빼줄 듯하더니 이제는 아예 연락조차 없다. 그에게서 나는 양두구육(羊頭狗肉)을 보았다. 세상이 그처럼 각박하고 비정해졌다.

'양두구육'은 양 머리에 개고기라는 뜻으로 실제로는 그렇지 않으나 겉으로 그럴싸하게 허세를 부리는 것을 말한다. 송(宋)나라 때 지어진 『오등회원(五燈會元)』에서 유래하는 말이다. 춘추시대(春秋時代) 제(齊)나라의 영공(靈公)은 여인들이 남장하는 것을 보기 좋아하였다. 그의 특이한 취미가 온 나라에 전해지자 제나라 여인들이 온통 남자 복장을 입기 시작했다. 이를 전해 들은 영공은 남장을 금지시켰지만 지켜지지 않았다. 그러던 중 당대 명성 있는 사상가인 안자(晏子)를 우연히 만나 금령이 지켜지지 않는 까닭을 물었다. 안자는 다음과 같이 대답했다. "군주께서는 궁궐 안에서는 여인들의 남장을 허(許)하시면서 궁 밖에서는 못하게 하십니다. 이는 곧 문에는 소머리를 걸어놓고 안에서는 말고기를 파는 것과 같습니다. 어찌하여 궁 안에서는 금지하지 않으십니까? 궁중에서 못하게 하면 밖에서도 하지 않을 것입니다." 이 말을 듣고 영공은 궁중에서도 남장을 금하게 하였고 한 달이 지나자 제나라 전국에 남장하는 여인이 없게 되었다.

이후 여러 문헌과 구전에 의해 원문의 소머리는 양 머리로, 말고기는 개고기로 바뀌어 쓰이고 있다. 양두구육은 이처럼 겉으로는 좋은 명분을 내걸고 있으나 알고 보면 실속이 없이 졸렬한 것을 말한다. 비슷한 성어로는 양두마육(羊頭馬肉), 표리부동(表裏不同), 명불부실(名不副實)이 있고, 반대말로는 명실상부(名實相符), 명불허전(名不虛傳) 등이 있다.

반면 D형님은 50년 전이나 지금 역시도 불변했다. 비단 각다귀(남의 것을 뜯어먹고 사는 사람을 비유적으로 이르는 말)가 아닐지라도 사람이라면 의리를 존중하고 볼 일이다. 가린주머니(재물에 몹시 인색한 사람을 놀림조로 이르는 말)라고 한다면 의리고 나발조차 없다. 그렇지만 우리들은 그러면 안 된다. 특히 베이비부머 세대들이라면 얼마나 신의를 숭상하는 세대인가! 곰손이(곰과 같이 순하고 든직한 사람)처럼 의리까지 마치 천년바위인 양 우직한 사람이 제일이다. 그런 사람이 많은 나라가 진정 천국이다. 그런데 의리는 반드시 지키겠다는 노력이 전제되어야 한다. 뭐든 그렇겠지만 노력 없는 성공은 없다.

> "허송세월하며 할 일이 없는 사람은 악(惡)으로 끌려가는 것이 아니라 저절로 기울어진다."
>
> — 히포크라테스, 그리스의 의학자

청춘은 나이가 없다

　2023년은 계묘년이다. 해가 바뀌면서 전국적으로 해돋이 명소마다 인산인해를 이뤘다고 한다. 새해 첫날 웅장하게 떠오르는 환한 해돋이를 보면서 한 해의 각오를 다지는 건 좋은 일이다. 그렇지만 '굳이 돈 들여서 그 먼 데까지 가서 해돋이를 봐야만 직성이 풀리는 걸까?'에는 여전히 의문을 제기하는 입장이다. 오래전 정동진까지 갔다가 해돋이도 못 보고 얼음물에 빠진 개 떨 듯 고생을 막심하게 했던 기억이 새롭다. 이듬해에는 또 정신 못 차리고 계룡산으로 해돋이를 보러 갔다. 하지만 정상은커녕 중간에서 빙판길에 넘어졌다. 코가 깨지고 피까지 흥건하게 나는 바람에 동행한 아들과 조카 앞에서 스타일만 왕창 구겼다. 이후로 결심했다. 다시는 해가 바뀐다 해도 해돋이를 보려고 멀리까지 가면 내가 아들의 아들이라고.

사실 해돋이는 어디서든 볼 수 있다. 단지 그걸 어디서 보느냐에 따라 달라질 뿐이다. 이러한 사례는 사람을 보는 데도 마찬가지다. 사람은 어떤 면을 보느냐에 따라 다르게 보이기 때문이다. 예컨대 한 살이 되는 아기를 보면 천사가 따로 없다. 다들 또랑또랑하고 귀여워 보인다. 네댓 살에 보면 더욱 기특하고 대견해 보인다. 열 살이 넘어가면 어엿하고 때론 성숙해 보이기까지 한다. 이처럼 사람의 어디를 보느냐에 따라 다르게 보이는 것과 비슷한 건 다른 풍경도 마찬가지다.

사과 나무도 장소와 시간에 따라 보면 다르게 보이는 이치와 같다. 새벽에 보면 푸르게, 아침에 보면 상쾌하게, 낮에 보면 선명하게, 밤에 보면 황홀하게 보인다.

여하튼 토끼띠로 해가 바뀌었다. 그래서 토끼띠의 해에 태어난 인물들을 살펴본다. 먼저 삼국통일의 영웅이 된 김유신(595년생)을 간과할 수 없다. 그 뒤를 '님의 침묵'의 작가 만해 한용운(1879)이 잇는다. 영원한 영웅 안중근(1879) 의사도 그 명함이 새삼 돋보인다. 김영삼(1927) 전 대통령과 정주영(1915) 전 현대그룹 회장도 빠뜨리면 서운하다. 문화·예술계로 눈길을 돌리면 미당 서정주(1915)와 소설가 이청준(1939)도 토끼띠였다. 지난해 칸 영화제 감독상을 수상한 박찬욱(1963) 감독도, '씨름판의 황제' 이만기

⁽¹⁹⁶³⁾도, 이종격투기 선수 추성훈⁽¹⁹⁷⁵⁾, 메이저리거 류현진⁽¹⁹⁸⁷⁾도 순한 것 같으면서도 알고 보면 강직한 토끼띠의 행렬에 섰다. 그러고 보니 사랑하는 내 딸도 마찬가지다.

토끼에 대한 속담도 많다. '가는 토끼 잡으려다 잡은 토끼 놓친다'는 잡아 놓은 토끼가 있는데도 욕심을 부린 나머지 지나가는 또 다른 토끼를 잡으려다가 잡아 놓은 토끼마저 놓쳐 버린다는 말이다. 지나치게 욕심을 부리면 손해를 볼 수도 있다는 뜻이다. 비슷한 속담으론 '산돼지를 잡으려다가 집돼지까지 잃는다'가 있다. 욕심이 과하면 화를 부른다는 사자성어 소탐대실(小貪大失)과 같다. '영리한 토끼는 굴을 셋 판다'는 교토삼굴(狡兎三窟)이라고 한다. 위기를 모면하거나 재난에서 살아남기 위해서는 사전에 대비책을 준비해야 한다는 말이다. 이 밖에 '그물을 벗어난 토끼 도망치듯 한다', '그물에 걸린 토끼 신세', '노루 잡는 사람에 토끼가 보이나', '놀란 토끼 뛰듯 한다'도 돋보인다.

나는 올해의 해돋이를 집 밖 계족산 쪽에서 봤다. 내가 생각하는 해돋이의 진정한 함의는 작심삼일이 아니라 희망을 설정하고 초지일관(初志一貫)하는 것이다. 즉 희망엔 계획과 노력 그리고 적극적 실천이 있어야 한다는 주장이다. 올해는 에세이와는 별도로 장편소설도 한 권 발간할 작정이다. 이를 이루자면 '올해도 나는 청춘이다'라는 굳센 마인드의 정립과 견지가 반드시 필요하다. 청춘(靑春)은 노력으로 삶을 긍정하는 힘찬 나이이기 때문이다. 청춘은 무슨 일이든 잘한다. 청춘은 나이가 없다. 청춘의 본질은 열정이다.

> "젊음을 즐겨라. 당신은 지금 이 순간보다 결코 젊지 않을 테니까."
>
> — 출처 미상

이젠 그럴 때도 됐다

"당신이 입원한 아흐레 동안 내 마음은 얼마만큼 까맣게 타들어 갔는지 아시나요? 입원하고 이튿날 수술실에 들어가는 당신 모습을 보면서는 한참을 오열했습니다. 빙기옥골(氷肌玉骨)의 꽃보다 고왔던 당신을 만난 건 우리가 십 대 말이었지요.

태양보다 뜨겁게 열애를 나누다가 내가 군 복무를 마친 뒤 우리는 부부가 되었지요. 그러나 지독한 가난은 물귀신보다 끈질기고 악랄하기 짝이 없었습니다. 더욱이 두 아이를 가르치자니 비정규직 박봉의 내 급여만으로는 도무지 감당이 어려웠지요. 이때 당신은 말 그대로 수호천사(守護天使)로 나섰습니다. 그런데 그 길이 결국엔 당신을 고삭부리 아낙으로 만드는 단초임을 왜 나는 몰랐을까요?

그래요. 온종일 백화점에서 주부 사원으로 일하던 당신은 항상 서서 근무했지요. 그 바람에 시나브로 골병이 든 당신은 급기야 이런저런 중증의 질환으로 수술까지 몇 번이나 하기에 이르렀던 것입니다. 이후 전업주부 노릇만으로도 힘이 달리는 당신을 보면서 나는 참 많이 슬펐습니다.

아무튼 어제 당신은 마침내 퇴원했습니다. 그러자 비로소 빈 집에 활기가 돌더군요. 당신이 돌아와 안방을 든든하게 지키고 있는 모습을 보자니 문득 '한 개의 기쁨이 천 개의 슬픔을 이긴다'는 말이 떠올랐습니다. 그래요. 가정에는 '내무부장관'인 당신이 있어야만 비로소 모든 게 잘 돌아가는 법입니다. 그래서 하는 말인데 당신, 다시는 아프지 마세요!"

— 이상은 2022년 9월에 쓴 글이다.

그즈음 나는 공공근로를 하고 있었다. 일을 하면서도 당연히 마음은 집에 가 있었다. 퇴원을 했지만, 여전히 거동이 불편한 아내는 내 마음에 걱정과 불안의 먹구름을 잔뜩 안기고 있었다. 천만다행(?)으로 그날은 새벽부터 비가 쏟아지기 시작했다. 일기예보를 보니 하루 종일 비가 올 거라고 했다. 예상대로 공공근로장의 담당 주무관은 "오늘은 우천 관계로 휴무입니다"라는 문자를 보내왔다. 생각지 않았던 휴일이었기에 전통시장에 갔다. 장을 보던 중 소문난 팥죽집이 보였다. 전화를 하니 아내도 먹고 싶다며 사 오라고 했다. 포장된 뜨거운 팥죽을 들고 시내버스에 올랐다.

위에서 소개한 글은 어렵사리 퇴원한 아내를 보며 꼭두새벽에 일어나서 쓴 편지다. 그렇지만 우편으로 부치거나 직접 전달하지는 못했다. 따라서 내 마음속의 편지로 그치고 만 셈이다. 열애 당시 나는 천안, 아내는 대전에서 살았다. 지금처럼 휴대전화가 없었기에 유일한 소통 수단은 단연 편지였다. 내가 서너 통의 편지를 보내야만 그제야 비로소 한 장의 편지를 보낼 정도로 아내는 편지에 별로 관심이 없었다. 그래서 처음엔 그녀가 혹시 다른 남자에게 마음을 빼앗겼나 싶어 조바심을 하기도 했다. 그러나 알고 보니 당시에도 아내는 건강이 안 좋았다. 툭하면 잔병이 찾아와 드러눕기 일쑤였단다. 이런 사실을 알고부터 그녀를 더욱 아끼고 배려했다. 아내와 부부의 연을 맺은 지 올해로 어언 42년이다. 아들과 딸은 비슷한 시기 결혼을 하여 친손자와 외손녀가 각각 다섯 살이다. 신기한 것은 외손녀는 딸과 같은 1월생이고, 친손자 역시 아들처럼 8월생이라는 사실이다.

이쯤에서 나의 운명(運命)이란 녀석에게 이 말을 하고 싶다. "운명아~ 처음으로 한마디 하마. 너는 나랑 60년 이상을 동거하면서 나의 일거수일투족을 다 봐 왔지? 나도 남들처럼 돈 많은 사람을 보면 부자가 되고 싶었어. 폼나게 골프를 치고 럭셔리 해외여행도 가고 싶었단다. 그렇지만 그 영역은 내 맘대로 안 되었지. 그러자 공연히 부아가 치밀더구나. 그래서 언제부터인가 나는 부자를 보는 시각이 굴절된 사고의 에고이스트로 변모하기도 했지. 부러움이 분노로 치환되었다고 할까. 따라서 그들은 노력 없이 거저 부자가 된 것 같았고 원래 금수저 출신이었으므로 부자들의 부유함을 인정하지 않으려고 애썼다. 또한 그렇게 부자들을 깎아내림으로써 내가 부유하지 않은 데 대한 위안을 삼았지.

하지만 그럴수록 이상하게 내 마음만 더 텅텅 비는 느낌이더라고. 그러자 시나브로 남들은 돈을 한 푼이라도 더 벌려고 혈안이 되었던 세월에 나는 과연 뭐하면서 지냈나 싶은 자괴감이 새롭게 괴롭히는 거야. 덕분에 거기서 얻은 결론이 하나 있었어. 그래, 나는 비록 돈은 없지만 누구보다 잘할 수 있는 것을 하자. 그래서 인생을 바꾸자고. 그 영역은 바로 글쓰기였어. 결심은 노력을, 노력은 실천을 담보로 요구하더군. 그동안 참 많은 책을 봤지. 병행하여 20년 동안 글을 써왔어. 그러자 비로소 서광이 비치더라고. 이젠 더 이상 부자를 경멸하거나 부러워하지도 않아. 왜? 나도 언젠가는 반드시 그리될 테니까." 중

언부언 글이 길어졌다.

　　하여간 아내와 결혼한 뒤 지금껏 고생만 시켰다. 다 무능한
내 탓이다. 더 노력하여 여전히 나만 바라보고 사는 가련한 아
내에게 반드시 호강시켜주고 싶은 게 부족한 이 남편의 소망이
다. 그러려고 앞으로도 틀림없는 대박의 저서를 출간하고자 호
랑이 눈으로 집필에 몰두 중이다. 그동안 쏟아부은 나의 노력
의 결과가 정당했다면, 그래서 세인들이 이를 알아준다면 아무
리 풍진 세상일지라도 감투밥(그릇 위까지 수북하게 담은 밥)처럼 넉넉한 내
저서의 매출 고공행진 기록은 사필귀정이라고 생각한다. 이젠
그럴 때도 됐다.

> "세상에서 가장 좋은 벗은 나 자신이며 가장 나쁜 벗
> 도 나 자신이다. 나를 구할 수 있는 가장 큰 힘도 나
> 자신 속에 있으며 나를 해치는 가장 무서운 칼도 나
> 자신 속에 있는 것이다. 이 두 가지 자신 중 어느 것
> 을 쫓느냐에 따라 우리의 운명은 결정된다. 나 자신
> 만의 인간 가치를 결정짓는 것은 내가 얼마나 높은
> 사회적 지위나 명예 또는, 얼마나 많은 재산을 갖고
> 있는가가 아니라 나 자신의 영혼과 얼마나 일치되
> 어 있는가이다.
>
> － 법정스님

Chapter 5

가요^(歌謠)는 삶의 힘

이별의 종착역

"가도 가도 끝이 없는 외로운 이 나그네길 ～ 안개 깊은 새벽 나는 떠나 간다 이별의 종착역 ～ 사람들은 오가는데 그이만은 왜 못 오나 ～ 푸른 하늘 아래 나는 눈물진다 이별의 종착역 ～"

구슬프지만, 특유의 미성(美聲)이 돋보이는 손시향의 〈이별의 종착역〉이다. 이 노래는 많은 가수에 의해 리바이벌되었는데 최초로 부른 손시향(孫詩鄉)의 노래가 역시 압권이다. 손시향은 1950년대 말 등장한 중저음의 부드러운 목소리를 가진 미남형 가수였다. 작곡가 손석우와 콤비를 이루어 많은 곡을 발표했는데 1938년 대구에서 태어나 서울대학교 농대를 졸업했다. 경북고 동창인 한국 영화계 최고의 스타 신성일이 가수로 성공한 그에게 자극받아 배우로서의 성공을 다짐했다는 일화가 유명하다고 전해진다. 1960년 제4회 미스코리아 진(眞)으로 발탁된

손미희자(孫美喜子)가 그의 여동생이며 1960년 이후에는 미국으로 이민을 떠나 마이애미 한인회장까지 지냈다고 한다.

역전이든 터미널이든 거기에 가보면 사람들은 다들 그렇게 오늘도 어디론가 동동거리며 떠난다. 하지만 떠난다는 것은 목적지, 즉 '종착역'이 있기 마련이다. 결혼하기 전, 딸이 서울서 내려온다고 하면 대전역 내지 버스터미널로 마중을 나갔다. 너무 고왔기에 어려서부터 물고 빨며 키운 녀석은 명실상부 우리 부부의 금지옥엽이었다. 이는 지인들도 순순히 인정했다. "예쁜 줄만 알았더니 공부까지?" 딸이 대학원을 졸업하던 날이 기억의 가로등에서 그 빛을 환히 밝힌다. 꽃다발을 사 들고 서울대 캠퍼스에 들어섰다. 딸과 어울려 셀카를 찍고 있던 동급생들이 박장대소를 터뜨렸다. "제 얼굴에 뭐라도 묻었나 왜 웃어요?" 나의 질문에 그날 딸과 같이 졸업하는 동급생들은 이구동성으로 말했다. "어쩜 그렇게 아빠랑 딸이 붕어빵처럼 똑같아요!"

그럼 다른 사람 닮았으면 어찌 감히 내 딸이랄 수 있겠소? 그 동급생들은 이후 딸이 서울대 연구공원 웨딩홀에서 결혼식을 올렸을 때 역시도 모두 와서 사진까지 함께 찍었다. 참고로, 서울대학교 연구공원 웨딩홀과 서울대학교 교수회관 2층 컨벤션

홀에서 결혼식을 하자면 다음의 자격을 갖추어야 한다.

① 서울대 교직원

② 서울대 동문(졸업생 및 재학생) 및 동문의 자녀

③ 서울대 발전기금 재단 출연자 및 자녀

증명서 제출 : 졸업증명서(졸업장 사본) 재학증명서(학생증 사본)

中 1부 제출

아무튼 그처럼 딸이 행복의 애드벌룬에 올라타 웃음을 남발할 때 나는 잠시 생각이 지난 시절 나의 고향 역으로 이동했다. 그날 역시도 역전은 분주했다. 아무리 살기 힘들었던 시절이었다곤 하되 객지서 사는 자녀들에게 나눠주고자 바리바리 짐을 등에 진 노부부는 부리부리 기운이 넘쳤다. 우르르 몰려나오는 승객들의 무리에서 제발 울 엄마도 모습을 보였으면 하는 간절함은 여전한 소원이었다. 그렇지만 그건 언제나 그렇게 공염불이었고 '사람들은 오가는데 그이만은 왜 못 오나!'의 반복이자 금세 사라지는 신기루일 따름이었다. 그렇게 사무치던 모정에 대한 그리움과 라티푼디움(latifundium)03적(的)인 엄청난 갈증은 언제부턴가 폭삭 망한 허우룩04의 빈집으로 바뀌었다. 현실을 인정

03 라티푼디움 : '광대한 토지'를 의미하는 라틴어
04 허우룩 : (허우룩하다) 마음이 텅 빈 것같이 허전하고 서운하다

하자 비로소 마음에도 가까스로 평화가 찾아왔다.

그로부터 비록 가식적이나마 흰 여울의 성정으로 오늘에 최선을 다하자고 맘을 다잡았다. 이후 결혼하여 아들과 딸을 보자 슬픔과 아픔은 해지개(해가 서쪽 지평선이나 산너머로 넘어가는 곳)로 꼴깍 넘어갔다. 오랜 기간 가슴을 멍들게 했던 모정에 대한 결핍과 그리움의 트라우마까지 이별의 종착역에 닿게 해주었다. 해마다 신년 초는 자신의 한 해를 다시금 설계하고 매사를 저울질하는 때이다. 올해에 나는 물론이거니와 우리 사회에도 초만영어(草滿囹圄), 즉 나라의 정치와 경제까지 잘 이루어져서 감옥에 죄수가 없는 것처럼 함포고복(含哺鼓腹)의 찰진 국가와 가정이 되길 소망한다. 반목질시(反目嫉視)가 사라지고 사랑과 배려라는 '종착역'이 그 자리를 채운다면 까치놀05처럼 반짝이는 삽상06의 즐거움은 상상만으로도 족히 대양을 가르는 잉박선07이 되고도 남을 것이리라.

> "이별의 아픔 속에서만 사랑의 깊이를 알게 된다."
>
> – 조지 앨리엇, 영국 여류 소설가)

---

05 까치놀 : 석양을 받은 먼바다의 수평선에서 번득거리는 노을
06 삽상(삽상하다) : 바람이 시원하게 불어 마음이 아주 상쾌하다
07 잉박선 : 너비가 넓은 배

그 사람 찾으러 간다

코로나19는 우리 사회에서 많은 걸 강탈했다. 외국으로 눈길을 돌리면 더욱 심각하다. 2023년 1월 15일 자 연합뉴스에 따르면 지난달 상순 대대적 방역 완화 이후 최근까지 약 1개월간 중국에서 코로나19에 감염된 뒤 병원에서 사망한 사람이 약 6만 명으로 집계됐다고 한다. 이는 중국 정부가 공식 발표한 것이니 믿을 만하다. 이처럼 여전히 무시무시한 코로나19의 파장과 후유증을 국내로 시선을 돌리면 어떤 현상을 볼 수 있을까. 차마 그럴 자신이 없기에 생략한다. 다만 코로나19가 우리 사회에서 빼앗아 간 것 중의 하나를 지적하고자 한다.

코로나19 습격 전 가을이면 해마다 고향 초등학교에서 총 동문 체육대회라는 큰 잔치를 열었다. 가을은 참 좋은 계절이다.

하늘은 높고 말도 뒤룩뒤룩 살이 찐다. 가히 천고마비(天高馬肥)의 계절임에 손색이 없다. 뿐이던가… 날씨마저 청명하여 덥지도 춥지도 않다.

이런 날에 초등학교 모교의 총 동문 체육대회를 개최한다는 건 시의적으로도 적절하며 매우 합법적이다. 그날도 총 동문 체육대회에 참석하고자 천안행 고속버스에 몸을 실었다. 이윽고 도착한 곳은 내가 지난 1972년도에 졸업한 천안성정초등학교. 나는 이 학교의 13회 졸업생이다. 세월처럼 빠른 게 없다더니 졸업을 한 지도 어느새 51년이란 세월이 강물처럼 흘렀다. 그동안 나는 이순이 넘은 늙은이가 되었고 머리는 반 이상이나 세상에 강탈당했다. 하지만 불변한 것은, 비록 지독스레 가난했기에 싸구려 검정 고무신에 책들마저 보자기에 싸서 등교했던 '국민학교' 시절의 동창들 마음은 예나 지금 역시도 여전하다는 사실이었다.

총 동문 체육대회가 열렸던 3년 전의 그날로 돌아가 본다. 사회자가 1부의 시작을 알리며 총동문회장의 개회 선언에 이어 국민의례가 시작되었다. 교가 제창 다음으론 내빈 소개, 모교에 장학금 전달 그리고 축사 등이 이어졌다. 2부에선 족구와 페

널티킥, 줄다리기와 400미터 계주, 행운권 추첨과 노래자랑 등 다채로운 행사가 포복절도의 잔치 분위기를 더욱 고조시켰다. 쉬는 시간을 이용하여 1년 연상인 12회 선배들의 천막을 찾았다. 재학 시절부터 절친했던 강○○ 선배와 유○○ 선배를 만났다. "형들, 그동안 안녕하셨어요?" "응, 그런데 경석이가 우리보다 더 늙었구나." "험한 세상과 드잡이를 하다 보니 그만 이렇게 되었네요." 술과 정을 나눈 강○○ 선배와 유○○ 선배는 1958년 '개띠'다. 따라서 올해 2023년은 1차 베이비붐 세대를 상징하는 '58년 개띠'가 65세가 되는 해다.

우리 사회에서 65세는 큰 의미가 있다. 고령자 관련 통계는 전부 65세가 기준이다. 월 32만 원인 기초연금을 비롯하여 지하철 공짜 탑승, 독감 접종비 면제, 비과세 저축, 임플란트 할인 등 경로우대 자격이 생기는 것도 65세부터다. 크고 작은 복지가 워낙 많아서, 인터넷에는 '65세 이상 어르신 혜택 50가지'라는 정리 글까지 있다. 58년 개띠가 65+클럽에 입성하면서 '1,000만 노인 시대'도 가시권에 들어오게 된다. 통계청 추정으로 우리나라는 2024년에 노인 인구가 1,000만 명을 돌파한다. 전체 인구의 19.4%다. 이후에도 노인 수는 계속 늘어 2070년엔 인구 전체의 46.4%가 65세 이상 노인이다. 인구 구조는 한

번 방향을 잡으면 단기간에 바꾸기 어렵다. 노인 대국 반열에 들어서는 한국에선 앞으로 어떤 일이 벌어질까.

첫째, 사회복지 청구서가 사회를 삼킨다. '시민의 발'인 지하철은 지금도 만년 적자이지만, 1,000만 지공선사(공짜 지하철 경로석에서 참선하는 노인) 때문에 적자가 더 늘어날 것이다. 지하철 일반 요금 인상은 피할 수 없어 보인다. 소득 하위 70% 노인에게 지급하는 기초연금 예산은 시행 초기인 2014년만 해도 7조 원 정도였지만 내년엔 20조 원에 육박한다. 작년 10조 원, 올해 12조 원이 지급된 노인장기요양보험은 2026년 적립금 고갈로 깡통이 되고, 2040년엔 23조 원대 적자가 예상되고 있다.

둘째, 일하는 노인이 늘어난다. 생산·소비의 주축인 경제활동인구(15~64세)가 줄어드는 사회에서 노인 존재감은 커질 수밖에 없다. (중략)

셋째, 간병 퇴직 쓰나미가 몰려온다. 한국은 고령화 속도가 너무 빨라 노인돌봄인력 도 만성 부족에 시달릴 운명이다. 경제협력개발기구(OECD)는 한국이 노인돌봄인력을 2040년까지 140% 이상 충원해야 한다고 조언했다. 간병인을 찾지 못해 가족이 직장을 그만두는 '간병퇴직'은 벌써 조짐이 보인다. 올 상반기(1~6월) 거동이 불편한 노부모를 돌보기 위해 퇴사한 여성은 1년 전보다 29% 늘었다. 더 큰 문제는 10년 후인 2033년에 닥친다. 58년 개띠가 유병노후(有病老後) 나이인 75세가 되는 이때, 한국의 고령화 충격은 더블로 커진다. 앓아누운 노인들이 늘어나 사회 복지 비용이 급증하는데, 2차 베이비부머(68~74년생. 635만명)가 줄지어 노인 집단에 진입하기 때문이다. 출산율 극적 반등이나 외부 인구 유입을 기대하는 건 헛된 기다림에 가깝다. 우리 미래가 더 위태로워지기 전에 노인 연령 상향, 정년 연장, 연금 개혁 같은 굵직한 현안들을 해결해야 한다. (2022년 12월 24일자 조선일보 참고)

한국의 65세 이상 고령인구 비중은 2022년 기준 17.3%다. 2025년에는 20.3%로 미국(18.9%)을 제치고 초고령 사회에 진입하며, 2045년에는 37%로 세계 1위인 일본(36.8%)을 추월할 전망이라고 한다. 세월처럼 빠른 게 없다더니 나도 내년이면 한국의 65세 이상 고령인구 집단에 빼도 박도 못하게 소속된다. 우울해지는 기분을 감출 수 없다.

하여간 그날, 오전부터 거나하게 취한 흥겨운 분위기는 체육대회가 끝난 이후에도 연장됐다. "모처럼 뭉쳤으니 2차까지는 가 줘야 예의겠지?" 술집을 하는 후배의 가게를 찾아 더욱 흥건하게 술에 젖어서 귀가한 것은 얼추 자정 무렵이었다. 그날의 과음으로 인해 이튿날에도 속이 꽤 아팠다. 그렇지만 '동창회 없었음 어쩔 뻔했니!'라는 긍정적인 마음과 아내가 끓여준 북엇국으로 속을 달랬다. 충청남도 천안시 서북구 성정7길 3번지에 위치한 천안성정초등학교는 내가 출생한 지난 1959년도에 개교했다. 따라서 누구보다 우리들 59년생 돼지띠 베이비부머들의 모교 사랑은 자별하다. 내가 이메일 주소로 사용하고 있는 casj007의 'casj'은 바로 '천안성정(초등학교)'의 영문명에서 착안한 것이다.

"철없이 사랑했던 날은 가고 무작정 사랑했던 날도 가고 이제는 정리다 정리 마음에 와 닿는 진실 하나 찾으러 갈 꺼다 왜 이별했나 묻지를 마라 당신도 사연 있잖아 예쁜 여자 만나면 멋진 남자 만나면 아직도 뜨거운 가슴이 있다 눈물도 있고 정도 있다 내 생애 마지막 정열 그 사람 찾으러 간다"

가수 류기진의 〈그 사람 찾으러 간다〉이다. 내가 초등학교 동창회와 총 동문 체육대회에도 적극적으로 참여하는 까닭은 명료하다. 그곳엔 동심과 의리가 살아 숨 쉬는 '그 사람'들이 있어서다. 그 사람들은 바로 모교의 동창과 선후배들이다. 고난과 풍상의 지난 세월을 함께한 '당신도 사연 있잖아'의 그들이 문득 또 그리워진다. 다시 만나서 그 사연의 곡절을 듣고 동감으로 공유하고 싶다. 나의 모교 사랑은 앞으로도 변함이 없을 것이다. 누구나 모교에는 오매불망 그리웠던 '그 사람'이 있다. 동창회와 총 동문 체육대회에 가면 그 사람을 찾을 수 있다.

> "풍요 속에서는 친구들이 나를 알게 되고, 역경 속에서는 내가 친구를 알게 된다."
>
> — 존 철튼 콜린스, 영국 비평가

가지 마

사위가 결혼 뒤 처음으로 우리 집에 왔을 때다. 나의 서재(書齋)에 들어선 사위가 '깜놀'했다. 그도 그럴 것이 서재에 가득한 책들과 각종의 자료를 모은 클리어 파일, 거기에 아이들이 유치원 시절부터 받은 상장까지 잔뜩 진열돼 있기 때문이었다. "언제부터 이렇게 수집하셨어요?" "아이들이 어려서부터 했지." "저는 집이 몇 번 이사하는 와중에 다 분실했거든요." 추측하건대 사위 역시 명문대 출신인지라 어려서부터 받은 상장은 상당했을 게다.

우리 집은 빌라인데 방이 세 개다. 그중 하나는 지금의 이 글을 쓰는, 나름 나의 '공부방'이다. 가득한 책들만 보면 안 먹어도 배가 부르다. 반면 '깔끔쟁이' 아내는 늘 그렇게 타박이다. "안 보는 책은 좀 갖다 버려!" 여기로 이사를 온 건 10년 전이다. 전에 살던 널찍한 집에선 다락에 책만 1,000권 이상 보관했었다. 그러나 좁은 현재의 집으로 이사를 하면서는 책을 얼추 다 버려야 했다. 그래서 어찌나 아깝던지…! "가지 마, 가지 마!"를 외쳤건만 소용없었다. 집 밖에 묶어서 내놓은 그 많은 책은 누군가 금세 다 가져갔다.

　폐휴지를 수거하여 생활하는 노인들이 점증하는 모양새다. 특히 도시의 거주지역에서는 새벽부터 폐휴지를 가져가는 노인들의 모습을 쉽게 볼 수 있다. 허리까지 잔뜩 굽은 70~80대의 노인들이 손수레나 손으로 집 앞에 내놓은 종이류(신문 포함)와 박스 등을 가져가시는 모습을 보면 마음이 짠하다. 폐휴지가 많이 나오는 지역에서 규모 있게 수집하는 사람은 봉고차나 오토바이를 이용하여 기동성까지 갖춘 사람도 있다. 하지만 대부분 폐휴지를 수집하는 노인들은 리어카나 심지어 유모차를 이용하는 방법으로 폐휴지를 수집한다. 따라서 아무리 열심히 수거해도 대부분의 노인은 하루에 만 원 이하의 벌이도 급급하다. 물론 폐휴지를 수거하는 것은 노후의 어려운 생계를 조금이나마 도움이 되게 하기 위함을 모르는 바 아니다. 더군다나 70~80대의 노인들은 노인 일자리를 찾기도 어려운 분들이 대부분이다. 사회에서 아예 받아주질 않는다.

"이고 진 저 늙은이 짐 풀어 나를 주오. 나는 젊었거니 돌이라 무거울까. 늙기도 설웨라커든 짐을조차 지실까" 조선조 유명한 문인 정철(鄭澈)의 시조를 절로 떠올리게 한다. 정철(1536~1593)은 우리에게 「관동별곡」 등과 같은 가사 문학(歌辭文學)의 대가로 알려져 있다. 격탁양청(激濁揚淸), 즉 '탁류를 제치고 청류를 드높임'의 기치 아래 악을 제거하고 선을 높임으로 정치의 선명성을 강조하고 실천한 인물이었다. 세상살이가 예전보다는 훨씬 좋아졌다고 하지만 아직도 우리 주위엔 저렇듯 많은 연세에도 불구하고 폐휴지를 수집하여 근근이 살아가는 노인들이 적지 않아서 참으로 안타깝다. 몇 년 전 새벽마다 손수레를 끌고 폐휴지를 수거하려 밖에 나가셨던 같은 동네 사시던 할머니께서 교통사고로 작고하셨다. 폭우가 쏟아지던 날이었다.

이사 당시, 집 밖에 묶어서 내놓았던 책은 대부분 깨끗한 책이었다. 지금도 주기적으로 읽은 책을 끈으로 묶어서 밖에 내놓는다. 생각 같아선 도서관에 기증하든가 책 대여점 등에 갖다주고 싶지만 차가 없어서 생각으로만 그친다. 『조선의 베스트셀러』(저자 이민희 / 출간 프로네시스)를 보면 조선시대에도 책 대여점이 있었다고 한다. 조선시대에 책(冊)을 빌려주던 집을 일컬어 세책방(貰冊房)이라고 했다. 조선 시대 '세책방'은 오늘날의 책 대여점과 마찬가지였다. 대중적이고 가벼운 읽을거리들에 대한 대중의 요구에 발맞추어 성행하게 된, 언문 소설에 대한 당대의 강력한 욕구에 의해 발달하기 시작했다는 것이다. 또한 조선시대의 선비들은 대부분 자신의 서재를 갖고 있었다고 한다. 그들은 서재에서 자신을 성찰하고, 세상에서 묻힌 먼지를 닦아내는 씻김의 공간으로까지 활용했다고 전해진다.

> "가지 마 가지 마 동아줄로도 못 잡는 청춘 미련만 한숨만 제발 남지
> 않는 삶이 되길 눈물방울 빗물로 여기면서 살아왔던 날들이 후회 한
> 점 없다면 그건 거짓말 그저 오로지 사랑 하나만을 위해 나 살리라 오
> 늘 내일도"

가수 진성의 히트곡 〈가지 마〉이다. 평소 치부(致富)에 능력이 부족하여 사는 형편은 늘 헛헛하다. 그래서 박주산채(薄酒山菜)[08]로 가난하게 음주하지만 책만큼은 가득하기에 거기서 난 행복을 느낀다. 돈을 싫어하는 사람은 없다. 그렇지만 그 돈은 나 같은 무능력 베이비부머가 아무리 "가지 마!"를 외쳐봤자 여전히 차갑게 외면하고 있다. 그래서 나는 "차라리 책이 돈보다 좋다"며 짐짓 마음에도 없는 소리를 허황되게 떠벌리고 있는 건지도 모르겠다. 어쨌든 세월은 가고 인생도 간다. 더 늙기 전에 나 자신과 몇 가지 꼭 지킬 수 있는 약속을 하는 건 반드시 필요하다. 이제라도 버킷 리스트(bucket list)를 작성하고 실천하는

---

08 박주산채(薄酒山菜) : 1. 맛이 변변하지 못한 술과 산나물
　　　　　　　　　　 2. 자기가 내는 술과 안주를 겸손하게 이르는 말

것은 어떨까. 비록 죽을 때까지 이 약속이 잘 이행되지 않더라도 이런 마음을 지니고 꾸준히 노력하며 산다면 그게 바로 최선의 삶 아닐까.

2021년 7월 대한민국은 국제사회로부터 선진국 지위를 공인받았다. 2021년 7월 2일 개최된 제68차 UNCTAD 무역개발이사회는 대한민국의 지위를 그룹 A(아시아·아프리카)에서 그룹 B(선진국)로 변경하는 것을 만장일치로 가결했다. 오늘날의 대한민국을 만든 역군이 바로 나와 같은 베이비부머들이다. 우리나라의 베이비부머 세대는 6·25 한국전쟁 직후인 1955~1963년에 태어나 경제의 초고속 성장 시기를 주도한 이후 지금은 현재는 은퇴를 기다리는 세대를 말한다. 700만 명이 넘는 걸로 알려져 있다. 그러나 이들의 앞날은 불투명하다. 설상가상 지병과 빈곤이 괴롭힌다. 이 시대의 혁혁한 주역이었던 베이비부머들의 앞날에 건강과 풍요가 가득하길 축원한다. 이들에게서 건강과 청춘만큼은 제발 '가지 마!'로 고착화되길 바란다.

> "세월이 어떻게 생각하고 느끼는지 젊은이들이 알 턱이 없다. 그러나 노인이 젊은 시절을 망각하는 것은 죄이다."
>
> – 조앤 K. 롤링, 영국 소설가

내 나이가 어때서

"야 야 야 내 나이가 어때서 사랑의 나이가 있나요 마음은 하나요 느낌
도 하나요 그대만이 정말 내 사랑인데 눈물이 나네요 내 나이기 어때서
사랑하기 딱 좋은 나인데 어느 날 우연히 거울 속에 비춰진 내 모습을
바라보면서 세월아 비켜라 내 나이가 어때서 사랑하기 딱 좋은 나인데
내 나이가 어때서 사랑의 나이가 있나요"

2012년에 발표하여 일약 국민적 베스트송이 된 오승근의 히
트곡 〈내 나이가 어때서〉이다. 이 노래 〈내 나이가 어때서〉는
굉장한 함의(含意)를 담고 있다. 한마디로 나이는 숫자에 불과할
따름이라는 것이다.

2022년 11월 20일 대전시 중구 뿌리공원 내 '효문화진흥원'
대강당에서 열린 『제10회 대전 시니어 오케스트라 정기연주회』

가 이 주장의 실체적 명징(明徵)으로 드러났다. 현역을 은퇴했지만, 버킷리스트(bucket list) 실천의 일환으로 음악을 사랑하고 즐기는 노인분들의 순수한 열정으로 결성된 음악인들의 모임이 바로 대전 시니어 오케스트라(단장 송대심)이다. 대전 시니어 오케스트라는 이름에서 알 수 있듯이 2008년부터 대전지역 노인 음악 애호가들이 자체로 활동하다가 2015년 대전시 노인연합회 이철연 회장이 주도해 만든 대전의 대표적 실버 관현악단이다.

작년에 창단 14주년을 맞아 10번째 정기 연주회를 개최했다. 오후 3시부터 시작된 『제10회 대전 시니어 오케스트라 정기연주회』는 만능 재주꾼이자 임기응변에도 능한 여락장학재단 이사장이자 9권 저서의 동화작가인 김종진 사회자의 시원시원한 멘트로 시작했다. 이 정기연주회에서는 영화 〈콰이강의 다리 OST〉와 한국인의 영원한 러브송 〈신라의 달밤〉, 〈당신이 좋아〉가 관중들의 열화와 같은 성원으로 객석을 감동으로 물들였다. 이어서 김소연 피아니스트의 피아노 연주에 권영민 성악가의 〈비목〉과 〈눈〉이 하모니를 이루면서 분위기를 더욱 절정으로 몰입하게 만들었다.

2부 연주에서는 〈사랑 찾아 인생 찾아〉, 〈I LOVE A DREAM〉, 〈칠갑산〉, 〈NEW WORLD〉가 이어졌다.

특히 〈NEW WORLD〉는 대전 시니어 오케스트라가 전국대회에서 대상을 받은 드보르작의 교향곡 〈신세계〉 중 일부이며 특히 결성 6년째인 2014년에는 MBC 초청으로 국민가수 아이유와 협연하며 그 명성을 떨쳤다는 점에서 더욱 주목을 받았다. 대전 시니어 오케스트라는 단원들의 평균 나이가 75세가 넘는 고령임에도 불구하고 왕성한 열정으로 아름다운 선율을 선사하며 품격 있는 오케스트라로 명성을 얻고 있다. 객석의 열화와 같은 앙코르 요청이 이어지면서 대전 시니어 오케스트라는 예정된 공연 외에도 세 곡의 요청 곡을 추가로 서비스하는 열정을 보여주어 더 뜨거운 박수갈채를 받았다.

사람은 누구나 버킷리스트가 있다. 이중 자신이 좋아하는 악기를 선택하여 멋진 연주까지 한다는 것은 노화 방지에도 지름길이다. 지난해에는 전국 시니어 대회에서 대상을 차지할 정도로 뛰어난 실력을 인정받고 있는 대전 시니어 오케스트라는 평소에도 대전 지역의 다양한 복지시설을 방문해 위문 공연을 하며 마음의 위로와 즐거움까지 나누어 왔다. 이날의 공연에서 대전 시니어오케스트라 송대삼 단장은 "작년 10월에는 문화관광체육부가 주최하는 '샤이니스트를 찾아라'에서 전국 대상을 받는 등 이러한 혁혁한 성과는 모두 음악을 사랑하는 시민들의 덕분"이라며 "앞으로도 변함없는 성원을 부탁한다"고 했다. 이

철연 (사)대한노인회 대전광역시 연합회장은 "그동안 코로나로 인해 2년여 기간 동안 정기연주회를 갖지 못해 안타까웠다"며 "지속적인 음악활동을 통해 지역주민과 사회 약자가 함께 즐길 수 있는 기회를 많이 만들겠다"를 약속했다. 송영동 대전문화원연합회장 또한 "대전시니어오케스트라는 창단 직후부터 주옥같은 연주로 왕성한 활동을 펼치고 있어 존경스럽다"며 "대전 시니어오케스트라단의 예술 활동이 더욱 번창하길 축원한다"고 밝혔다. 연주를 총괄한 진창희 음악감독 및 지휘자는 열정과 격정적 무대의 분위기를 만든 귀재였다.

이날의 공연을 취재하면서 문득 '하얀 코끼리' 이론이 뇌리를 스쳤다. 하얀 코끼리(White Elephant)는 비용만 많이 들고 처치 곤란한 애물단지를 비유하는 표현이다. 고대 태국에서는 왕이 마음에 들지 않는 신하에게 하얀 코끼리를 선물하는 관습이 있었다. 당시 하얀 코끼리는 희귀할 뿐만 아니라 불교국가에서 신성한 동물로 여겨졌다. 이런 때문에, 코끼리를 받은 신하는 코끼리에게 노동을 시키지도 못하고 막대한 사료비를 들여 귀한 음식으로 정성스럽게 키워야 했다. 하얀 코끼리를 받은 신하는 어쩔 수 없이 이 귀한 동물을 기르는데 많은 돈을 쓸 수밖에 없었다. 결국 재정적으로 파산에 이르게 된다. 이러한 이야기가 서구 사회로 전해지면서 '하얀 코끼리'는 비용만 많이 들고 쓸모가 없는 애물단지를 나타내는 용어로 쓰이기 시작했다.

특히, 경제 분야에서 하얀 코끼리는 투자를 했지만, 운영이나 유지 및 관리하는 데 비용이 너무 많이 소요되어 결과적으로 수익을 기대하기가 어려운 자산이나 사업을 가리키는 데 사용된다. 미국 뉴욕 맨해튼에 있는 엠파이어 스테이트 빌딩은 총 높이 443.2m의 102층으로 지어진 고층 건물로 1931년 완공되어 1970년까지 세계에서 가장 높은 빌딩이었다. 이 빌딩은 원래 사무실의 임대 수익을 목적으로 지어졌다. 그러나 당시 경제 공황이 발생하면서 다수의 공실이 발생했고, 완공된 지 20년이 지난 1950년대까지도 수익성이 거의 없었다. 이에 사람들은 이 빌딩을 가리켜 빈 스테이트 빌딩(Empty State Building)라고 부르며 하얀 코끼리로 여겼던 바 있다.

『제10회 대전 시니어 오케스트라 정기연주회』를 관람하면서 그동안 나 자신은 기껏 '하얀 코끼리'가 아니었을까? 라는 자책감이 들었다. 왜냐면 이 나이를 먹도록 그 어떤 악기 하나조차 다루지 못하기 때문이었다. 게을렀던 탓이다. 그래서 자책했다. 행정안전부의 2023년 1월 15일 발표가 예사롭지 않았다. 지난해 우리나라 인구는 3년 연속 감소했다. 더욱이 나 혼자 사는 1인 가구는 무료 1,000만 가구에 육박한다고 했다. 여기엔 물론 나처럼 베이비부머 혹은 그보다 연장자인 어르신들도 다수 포함되었을 것이다. 가요 〈내 나이가 어때서〉에서는 '어느 날 우연히 거울 속에 비춰진 내 모습을 바라보면서 세월아 비켜라'를 거듭 강조하고 있다. "인생에서 너무 늦은 때란 없다"고 했다. 어떤 악기라도 하나쯤은 배워야겠다는 결심과 함께 이로 말미암아 나도 '하얀 코끼리'에서 벗어나야겠다는 다짐을 거듭하게 만든 참 좋은 기회의 대전 시니어 오케스트라 정기연주회였다.

> "나이가 드니까 안 노는 게 아니다. 놀지 않기 때문에 나이가 드는 것이다."
>
> – 조지 버나드 쇼, 영국 극작가

산다는 건

다음의 글은 지난 2017년 11월의 어느 날에 쓴 일기다. 당시의 리얼리즘(realism)을 되살리기 위해 원문 그대로를 가져왔다.

발걸음이 평소와는 확연히 달랐다. 그도 그럴 것이 지난주 토요일엔 실로 귀한 손님이 방문하기 때문이었다. 지하철을 타려고 내려갔으나 8분 후 도착이란다. 그 시간조차 절약할 필요성이 강하게 대두되었다.

지상으로 올라와 시내버스 정류장으로 냅다 뛰었다. 옳다구나, 내 생각이 옳았어! 버스는 3분 뒤에 도착했다. 하지만 토요일임에도 승객들로 콩나물시루를 방불케 했다. 시간 역시 얼추 한 시간 가까이나 걸려서 집에 도착할 수 있었다. 날씨는 초겨울답게 앙칼스러웠지만 몸에선 땀이 흐르고 있었다. 아내는 음식을 만드느라 손이 열 개라도 부족한 듯 보였다. "아직 안 왔지?" "응~" 급히 욕실로 들어가 양치질을 하고 발도

씻었다. 양말에 이어 카디건으로 갈아입고 나자 현관의 초인종이 울렸다. 화면에 보이는 아들의 모습이 보름달보다 밝았다. "어서 와! 춥지?" 아들의 뒤에서 며느릿감이 고개를 숙이며 인사했다.

"안녕하세요? 처음 뵙겠습니다.""어서 들어오세요~" 한 눈에 보기에도 여리여리하고 수수한 봄꽃인 양 곱디고운 처자가 첫 상면(相面)임에도 내 마음에 만족으로 차고 넘쳤다. 며느릿감은 선물을 세 꾸러미나 바리바리 들고 왔다. 그중엔 우리 부부의 캐리커처를 손수 그린 작품까지 있어 감동이 쏠쏠했다.

아내가 정성으로 만든 각종의 음식과 반찬을 너부죽한 식탁에 차렸다. 이 좋은 날에 술이 빠지면 안 되지. 지난 추석에 지인이 선물로 준 한산 소곡주가 떠올랐다. 그 술을 주전자에 담아 며느릿감에게도 한 잔을 따라주었다. 그러면서 '내 생애 최고의 날'에 부합되게 술을 맘껏 들이켰다. 아, 이제 나도 기어코 아들을 장가보내는구나… "당신이 먼저 한마디 하구려." 그러나 아내는 사돈댁과 상견례 때 얘기하겠다며 미뤘다. 하여 내가 먼저 며느릿감에게 말문을 뗐다.

"작년에 딸을 먼저 결혼시킬 적에도 그랬지만 우린 예단 따윈 일체 필요 없습니다. 사돈댁에 대한 예물 교환도, 결혼식 날 주례도 마찬가집니다. 그러니 돌아가면 부모님께 나의 의사를 명확히 전달해 주세요!"

이러한 랑그(langue)는 자녀가 마치 줄줄이 사탕만치 많은 집안에서 자녀를 결혼시키면서 비싼 예단까지 주고받자면 그야말로 기둥뿌리가 빠지는 모습을 여실히 보면서 각인된 오상고절(傲霜孤節, 서릿발이 심한 속에서도 굴하지 아니하고 외로이 지키는 절개라는 뜻으로, '국화'를 이르는 말)의 어떤 각인이었다.

입때껏 고이 기른 정성만으로도 박수받아 마땅한 분(사돈댁)들께 경제적 부담까지 지워서야 그게 어찌 사람의 도리이랴! 나의 당찬 발언에 며느릿감 역시 만족하는 느낌이 드러나 보였다. 사람이 풍진 세상을 사노라면 좋은 일보다는 안 좋은 일이 더 많다. 하지만 지난주의 토요일처럼 좋은 일도 있기에 사람은 이 세상을 애써 살아가는 것 아닐까.

이 글을 쓴 이듬해인 2018년 4월 14일 아들은 라마다프라자수원호텔에서 결혼식을 올렸다. 너무 좋아서 눈물이 글썽했다. 아들은 우리 남양 홍씨 집안의 장손이다. 어려서부터 성정이 곱고 공부도 잘했다. 하나 있는 여동생 또한 살갑게 어찌나 잘 챙겼는지 동네 사람들이 다 부러워했다.

아들 또한 딸과 마찬가지로 딱히 사교육 없이도 자신이 원하던 대학에 들어갔다. 재학 내내 치열한 면학으로 일관하더니 대학을 졸업하기 전에는 출신 대학에서 유일무이 글로벌대기업에 합격하는 기염까지 토했다. 딸, 즉 여동생이 오빠인 자신보다 먼저 결혼하자 통 크게 혼수가전 일체를 마련해준 것 또한 아들이었다. 딸에 이어 아들의 결혼식에서도 '3무(無) 결혼식', 예컨대 예단, 예물, 주례 생략이라는 스몰웨딩(Small wedding)을 실천한 것은 다 준엄한 까닭이 존재했다. 예나 지금이나 나는 변변찮은 서민이다. 그러니 있는 집들처럼 아이들이 결혼한다고 해서 펑펑 퍼줄 수 있는 여력이 도무지 안 되었다. 그래서 눈물을 머금고 3무(無) 결혼식을 강행한 것이었다.

그 뒤 홍진영의 히트곡 〈산다는 건〉이라는 가요를 만났다.

"산다는 건 다 그런 거래요 힘들고 아픈 날도 많지만 산다는 건 참 좋은 거래요 오늘도 수고 많으셨어요 어떻게 지내셨나요 오늘도 한잔 걸치셨네요 뜻대로 되는 일 없어 한숨이 나도 슬퍼마세요 어느 구름 속에 비가 들었는지 누가 알아 살다 보면 나에게도 좋은 날이 온답니다 산다는 건 다 그런 거래요 힘들고 아픈 날도 많지만 산다는 건 참 좋은 거래요 오늘도 수고 많으셨어요"

이 노래를 들으며 눈물을 흘렸다. 마치 나를 겨냥하고 위로하는 노래이지 싶었다. 맞는 얘기였다. 그동안 나의 지난날은 매사 뜻대로 되는 일이 없어서 한숨만 나던 삶의 연속이었다. 그렇다고 해서 한잔 술이 고달픈 역경을 해결해 줄 리 만무하였다. 또한 내가 천하 모사 제갈량이 아닌 이상 어느 구름 속에 비가 들었는지 어찌 알 수 있을까. 하여간 그러한 와중에도 세월은 흘러 올해 친손자는 다섯 살이 되었다. 그동안 다녔던 어린이집에서 3월부터는 유치원으로 이동하는 손자와는 일주일에 한 번 이상 영상통화를 나눈다. 우리 가족의 활력 비타민인 친손자와 외손녀를 볼 적마다 내 비록 백구과극(白駒過隙)09의 늙은 이이긴 하되 살다 보면 나에게도 좋은 날은 반드시 온다는 걸 확연히 깨닫곤 한다.

> "고생했다는 말이 위로되는 것처럼 지금 이 고생도 나중엔 위로의 재료가 되겠지."
>
> – 출처 미상

---

09 백구과극(白駒過隙) : 흰 망아지가 빨리 달리는 것을 문틈으로 본다는 뜻으로, 인생이나 세월이 덧없이 짧음을 이르는 말.

아모르 파티

대기만성(大器晩成)이라는 사자성어가 있다. 큰 사람이 되기 위해서는 많은 노력과 시간이 필요함을 나타내는 말이다. 이를 비유하는 신판 사자성어로 '대기만학'(大器晩學)을 꼽고자 한다. 지천명 나이 때 사이버대학에 입학했다. 사이버대학은 온라인을 통해 스스로 공부하는 과정이다. 주경야독(晝耕夜讀)의 대표적 시스템이다. 여기서 3년을 공부했다. 매월 한 번은 서울에서 교수님이 내려오셨다. 오프라인 강의를 마친 뒤에는 십시일반(十匙一飯)으로 추렴하여 뒤풀이를 했다.

학생들이 노동자와 근로자들 일색이었다. 다들 주머니 사정이 안 좋았기에 호프집이 대세였다. 그야말로 백가쟁명(百家爭鳴)의 난상 토론 등으로 금세 자정을 넘겼지만 2차는 꿈도 못 꿨다. 3년 뒤 졸업하면서 유일무이(唯一無二) 학업 최우수상을 받았다. 열심히 공부한 과정에 대한 당연한 결과였다. 졸업식장을 찾은 아이들이 더 반가워했다. 늦은 나이에도 면학에 열중한 이 아버지를 존경한다고도 했다. 고마워서 눈물이 핑 돌았다.

2022년 5월부터 시작한 한남대학교 경영대학원 최고경영자 과정 공부를 작년 12월 중순에 마쳤다. 부산으로 1박 2일 여행을 가느라 딱 하루 불참한 것 빼고는 꾸준히 참석했다. 한번 시작했으면 반드시 끝을 보는 게 나의 장점이다. 비록 학급회장은 아니었지만, 회장 이상의 마인드로 열심히 공부에 몰두했다.

여기서 잠시 지난 시절을 초대한다. 초등학생 시절, 줄곧 1등을 달렸다. 지금은 초등학교 반장도 선거로 뽑는다고 들었다. 하지만 당시엔 달랐다. 1~3학년 때까지는 담임선생님께서 지명하여 나에게 '부반장'이라는 감투를 주셨다. 당시 반장은 나와는 사뭇 달리 금수저 출신의 부자 아이였다. 이어 4~6학년 때는 학급회장을 맡았다. 그처럼 '화려 번쩍'했었건만 중학교조차 가지 못했으니 그 통한의 슬픔과 비애를 뉘라서 알까?

'반장' 얘기를 하는 김에 작년 11월까지 공공근로로 일했던 곳에서 반장의 어떤 전횡(專橫)을 논하고자 한다. 나는 체력이 따라주지 않아서 과도한 노동은 정말 힘들었다. 그러나 반장은 달랐다. 우스개로 전생이 소⁽⁺⁾였는지 일을 어찌나 잘하는지 정말 감탄할 노릇이었다. 문제는 여기서 기인했다. '나는 이처럼 일을 잘하는데 왜 너는 못 하느냐?'는 것이었다. 거기서 괴리가 발생했다. 그 반장은 은연중 갑질을 자행⁽恣行⁾했기 때문이다. 그것도 대놓고 무시로. 어쨌든 지겨웠던 그 일도 끝났다. 대학원의 최고경영자과정 종강을 마친 후엔 만찬 뒤 노래방으로 뒤풀이를 갔다. 대학원 동기가 노래방에서 김연자의 〈아모르 파티〉를 열창했다.

"산다는 게 다 그런 거지 누구나 빈손으로 와 소설 같은 한 편의 얘기들을 세상에 뿌리며 살지 자신에게 실망하지 마 모든 걸 잘할 순 없어 오늘보다 더 나은 내일이면 돼 인생은 지금이야 아모르파티 아모르파티 인생이란 붓을 들고서 무엇을 그려야 할지 고민하고 방황하던 시간이 없다면 거짓말이지 말해 뭐 해 쏜 화살처럼 사랑도 지나갔지만 그 추억들 눈이 부시면서도 슬펐던 행복이여 나이는 숫자 마음이 진짜 가슴이 뛰는 대로 가면 돼 이제는 더 이상 슬픔이여 안녕 왔다 갈 한 번의 인생아 연애는 필수 결혼은 선택 가슴이 뛰는 대로 가면 돼 눈물은 이별의 거품일 뿐이야 다가올 사랑은 두렵지 않아 아모르 파티 아모르 파티⁽후략⁾"

맞다. 인생은 바로 지금이다. 특히 베이비부머들에게는 더 적확한 표현이다. 그들도 빈손으로 이 세상에 와 소설 같은 한 편의 얘기들을 세상에 뿌리며 살아왔다. 그동안 인생을 치열하고 열심히 살아왔다. 되돌아보면 간혹 후회되는 일도 없지는 않을 것이다. 그렇지만 자신에게 실망하진 말자. 인간은 신이 아니기에 모든 걸 잘할 순 없으니까. 앞으로 더 잘하면 되므로 이제는 인생도 적당히 즐기면서 살고 볼 일이다.

친구들을 더 자주 만나 대포를 나누고 등산도 즐기는 거다. 여유가 된다면 여행도 좋다. 여행은 다리가 떨릴 때가 아니라 가슴이 떨릴 때 떠나는 거니까. 아울러 나이는 숫자일 따름이다. 마음이 진짜이며 가슴이 뛰는 대로 가면 된다. 따라서 이제는 더 이상 슬픔이여 안녕이다.

아모르(Amor)는 로마 신화에 나오는 '사랑의 신'을 의미한다. 그리스 신화의 에로스(Eros)에 해당한다. 친구들과의 음주가 됐든 등산과 여행 또한 그 함의는 사랑(love)이다. 내가 나를 사랑하지 않으면 그 누가 나를 사랑하겠는가? 친구와 또래 베이비부머 중에는 이런저런 곡절과 사연으로 혼자 사는 이가 더러 있다. 그렇지만 기죽지 말자. 따지고 보면 우리네 인생은 다 거기서 거기다. '사랑 반 눈물 반'이다. 제아무리 떵떵거렸던 갑부도 이 세상을 떠날 적엔 빈손으로 가는 게 인생이다. 산다는 게 다 그런 거지 뭐. 살다 보면 '천재설소 만복운흥'(千災雪消 萬福雲興)도 일어난다. 천 가지 재난이 눈 녹듯 사라지니 만 가지 복이 구름처럼 일어난다는 뜻이다. 열심히 살아온 그대여, 이제는 오로지 '만복운흥'만 즐기시라.

"인간은 자신이 필요로 하는 것을 찾아 세계를 여행하고 집에 돌아와 그것을 발견한다."

— 조지 무어, 영국 철학자

둥지

누구나 자신이 좋아하는 노래가 있다. 한국인의 스트레스 해
방구인 노래방에 가게 되면 자신의 애창곡을 주로 부르기 마련
이다. 지금이야 늙어서 기운이 없다. 하지만 젊었을 적의 음주
후엔 거의 의무적으로 노래방에 갔다. 예전에 내가 애창했던 노
래는 남진의 '둥지'와 조용필의 '킬리만자로의 표범'이었다. 노
래방에 같이 간 관객(?)들의 재창 요청이 쏟아지면 이창용이 부
른 〈여보〉라는 노래를 추가로 불렀다.

'여보 울지 말아요 여보 가지 말아요 당신 곁에 나 있잖아요 여보 울지
말아요 사랑 사랑 사랑 내 사랑…'

이라는 곡이다. 이 노래를 좋아했던 이유는 당연지사 아내
를 여전히 사랑하기 때문이다. 결혼할 당시의 내 처지는 그야

말로 불알만 뎅그렁거리는 가난의 극점이었다. 처가에서도 나와의 결혼을 극구 말렸다. 그렇지만 아내는 고집을 굽히지 않았고 나 역시 얼추 어떤 우격다짐으로 결혼을 강행했다. "제가 이래 봬도 마누라 밥 굶길 놈은 아닙니다!" 하고 허풍을 치면서.

우리 부부는 겨울엔 안방의 자리끼마저도 꽁꽁 어는 누옥의 셋집에서부터 신접살림을 시작해야 했다. 그러함에도 불평 없이 여태껏 살아주고 있는 아내인지라 정말이지 너무도 고맙기 그지없다. 다른 여자 같았더라면 아마도 진즉 고무신을 거꾸로 신고 줄행랑을 놓았을 것이었다.

언젠가 친하게 지내는 지인의 집에 갔다. 그런데 그 지인은 부인과 이혼한 뒤로는 술로서 세상을 살고 있었다. 곁에 부인이 없으니 수발을 들어줄 수 없었기에 지인의 외로움은 그야말로 하늘을 찌를 지경이었다. 그 모습을 보자 비록 꽁보리밥을 먹으며 삿갓 아래서 잠을 잘지언정 부부란 언제나 함께 살아야만 그게 바로 진정한 인생임을 절감하게 되었다. 지인은 아내와의 이혼을 "이제 와서는 후회한다!"고 했다. 그렇지만 이미 지인의 아내는 다시는 돌아오지 못할 강을 건넜기에 엎질러진 물에 다름 아니었다. 한때 아내는 가난한 현실에 넌더리를 냈고 때론 히스테리를 부리기도 했었다. 그러나 언제부터인가 빈곤에도 만성이 되고 면역이 되었는지 어떨 땐 마치 물질엔 달관한 수도사, 아니 마치 생불(生佛)과도 같은 면모를 보여 나를 놀라게도 한다. 착하고 자상하며 너그러운 현모양처 아내 덕분에 아이들을 모두 잘 키웠다고 자부한다.

다음은 지금도 여전히 좋아하는 가요인 남진의 히트곡 〈둥지〉의 가사이다.

"너 빈자리 채워 주고 싶어 내 인생을 전부 주고 싶어 이제는 너를 내 곁에다 앉히고 언제까지니 사랑할까 봐 우리 더 이상 방황하지 마 한 눈팔지 마 여기 둥지를 틀어 지난날의 아픔은 잊어버려 스쳐 지나가는 바람처럼 이제 너는 혼자가 아니잖아 사랑하는 나 있잖아 너는 그냥 가만히 있어 다 내가 해 줄게 현실일까 꿈일까 사실일까 아닐까 헷갈리고 서 있지 마 우~ 사랑이 뭔지 그동안 몰랐지 내 품에 둥지를 틀어봐"

'둥지'는 새가 알을 낳거나 깃들이는 곳을 말한다. 또한 조직과 모양이나 성상이 서로 다른 것들이 집단으로 모여 있는 상태까지 포괄한다. 아무리 눈보라와 태풍까지 휘몰아쳐도 새는 둥지에 들어서면 안락함을 느낀다. 또한 그 안에서 새끼를 안전하게 키운다.

반면 '빈 둥지 증후군'은 중년에 이른 가정주부가 자신의 정체성에 대하여 회의를 품게 되는 심리적 현상을 뜻한다. 마치 텅 빈 둥지를 지키고 있는 것 같은 허전함을 느끼어 정신적 위기에 빠지는 경우를 뜻한다.

경비원으로 근무했던 지난날 아내는 빈 둥지 증후군으로 몹시 힘들어했다. 내가 한 달에 열흘 이상 야근을 했기 때문이다. 가뜩이나 건강도 안 좋은 아내였으므로 남편인 내가 곁에 없었으니 그 적막과 헛헛함은 과연 오죽했을까.

1월 중순에 아내의 생일을 맞았다. 작년까지는 음력으로 생일을 쇠었는데 올부터는 양력으로 한 대서 그리되었다. 작년 12월, 아이들 덕분에 부산으로 여행을 다녀온 까닭에 아이들에겐 입도 벙긋하지 않았다. 경제적 부담을 주고 싶지 않아서였다. 그건 아내의 엄명이었다. 케이크에 불을 붙이며 아내의 건강을 기도했다. '여보, 못난 나를 만난 죄로 말미암아 여전히 고생이 많은 당신에게 늘 미안하고 감사할 따름입니다. 그렇지만 살다 보면 즐거운 날은 꼭 올 겁니다. 여보~ 고마워요! 사랑합니다!'

아내의 어원은 집안의 태양이라는 의미의 '안해'라고 배웠다. 내 안해가 항상 밝은 표정으로만 살게끔 더욱 노력하겠다. 비록 북강아지(몹시 여윈 강아지)처럼 돈은 없지만 마음만큼은 '부자인 척' 긍정적으로 살고자 하는 데 있어서도 게으름을 피우지 않으려 노력하리라. 그 언저리에는 나의 불변한 아내 사랑이라는 포근한 둥지가 견고하므로.

> "행복한 결혼 생활을 하려면 사랑에 계속 빠져야 하지만 상대는 항상 같은 사람이어야 합니다."
>
> — 미뇽 맥래프린, 미국 작가

홍시

"생각이 난다 홍시가 열리면 울 엄마가 생각이 난다 자장가 대신 젖가
슴을 내주던 울 엄마가 생각이 난다 눈이 오면 눈 맞을세라 비가 오면
비 젖을세라 험한 세상 넘어질세라 사랑 땜에 울먹일세라 그리워진다
홍시가 열리면 울 엄마가 그리워진다 눈에 넣어도 아프지도 않겠다던
울 엄마가 그리워진다"

나훈아의 히트곡인 〈홍시〉다. 이 노래를 부르다 보면 절로
눈물이 난다. 노래의 가사처럼 보고픈 울 엄마가 그리워지기
때문이다. 엄마란 무엇일까. 아이에게 있어서 엄마는 우주보다
위대하다. 다음은 내가 즐겨 글을 올리고 있는『뉴스포털1』에
실린 나의 글이다. 2022년 9월 7일 자에 올라와 있다.

'목화 할머니'

『홍경석 칼럼』시

목화 나무에서 목화(木花)를 딴다
불볕더위는 땀을 비 오듯
적삼을 적시고 눈물까지 앞을 가린다
그러나 어머니 손길은 여전히 분주했다
시집가는 애지중지 내 딸내미 포근히
덮고 잘 이불을 만들 거라서
세월은 여류하여 그 어머니는 이제 할머니 됐다
한가위 맞아 친정을 찾았더니 어머니가 안 보인다
올케 말이 어머니 발길은 여전히 목화밭에 계신단다
엄마~ 나 왔어요 하지만 귀먹은 울 엄마,
아니 할머니는 딸이 손목을 잡고서야
비로소 인기척을 느끼신다
"근데 댁은 뉘슈?"
왈칵 쏟아지는 눈물을 제어할 수 없었다
목화밭 둔덕에 퍼질러 앉아 한참을 울었다
시집가면 죽어서도 그 집 귀신이 되어야 한다고

강조했던 어머니 그 어머니는

대체 어디로 가신 건가요?

남진(가수)은 '목화 아가씨'에서 뱃고동이

울 때마다 열아홉 설레이는

꽃피는 가슴이라고 했거늘

울 엄마의 그 풋풋했던 청춘은

대체 누가 강탈한 거야!

엄마가 펑펑 우니 동행한 딸이 달려와

함께 눈물을 훔쳤다

엄마~ 이제라도 우리가 할머니

모시고 살면 어떨까요?

치매에 걸린 목화 할머니는

여전히 두 사람이 의아스럽다는 듯

눈길이 제법 독해 보였다

그래서 두 사람은 더 슬펐다

코로나19가 한창 창궐하던 즈음, 초등학교 동창이자 죽마고
우인 친구와 함께 그의 모친께서 입원해 계신 요양병원을 찾았
다. 그러나 코로나를 들먹이며 면회조차 못 하게 막는 요양병

원 관계자 앞에서 무기력한 자신을 한탄하며 오열하는 친구를 붙들고 한참을 같이 울었다.

독일 소설가 장 파울은 "어머니는 우리의 마음속에 얼을 주고, 아버지는 빛을 준다"고 했다. 그렇다. 또한 저울의 한쪽 편에 세계를 실어놓고 다른 쪽 편에는 나의 어머니를 실어 놓는다면 세계의 편이 훨씬 가볍다는 건 상식이다. 그렇지만 나에겐 그런 어머니가 존재하지 않았다. 대체 나는 전생에서 얼마나 많은 죄를 지었기에 그처럼 가혹한 고통과 시련을 감당해야만 했던 것일까.

영화 〈해바라기〉는 2006년에 개봉했다. 고교 중퇴 후 맨주먹으로 거리의 양아치들을 싹 쓸어버렸던 오태식(김래원)이 주인공이다. 술만 먹으면 개가 되고 싸움을 했다 하면 피를 보는 다혈질의 태식은 칼도 무서워하지 않는 잔혹함으로 오죽했으면 별명이 '미친개'라고 불렸다.

그가 가석방되면서 조폭 두목인 조판수는 아연 긴장한다. 출소하면서 '술 마시지 않는다', '싸우지 않는다', '울지 않는다' 이 세 가지를 생활 수칙으로 정한 태식은 하지만 친모보다 더 살가운 양모(養母)인 양덕자(김해숙)가 조판수 일당의 흉계로 인해 죽게 되자 그만 눈이 돌아버린다. 이로부터 복수의 화신으로 돌변한 태식의 무시무시한 보복이 이 영화의 압권이다.

사실 태식은 덕자의 아들을 죽인 살인범이었다. 그렇지만 덕자는 태식을 면회하면서 그의 진실성을 간파하곤 양아들로 삼는다. 그런 어머니였기에 태식은 개과천선으로 자신의 죄를 조금이나마 씻어내려 애썼다. 이 영화를 보면서 어려서 나를 길러주신 유모할머니가 오버랩되어 눈물을 훔쳤다.

『따뜻한 하루』라는 사이트의 글에서 〈따뜻한 감성편지〉 편에 '열다섯 엄마의 눈물'이라는 글이 돋보인다. 열다섯 철없는 여중생이었던 시절 과외선생님의 아이를 갖게 된 주인공은 둘째까지 출산했지만, 남편은 다른 여자의 사람이었다. 면목은 없었지만 다시 가족을 찾은 주인공은 두 아이를 큰오빠의 호적에 올린다.

'고모'로 가장하며 산 지 어언 20년… 성장한 아들이 결혼을 하루 앞둔 그날, 한 통의 메시지가 왔다. "고모, 내일 결혼식장에 예쁘게 하고 오세요. 그리고, 꼭 하고 싶은 말이 있는데 오늘 꼭 해야 할 거 같아서요. 저 기억하고 있었어요. 사랑해요. 엄마! 이젠 좋은 사람 만나세요. 아빠… 아니 그분 같은 사람 만나지 말고요. 엄마를 아끼는 사람 만나 지금이라도 행복을 찾으세요." 주인공은 20여 년간 참아왔던 눈물이 한꺼번에 쏟아져 내렸다. 이 글을 보면서 나도 울었다. 그런 어머니도 있었거늘…

나훈아의 노래처럼 홍시가 열리면 나는 울 엄마가 아니라 할
머니가 생각이 난다. 쭈글쭈글했던 할머니의 젖가슴이 그립다.

"대학에 가도 내 딸이고 도로에서 청소를 해도 내
딸이다. 오직 고상한 인격을 유지한다면 도로 청
소를 해도 빛나는 순결한 세계를 이룰 수 있다."

　　　　　　　　　　　　　　　　　　　　　　－ 출처 미상

Chapter 6

영화는 세상을 보는 창(窓)

기생충

사진 : 영화 〈기생충〉 포스터

영화 〈기생충〉은 2019년을 후끈 달궜다.

가족 전원이 백수로 살길이 막막하지만 사이는 좋은 기택(송강호) 가족이 주인공이다. 장남 기우(최우식)에게 명문대생 친구가 연결시켜 준 고액 과외 자리는 모처럼 싹튼 고정 수입의 희망이다. 온 가족의 도움과 기대 속에 박 사장(이선균) 집으로 향하는 기우. 글로벌 IT기업 CEO인 박 사장의 저택에 도착하자 젊고 아름다운 사모님 연교(조여정)가 기우를 맞이한다. 그러나 이렇게 시작된 두 가족의 만남 뒤로, 걷잡을 수 없는 사건이 기다리고 있었으니…

이 영화에서 더욱 눈길을 끄는 것은, 폭우가 쏟아지면 반지하 방에 물이 순식간에 차오르는 절망적 상황이다. 2022년 8월 8일 서울 동작구에 하루 새 자그마치 400㎜ 가까운 비가 내리는 등 기록적인 집중호우가 쏟아졌다. 공식 관측소에서 측정된 값이 아니어서 100년 만의 하루 최대 강수량, 80년 전의 시간당 최대 강수량 기록을 갈아치우진 못했지만, 기상청은 비공식적으로 서울에서 역대 가장 강력한 폭우가 내린 날이라고 인정했다.

그 여파로 관악구 신림동의 한 다세대주택 건물의 반지하에서 살던 초등학생 6학년 어린이와 그의 어머니, 이모가 그만 숨지는 비극이 빚어졌다. 더욱이 그 이모는 다운증후군을 앓던 장애인이래서 더욱 가슴이 미어졌다. 상식이겠지만 사람은 동병상련(同病相憐)을 느끼면 아픔이 더해지는 법이다.

나는 신혼 초에 가난해서 싸구려 지하방(地下房)에서 살았다. 〈기생충〉의 기택 가족이 살던 반지하 방은 그나마 밖을 조금이라도 볼 수 있었지만 나와 아내는 아예 아니었다. 완전한 지하 1~2층 중간의 방이었기에 건물 밖의 풍경은커녕 희미한 햇살조차 인색했기 때문이다. 낮에도 전등을 켜야 했고, 폭우가 쏟아지면 불안에 떨었다. 그즈음 아들이 태어났다.

죄책감이 들었다. 오랜 기간 땅속에서 은거하다 성충이 되어서야 땅 위로 올라온다는 매미가 떠올랐다. 악착같이 일을 더 히여 이듬해 지상의 주택으로 이사할 수 있었다. 반지하의 주거시설은 기본적으로 통풍, 환기, 침수나 화재에 굉장히 취약한 구조이다. 특히 장마 때나 최근과 같은 기상이변에서 기인한 집중폭우 때는 그야말로 대책이 전무하다. 대한민국 전국에 32만 호나 된다는 지하와 반지하 가구에 대한 정부와 지자체의 시급한 정비와 보완이 시급하다. (2022년 8월 기준) 정부는 영화 〈기생충〉이 한창 화제일 때 일제 점검을 약속한 바 있지만, 시간이 지나고 나니 없던 일처럼 됐다는 건 분명 유감이다.

지하와 반지하 가구를 대상으로 하루빨리 보조금을 지급하여 최소한 차수문(홍수 시 물 막는 문)을 설치하게 하는 것이 바람직하다. 아울러 앞으론 지하와 반지하 주택을 아예 짓지 못하도록 하는 안(案)의 조치도 바람직하다. 기습폭우로 인한 '망고하다' 사태를 방지해야 한다는 주장이다. '망고하다'는 '어떤 것이 마지막이 되어 끝판에 이르다'라는 의미다. '살림을 전부 떨게 되다(파산하다)'라는 뜻도 포함된다. 순식간에 폭우가 쏟아져 들어차는 반지하 가구의 비극은 다시는 없어야 한다.

기생충(寄生蟲)은 다른 동물체에 붙어서 양분을 빨아 먹고 사는 벌레를 뜻한다. 스스로 노력하지 않고 남에게 덧붙어서 살아가는 사람을 낮잡아 이르는 말이기도 하다. 이와 비슷한 게 '각다귀'다. 남의 것을 뜯어먹고 사는 사람을 비유적으로 이르는 말이어서 정말 치욕스러운 표현이다.

이에 부합되는 부류가 바로 보이스피싱 사기범들이다. 2023년 1월 17일 뉴스에서 약 300명에게서 10억 원을 편취한 뒤 잠적한 뒤, 11년간 수배를 피해 국내에서 도피 생활을 해 온 보이스피싱 조직 총책이 공소시효 완성 직전 수사기관에 덜미를 잡혔다는 기사를 봤다. 보이스피싱 범죄 정부 합동수사단에 따르면 지난해 11월 기준 보이스피싱 범죄 피해금은 무려 5,147억 원으로 나타났다고 한다. 절친한 지인이 작년에 보이스피싱 사기를 당해 거액을 잃었다. 그 후유증으로 대인 기피증과 더불어 극심한 정신적 스트레스까지 겪었다고 한다. 찾아가서 위로를 했으나 사후약방문격이어서 별 효과는 없었다. 사견이지만 보이스피싱 사기범과 조직원에게는 법정 최고령으로 다스려야 한다. 입법기관인 국회는 대체 뭘 하고 있는가?

> "서로의 신뢰가 깨지는 순간 비극의 시작이다."
>
> – 출처 미상

비열한 거리

사진 : 영화 〈비열한 거리〉 포스터

    2006년작 한국 영화 〈비열한 거리〉는 삼류 조폭 조직의 2인 자인 병두(조인성)를 그린 영화다.

    조직의 보스와 치고 올라오는 후배들 틈에서 제대로 된 기회 한번 잡지 못하는 그는, 조직 내에서도 하는 일이라곤 떼인 돈 받아주기 정도인 별 볼 일 없는 인생이다. 병든 어머니와 두 동생까지 책임져야 하는 그에게 남은 것은 쓰러져가는 철거촌 집 한 채뿐. 삶의 무게는 스물아홉 병두의 어깨를 무겁게 짓누른다. 어렵사리 따낸 오락실 경영권마저 보스를 대신해 감방에 들어가는 후배에게 뺏긴 병두는 다시 한번 절망에 빠지지만, 그런 그에게도 기회가 온다.

조직의 뒤를 봐주는 황 회장(천호진)이 은밀한 제안을 해 온 것이다. 황 회장은 미래를 보장할 테니 자신을 괴롭히는 부장검사를 처리해달라는 부탁을 한다. 병두는 고심 끝에 위험하지만 빠른 길을 선택하기로 한다. 황 회장의 손을 잡음으로써 가족들의 생계를 걱정하지 않아도 되게 된 병두는 영화감독이 되어 자신을 찾아온 동창 민호(남궁민)와의 우정도, 첫사랑 현주(이보영)와의 사랑도 키워나가며 이제야 인생을 사는 것 같다고 생각한다.

그렇게 새로운 삶에 대한 꿈을 키워나가던 어느 날, 병두는 동창 민호에게 그 누구에게도 털어놓지 못했던 속내를 털어놓게 되는데… "민호야, 너는 내 편 맞지?" 하지만 민호는 '친구'가 아니었다. 지독하게 쓸쓸한, 비열한 거리와 조폭의 인생을 다룬 이 영화는 사람은 어디까지 믿어야 하는가에 대한 화두를 관객들에게 던진다.

송혜교가 주연이었던 넷플릭스 드라마 〈더 글로리〉는 유년 시절 폭력으로 영혼까지 부서진 한 여자가 온 생을 걸어 치밀하게 준비한 처절한 복수와 그 소용돌이에 빠져드는 이들의 이야기를 그렸다. 시청자들에게 학교폭력의 심각성을 새삼 각인시켰다. 2023년 1월 11일 자 국민일보는 이 영화와 연관하여 『"고데기로 몸 지져"···'더 글로리'가 소환한 17년 전 실화』라는 제목으로 뉴스를 냈다. 다음은 기사의 내용이다.

"전 세계적으로 인기몰이 중인 넷플릭스 오리지널 드라마 '더 글로리'에 등장한 학교폭력(학폭) 장면이 과거 충북 청주에서 벌어진 실제 사건을 모티브로 한 것이라는 주장이 제기됐다. 1월 10일 충북 청주 지역의 한 온라인 커뮤니티에는 '더 글로리'에 등장한 '고데기 온도 체크'라는 끔찍한 학폭 소재가 과거 청주 여중생 학폭 사건을 떠올리게 한다는 글이 게재됐다.(중략)

김은숙 작가가 극본을 쓰고 안길호 감독이 연출한 '더 글로리'는 유년 시절 학교폭력으로 고통받은 여자가 치밀하게 복수를 준비해 실행해 나가는 내용을 그린다. 현재 16편 중 절반인 8편(시즌1)이 공개됐는데 세계 20여 개국 스트리밍 상위권에 올랐다. 시즌2는 오는 3월 공개될 예정이다."

내가 초등학교에 다닐 적에는 학교폭력이 없었다. 그만큼 학교는 맑고 청정했다. 중학교 이상은 다녀본 적이 없으므로 그 이상의 상급학교는 알 길이 없다. 아무튼 〈비열한 거리〉든 〈더 글로리〉든 부끄러움으로 치면 오십보백보(五十步百步)다. 이는 조금 낫고 못 한 정도의 차이는 있으나 본질적으로는 차이가 없음을 이르는 말이다.

중국 양(梁)나라 혜왕(惠王)이 정사(政事)에 관하여 맹자에게 물었을 때, 전쟁에 패하여 어떤 자는 백 보를, 또 어떤 자는 오십 보를 도망했다면, 백 보를 물러간 사람이나 오십 보를 물러간 사람이나 도망한 것에는 양자의 차이가 없다고 대답한 데서 유래한다.

한국교육개발원(KEDI)이 1월 17일 발표한 '2022년 교육 여론조사' 결과에 따르면 학교폭력이 심각하다고 답한 비율이 57.0%로 2020년(54.1%), 2021년(55.0%) 때보다 소폭 상승했다고 한다. 심각하지 않다고 답한 비율은 4.9%에 불과했다. 학교폭력의 심각성을 새삼 일깨워주는 대목이다.

학교폭력은 피해자를 극단적 선택에까지 이르게 하는 중범죄다. '학교에 다니는 내 아이가 혹시 학폭의 피해자는 아닌가?'

라는 학부모의 의구심과 관심이 반드시 필요하다. 학교폭력이 판치는 학교는 또 하나의 "부는 사치는 게으름의 어머니이고, 가난은 비열함과 악함의 어머니이며, 부와 가난 모두 불만의 어머니다."라고 했던 고대 그리스의 철학자 플라톤에서도 드러난다. 거기서 사람의 성품이 천하고 졸렬함을 나타내는 '비열하다'의 의미를 곱씹게 된다. 한 마디로 또 다른 '비열한 거리'다.

> "폭력은 방위하고자 생각하는 것, 즉 인간의 존엄, 생명, 자유를 파괴합니다. 폭력은 실사회의 체제를 파괴하는 것이므로 인류에 대한 범죄입니다."
>
> – 요한 바오로 2세, 제264대 교황

나의 결혼 원정기

사진 : 영화 〈나의 결혼 원정기〉 포스터

〈나의 결혼 원정기〉는 2005년에 제작된 방화다.

서른여덟이 되도록 여자와 눈도 제대로 맞추지 못하는 숙맥
노총각 홍만택(정재영 분)이 주인공이다. "서방 복 없는 년 자식 복
도 없다."는 어머니의 한숨 섞인 푸념을 들을 때마다 장가 못
간 죄인이 된 심정이다. 만택의 죽마고우 희철(유준상 분)은 딴에는

여자 깨나 다룬다고 생각한다. 그렇지만 막걸리에 취해 만택과 〈18세 순이〉를 불러 제끼는 건 마찬가지인 서러운 노총각이다.

이들은 마을에 시집온 우즈베키스탄 색시를 보고 오신 할아버지의 권유로 우즈베키스탄으로 맞선 여행길에 오르게 된다. 두려움과 설렘으로 시작된 우즈베키스탄 맞선 여행. 안 되는 영어까지 구사하며 현란한 작업을 펼치는 희철과 달리, 답답할 정도로 순진한 만택은 번번이 퇴짜 맞기 일쑤다.

이런 상황에 더욱 속이 타는 사람은 만택의 담당 통역관이자 커플 매니저인 탈북민 출신 라라(수애 분)이다. 그녀에게는 이번 맞선을 반드시 성사시켜야만 하는 절실한 이유가 있다. 빚이 많아서다. 보다 못한 라라는 우즈베키스탄 인사말부터 맞선 예절까지 만택의 특별 개인 교습에 나선다. 라라가 적어준 쪽지를 보며 우즈베키스탄 인사말을 연습하는 만택. "내일 또 만나요"라는 뜻의 "다 자빠뜨려"를 되뇌다 문득 떠오른 라라 생각에 괜스레 쑥스러워진다. 라라의 철두철미한 교습과 희철의 애정이 어린 충고 덕에 드디어 만택에게 기회가 생기지만, 진심 없이 꾸며낸 말로 얻어낸 데이트는 영 불편하기만 하다. 데이트가 계속될수록 만택의 시선은 자꾸만 다른 곳으로 향하는데… 과연 만택은 결혼 원정을 성공적으로 마치고 돌아올 수 있을까?

우즈베키스탄은 역사적으로 실크로드의 허브 역할을 담당하였다. 중국에서 출발한 대상들이 인도, 이란, 중동, 유럽으로 가기 위해서는 반드시 중앙아시아를 거쳐야만 했으며, 그 중심에는 지금의 우즈베키스탄에 존재하는 오아시스 도시들이 있었다. 특히 수도 타슈켄트에 이어 오늘날 두 번째 규모의 도시인 사마르칸트는 실크로드의 중심지로 평가를 받았다. 동에서 서로 그리고 남에서 북으로 이동하는 대상들이 피로한 여정을 잠시 멈추고 쉬어가야만 하는 곳이 지금의 우즈베키스탄이었기 때문에, 이곳에 모인 다양한 국가의 상인들이 상호 간에 정보를 교류하고 상품들을 거래하였다. 그러나 이러한 지리적 가치는 해당 지역에 역사적으로 불행을 가져왔다.

당대에 강대국들은 실크로드의 허브인 우즈베키스탄 지역을 침략하고 지배함으로써 해당 지역이 가지는 기능을 직접 보유하고자 했다. 고대의 알렉산드로스 대왕, 중세의 칭기즈칸, 근대의 러시아제국 등을 필두로 하여 동서양의 동시대 강대국들이 지금의 우즈베키스탄을 향해 끊임없는 침략과 지배를 시도하였으며 그 목적을 달성하였다. 이러한 역사가 우즈베키스탄에 남긴 유산은 다민족 다문화사회, 이곳을 지배했던 국가들의 문화적 잔재 등이었다. 따라서 현재 우즈베키스탄에 나타나고 있는 각 부문의 문화는 이와 같은 역사적 유산으로부터 영향을

받았다고 할 수 있다. _(네이버 지식백과 참고)

통계청의 〈2021년 다문화 인구동태 통계 결과〉에 따르면 다문화 혼인_(13,926건)은 전년 대비 13.9%_(2,251건) 감소했다. 다문화 이혼_(8,424건)은 전년 대비 3.0%_(261건) 감소했으며 다문화 출생_(14,322명)은 전년 대비 12.8%_(2,099명) 감소한 것으로 나타났다.

다문화 인구란 「다문화가족지원법」의 정의를 준용하여 한국인과 결혼이민자 및 귀화·인지에 의한 한국 국적 취득자로 이루어진 가족의 구성원을 의미한다. 다문화 인구동태 통계는 우리나라 국민이 「통계법」과 「가족관계의 등록 등에 관한 법률」에 따라 신고한 출생·사망·혼인·이혼 자료와 대법원 가족관계 등록자료를 활용, 2008년 자료부터 작성했다. 전체 혼인 중 다문화 혼인의 비중은 7.2%, 전년 대비 0.3%p 감소했다.

다문화 혼인의 유형은 외국인 아내_(62.1%), 외국인 남편_(22.0%), 귀화자_(16.0%) 이다. 전년 대비 외국인 아내와의 혼인 비중은 4.3%p 감소, 귀화자 혼인은 1.0%p 증가했다.

다문화 혼인을 한 남편의 평균 초혼 연령은 35.1세, 아내 30.5세로 전년 대비 남편은 0.9세 감소, 아내는 1.3세 증가했다.

다문화 혼인 부부의 연령차는 남편 연상부부가 71.4%로 가장 많고, 남편이 10세 이상 연상인 부부는 24.8%로 전년 대비 9.4%p 감소했다.

다문화 혼인을 한 외국인 및 귀화자 아내의 출신 국적 비중은 중국(23.9%), 베트남(13.5%), 태국(11.4%) 순이다. 전년 대비 베트남의 비중은 10.0%p 감소, 중국과 태국의 비중은 각각 2.2%p, 0.7%p 증가했다.

전체 이혼 중 다문화 이혼의 비중은 8.3%, 전년대비 0.1%p 증가했으며 다문화 이혼의 유형은 외국인 아내(49.3%), 귀화자(34.4%), 외국인 남편(16.2%) 순으로 나타났다. 전년 대비 외국인 아내, 외국인 남편과의 이혼 비중은 각각 1.2%p, 1.0%p 증가했고, 귀화자 이혼은 2.3%p 감소했다.

작년에 우리나라는 출생아 수가 역대 최저를 또다시 기록했다. 출생아 수는 줄어드는데 사망자는 늘면서 인구감소는 역대 최고에 달했다. 다문화 가정이 없었다면 출생아 수 역시 더욱 현저하게 감소했을 건 불 보듯 뻔했다. 취재를 하다 보면 다문화 가정의 애로사항을 듣게 된다. 그중 하나가 어렵사리 취업한 직장에서의 호칭이란다. "어이, 짱깨~" "이봐, 베트남~" "저기, 필리핀~" 이런 식으로 폄훼와 하대(下待)의 명칭으로 부른다는 것이다. 참고로 '짱깨'는 중국 및 중국인과 화교를 부르는 속어로, 중국 요리나 중국 음식점을 가리키는 말로도 쓰이는 등 한국에서 매우 자주 사용되는 속어이다. 그런데 이럴 때 그런 비하적 표현을 외국인이, 특히 상대방 외국인 여성이 듣고 느낄 모욕감은 과연 어떨까! 다른 건 차치하더라도 역지사지(易地思之)의 관점으로 어쩌면 또 다른 애국자인 다문화 가정을 더욱더 넓게 포용해야 한다. 당신이 외국에서 사는데 그곳 국민이 당신에게 이렇게 부른다손 치자. "어이, 어글리 코리안~" "이봐, 갑질 코리안~" 그럼 당신은 과연 뚜껑이 안 열리겠는가? 사족이겠지만 '뚜껑(이) 열리다'는 '몹시 화가 나다'라는 의미를 담고 있다.

지금 우리나라는 세계 최저 출산율로 인구절벽 위기가 심각하다. 반면 국내 다문화가정과 그들의 자녀 숫자는 빠르게 증가하고 있다. 따지고 보면 그들 또한 애국자가.

> "미인은 눈을 즐겁게 하고, 어진 아내는 마음을 즐겁게 한다."
>
> – 나폴레옹, 프랑스 황제

만무방

사진 : 영화 〈만무방〉 포스터

〈만무방〉은 1994년에 선보인 한국 영화다. 엄종선 감독이 연출을 맡아 제32회 대종상영화제에서 6개 부문을 수상했다. 마이애미 폴라델 국제영화제 최우수 작품상도 받았다. 〈만무방〉은 1960년 현대문학상 수상작인 오유권의 소설『이역의 산장』을 영화화한 것이다. 1950년 6·25 남침 전쟁이 발발하여 피아간에 수많은 희생을 치르며 밀고 밀리는 접전이 계속된다.

판문점에서 지루한 휴전 협상이 진행되고 있을 즈음, 어느 접전 지역의 중간 지점에 위치한 한 오두막에서 이야기가 시작된다. 동족상잔(同族相殘)의 표본적인 피해자들이 모여들며 벌이는 또 다른 전쟁이 이 영화의 줄거리다.

눈 덮인 일망무애(一望無涯)의 산등성이에 자리한 한 채의 초가집에 과부(윤정희)가 살고 있다. 이 고립무원(孤立無援)의 초가집도 전쟁의 소용돌이 속에서는 결코 자유로울 수 없었다. 그래서 주인공 과부는 생존본능에 따라 낮에는 태극기, 밤에는 인공기를 문 앞에 걸어놓는 식으로 위험한 줄타기를 하고 산다. 산등성이를 울리는 몇 발의 총성은 두 명의 남자를 차례로 이 산골짜기의 초가로 쫓겨 오게 만든다. 정과 사람의 온기에도 약했던 홀로 초가를 지키던 여인은 이들에게 전쟁의 피난처를 제공해 준다. 그러나 이 초가도 결코 안전한 피난처는 아니었는데⋯. 대저 사람의 욕망은 식욕과 성욕, 수면욕이다. 이 중에서 가장 강한 건 성욕이라 했던가.

초가의 과부는 가뜩이나 없는 먹을거리를 챙겨주고, 차가운 방이나마 함께 자게끔 배려해 준다. 그렇지만 여기로 찾아든 노인(장동휘)은 끝내 그 과부를 자신의 욕망의 대상으로 정복하고야 만다. 이튿날엔 또 다른 남자가 찾아드는데 혈기방장(血氣方壯)한

청년(김형일)이다. 젊은이는 동란의 와중에 발까지 다쳐 꼼짝을 못
하는 늙은이로 인해 냉골이 된 건넌방에서 하룻밤을 겨우 지낸
다. 그리곤 '고작' 하루 사이에 과부까지 점령한 늙은이가 한없
이 부럽기만 하다.

작심한 젊은이는 20리나 되는 길을 걸어가서 한 아름의 나뭇
짐을 해 온다. 덕분에 세 사람은 모처럼 따뜻한 방구들(화기『火氣』가
방 밑을 통과하여 방을 덥히는 장치)에서 잠을 자는 호사를 누린다. 오랜만에
따끈한 밥까지 지어 먹은 과부는 늙은이를 건넌방으로 쫓아내
고 건강한 청년의 육체를 받아들인다. 졸지에 안방에서 밀려난
노인은 무기력한 자신의 처지에 비참함을 느끼며 눈물짓는다.
'승자'가 된 청년은 따뜻한 안방에서 여인을 품에 안고 득의양
양(得意揚揚)하게 잠들지만, 이 또한 오래 가지 못한다.

길을 잃고 찾아든 한 젊은 색시(신영진)의 등장 때문이다. 전쟁
통에 남편을 잃은 젊은 색시는 과부와 달리 정조를 지킬 줄 아
는 여자였다. 자신을 거둬준 늙은이를 제2의 남편으로 모시겠
노라 약속한다. 하지만 표리부동(表裏不同)한 젊은이는 나무를 하
러 간 벌판에서 끝내 그녀를 겁탈한다. 너무나 부끄러워 겨우
집에 돌아와서도 이를 숨기지만 젊은이는 자랑스레 발설하여

화를 자초한다. 결국 세 사람은 죽고 죽이며 최후를 맞고 초가
집은 불에 휩싸인다. 과부는 혼자 생존했지만 이미 제정신이 아
니다. 그녀는 습관처럼 태극기와 인공기를 양손에 들고 걸어 나
가면서 영화는 막을 내린다.

  '만무방'의 본뜻은 '염치가 없이 막된 사람'을 의미한다. 또한
소설가 김유정이 지은 단편소설이기도 하다. 1935년 7월 17일
부터 7월 31일까지 「조선일보」에 연재되었다. 그 뒤 1938년에
간행된 단편집 『동백꽃』에 재수록되었다.

  북한의 핵 위협에 대비하기 위해 우리도 핵을 보유해야 한다
는 윤석열 대통령의 발언이 한·미동맹에도 악영향을 끼칠 것
이라는 외신 보도가 나왔다. 북한의 핵 위협에 대비하기 위해
핵을 보유해야 한다는 윤석열 대통령의 최근 발언이 한·미동
맹에도 악영향을 끼칠 것이라는 외신 보도가 나왔다. 일부 외
신은 한반도의 극단적인 긴장 고조로 전쟁까지 가정한 비극적
상황을 칼럼으로 게재한 반면, 과거 트럼프 미 행정부 시절과
같은 위기 상황까지는 이르지 않을 것이라는 전망도 있다. 1월
16일^(현지 시간) 미국 매체 보이스오브아메리카^(VOA) 보도에 따르면
"윤석열 한국 대통령이 한때 생각조차 할 수 없던 자국의 핵무

기 획득 논쟁을 가속화하고 있다"면서 "이는 한·미동맹을 변화시키고 지역 안보 역학을 뒤집을 수 있는 움직임이다"고 지적했다는 것이다. 윤 대통령은 지난 1월 11일 외교부·국방부 업무보고 마무리 발언에서 "더 ^(북핵) 문제가 심각해져서 대한민국에 전술핵 배치를 한다든지 우리 자신이 자체 핵을 보유할 수도 있다"며 "그렇게 되면 우리 과학기술로 더 빠른 시일 내 우리도 ^(핵을) 가질 수 있다"고 말했다.

해당 발언의 파장이 확산하자 대통령실은 "핵확산금지조약 ^(NPT) 체제를 준수한다는 대원칙에 변함이 없다"고 진화에 나섰다. VOA는 윤 대통령의 이 같은 발언이 민주화된 한국 사회에서 이례적인 일이라고 봤다는 것이다. VOA는 윤 대통령 발언이 사실상 북한보다는 북한에 매파적으로 접근하려는 보수 지지층과 미국을 겨냥한 것으로 풀이했다. 한국이 경제적 희생을 감수하면서 단기간에 핵무장을 완성하는 것은 사실상 불가능하기 때문이다. VOA는 또 한국이 핵무기를 가질 경우 한·미동맹이 깨질 수 있다고 전망했다.

에릭 브루어 전 백악관 국가안보회의 비확산 국장은 "미국은 한국의 핵무장을 지지하지 않고 있다는 점을 분명히 하고 양국은 동맹을 강화할 수 있는 현실적인 노력을 얘기해야 한다"면서 "한국의 핵무기 개발 언급은 북한의 위협에 대처하는 것은 물론 한·미 안보 협력과 확장 억제를 강화하려는 노력 모두에 역효과를 낳는다"고 주장했다. 그는 "한국이 미국을 설득하기만 하면 모든 것이 잘될 것이라는 생각은 근본적으로 잘못된 것이다"며 "미 의회가 요구하는 제재, 민간 원자력 프로그램 국제 협력 종료, 중국의 반발 위험을 감수해야 한다"고 덧붙였다고 한다.

이런 외신을 보자면 다시금 마음이 답답해진다. 갈수록 더욱 기고만장해지는 김정은과 그의 여동생 김여정의 만무방 적 언행은 이미 도를 넘은 지 오래다. 러시아의 우크라이나 침공에서 봤듯 전쟁은 모든 걸 파괴한다. 힘이 없는 국가는 멸망한다. 사견이지만 우리도 하루빨리 핵무장을 마쳐야 한다. 그래야 더 이상 북한에서도 우리를 깔보지 못한다.

한편 나도 열렬한 팬이었던 은막(銀幕)의 스타 배우 윤정희 씨께서 지난 1월 19일(현지 시각) 프랑스 파리에서 향년 79세를 일기로 세상을 떠나셨다. 윤정희 씨는 1967년 무려 1,200대 1의 경쟁을 뚫고 영화 〈청춘극장〉의 주인공으로 화려하게 데뷔했다.

곧바로 청룡영화상 인기상과 대종상 신인상을 휩쓸며 청춘스
타로 부상했다. 1960~1970년대에는 남정임, 문희 씨와 더불
어 '원조 트로이카'로 불렸다. 청룡영화상·대종상 등 여우주연
상만 25차례 받았고, 평생 출연작은 300여 편에 이른다고 한
다. 삼가 고인의 명복을 빈다.

"전쟁은 너무 적은 것을 얻기 위해 너무 많은 것
을 희생한다."

– 윈스턴 처칠, 영국 총리

올로투레

사진 : 영화 〈올로투레〉 포스터

〈올로투레〉(ÒLÒTÚRÉ, Oloture)는 2019년 작 나이지리아 영화다.

　나이지리아의 라고스 시 더 스쿱 신문사의 올로투레(샤론 우자)는 이름을 에히로 바꾸고 인신매매의 위험하고 잔인한 심각성을 폭로하기 위해 사창가에 위장 잠입한다. 편집장 에메카만 알고 있는 비밀로 올로투레가 자청한 위험천만한 작업이다. 올레투레를 원하는 성 매수자 남자와 만나 잠자리를 가지게 된다. 하지만 화장실을 다녀오겠다고 속이고 창문을 통해 탈출한다. 남자의 신고로 화가 잔뜩 난 포주로부터 몸도 제대로 못 파느냐면서 단단히 혼이 나고 경고를 받는다. 올로투레는 룸메이트인 린다가 유럽으로 가서 큰돈을 벌 계획이라는 사실을 알고 그녀에게 접근하여 자기도 함께 갈 수 있도록 주선해달라고 부탁한다.

그녀의 목적은 국제적인 인신매매단의 실상을 파헤치고 독자들에게 경각심을 일깨워주기 위함이다. 린다는 그곳에 가기 위해서는 1,200달러를 지불해야 한다고 알려준다. 올로투레는 편집장이 차를 몰고 와 정보를 가져가고 매춘을 한 것처럼 속여 돈을 지불하는 식으로 아슬아슬하게 위기를 넘겼다. 그러나 린다에게서 유럽으로 가기 위해 소개받은 해외 알선책 알레로가 알선한 파티장에 갔다가 필립 온다제를 만난 것이 화근이었다. 그는 약을 타서 꼼짝 못 하게 한 다음 성폭행을 자행한다.

올로투레는 알레로가 데리러 와서야 만신창이가 되어 파티장을 빠져나올 수 있었다. 필립은 다이아몬드 재단 NGO로 자선 사업가를 가장한 변태성욕자였다. 올로투레는 깊은 상처를 입고 병원에서 치료를 받는다. 이후 그녀는 섹스 파티장에 온 많은 사람들이 사회지도층 인사라는 것을 알고 더욱 놀란다. 편집장은 그만 중지할 것을 제안하지만 올레투레는 직접 인신매매단을 적발해내려고 계속한다. 그런데 인신매매 조직은 호락호락한 집단이 아니었다. 그들은 15명의 여성들을 1,200달러씩 돈을 받고 유럽에 보내주기로 하고 모집했음에도 차에 오르는 순간 공포 분위기를 조성하면서 엉뚱한 곳으로 끌고 간다. 여자들은 이제 자유를 잃고 그들의 지시대로 따라야 할 노예가 되었음을 깨닫게 된다.

이 영화는 전형적인 '놀리우드(Nollywood)' 장르이다. '나이지리아'와 '할리우드'의 합성어인데 연간 영화로 벌어들이는 총수입이 4억 5,000만 달러 규모에 이르는 아프리카의 나이지리아를 할리우드에 빗대어 표현한 용어다. 1980년대 독재정치가 끝나면서 활기를 띠게 된 나이지리아의 영화산업 규모는 미국·인도에 이어 세 번째며, 2009년 현재 연간 1,000~2,000편의 영화가 제작되고 있는 것으로 알려졌다. 나이지리아 영화는 보통 디지털카메라를 사용하며, 영화 한 편을 촬영하는 데 2만 달러 정도의 제작비와 약 10일 정도의 촬영 기간이 소요된다고 한다. 또한 관람시설이 부족하기 때문에 노점상에서 비디오나 DVD로 판매하는 방식이 일반적이다.

〈올로투레〉는 사실 설득력이 상당히 떨어지는 영화다. 아무리 불의를 고발하는 기자라곤 하지만 올로투레의 프로파간다(propaganda)에서도 진정성이 느껴지지 않는다. 다만 나이지리아나 우리나라 역시 필립과 같은 위선의, 소위 사회적 저명인사가 여전히 기생충처럼 공생한다는 것이다. 한 가지 위안이 있다면 정말 명실상부의 '프로 기자'들이 우리나라엔 여전히 굳건하다는 믿음이었다. 그들의 투철한 기자 정신이 있기에 대한민국은 그나마 현재의 민주주의를 보존할 수 있는 것이리라. 역시 펜은 칼보다 강해야 마땅하다.

한편 지난 1월 중순 충격적 사건이 세인들을 놀라게 했다. 옛 직장동료를 감금한 채 낮에는 자신들의 아이를 돌보게 하고 밤에는 성매매를 시킨 40대 동갑내기 부부가 경찰에 붙잡혔기 때문이다. 대구 중부경찰서는 성매매 알선과 감금, 폭행 등 혐의로 A씨(41)를 구속하고 남편 B씨(41)를 입건해 조사 중이라고 1월 16일 밝혔다. A씨 부부는 2019년 10월부터 지난해 9월까지 무려 2,000여 차례에 걸쳐 피해자 C씨에게 성매매를 시켜 5억여 원을 갈취한 혐의를 받고 있다고 했다. 이들 부부는 또 낮 시간대 C씨에게 자신들의 자녀를 돌보게 한 혐의도 받는다. 경찰에 따르면 A씨와 C씨는 과거 같은 직장에서 근무하던 사이였다고 한다. A씨는 C씨가 "금전 관리가 어렵다"며 고충을 털어놓자 자신의 주거지로 불러 범행을 저질렀다는 것이다. 경찰 조사 결과 C씨는 A씨 부부의 권유로 일면식도 없는 D씨(38)와 결혼을 했는데, D씨는 C씨를 감시하는 역할을 맡은 것으로 나타났다. 경찰은 "A씨 부부가 C씨를 가스라이팅(심리 지배)한 것으로 보고 있다"며 "범죄 수익금은 몰수·추징보전 조치하고 중부서 서장을 팀장으로 한 전담수사팀을 통해 성매수남에 대한 수사를 이어가고 있다"고 설명했다.

〈올로투레〉에 등장하는 인신매매의 사창가에 버금가는 최고 악질의 인면수심 A씨는 신상을 공개해야 마땅하다. 그래야 제2의 범죄를 막을 수 있을 것이다. 인신매매는 최악의 인권 유린이다.

"어떤 형태로든 타인을 차별하는 행위는 자기
자신의 생명을 홀대하는 것과 같다."
– 출처 미상

메건 리비

사진 : 영화 〈메건 리비〉 포스터

〈메건 리비〉(Megan Leavey)는 2017년에 관객과 만난 미국 영화다. 이라크 전에 참전한 여군 메건 리비의 실화를 바탕으로 했다. 군견병으로 활동하면서 수많은 생명을 구한 그녀의 이야기를 그린다.

언제나 대인관계가 불편했던 메건은 사랑하는 친구의 사망으로 방황한다. 그러다가 심기일전의 각오로 해병에 입대하게 된다. 그곳에서 새로운 삶을 얻고자 했으나, 자대배치를 받은 첫날 술에 취해 노상 방뇨를 한 벌로 군견 우리 청소를 맡게 된다. 따라서 해병대에서도 문제아로 낙인찍히게 된다.

그러던 중 메건은 군견의 매력에 푹 빠지게 된다. 결국 군견병으로 보직을 변경하여 3주간 훈련 후 군견 렉스와 함께 이라크로 파병된다. 여자는 임무에 투입시키지 않는다는 룰을 깨고 적진에 침투한 날, 숨겨진 대량의 불법 총기를 발견하게 된다. 이에 메건과 군견 렉스는 그 일을 계기로 일약 영웅이 된다. 하지만 또 다른 임무를 받아 성실히 복무하던 그들은 적진에서의 폭발물로 큰 부상을 입게 된다. 전역을 하였지만, 이라크전에서 겪었던 일에 대한 PTSD(외상 후 스트레스 장애)로 큰 고통을 겪게 된다.

결국 렉스를 오매불망 그리워하던 메건은 상원의원까지 찾아가 렉스의 입양에 도움을 달라고 간청한다. 그 결과, 드디어 감격의 눈물로 렉스를 만나는 부분에서 관객은 덩달아 눈물샘이 터진다. 주변에 애완견을 극도로 사랑하는 사람이 적지 않다. 반면 매년 유기견이 급증하는 추세라고 한다. 특히 여름 휴가철이 본격 시작되면 버려지는 유기 동물들은 더 늘어난다는 것이다. 가족처럼 지냈던 애완견을 버리는 사람은 과연 누구일까?

이탈리아 토리노 시(市)에서 개를 기르는 시민은 하루에 최소한 세 번 산책을 시켜줘야 한다. 두 번만 했으면, 500유로(약 67만 원) 벌금이 부과된다. 애완동물을 학대하거나 버리는 행위는 자그마치 1만 유로(약 1,335만 원) 벌금이나 1년 징역형에 처해진다고 한다. 물론 우리나라도 그리 하자는 건 아니다. 다만 애완견을 진정 아끼자는 주장이다. 익화 〈메건 리비〉는 전쟁터로 간 해병대 군견 렉스와 군견병 메건의 가슴 짠한 러브스토리를 다뤘다. 그녀는 렉스를 너무나 사랑했기에 결국엔 더 공부하여 수의사까지 되었다. 그 정도까지는 아니더라도 기르던 개를 버리는 짓은 생명체가 아닌 물건으로 취급하는 아주 저급(低級)의 행위에 다를 바 없다.

이런 가운데 반가운 뉴스가 돋보여 소개한다. 부산 신라대학교가 반려동물산업 역량 강화를 위한 특화 교육 지원에 나선다는 보도였다. 신라대는 반려동물 산업 분야 재직자 및 관련학과 재학생의 인력 양성 교육뿐만 아니라 일반 지역민을 대상으로 한 역량 강화 교육 등이 포함된 '반려동물 아카데미'를 개설

한다고 1월 17일 밝혔다. 반려동물 아카데미는 8주 과정으로 진행되며 반려동물 산업을 폭넓게 이해할 수 있는 다양한 주제의 이론 및 소양, 실습 교육 등으로 구성될 예정이라고 한다. 반려동물 유기를 막기 위한 동물등록 의무화 및 반려동물 입양을 위한 교육 프로그램 이수 등 반려동물 양육자의 돌봄 의무 강화를 위한 정부의 방안 마련 계획에 따라 관련 교육수요도 늘어날 것으로 예상된다고 했다. 참 좋은 소식이었다. 주변에 애완견을 식구 이상으로 사랑하는 이가 적지 않다. 애완견을 가족처럼 아끼는 사람들이 더 환호할 듯싶다.

> "사람 사이에 신뢰는 깨어지기 쉽지만 충직한 개는 결코 우리를 배신하지 않는다."
>
> – 콘라트 로렌츠, 동물학자

연단

사진 : 영화 〈연단〉 포스터

주인공 천신제는 교회 리더였다. 2006년에 본분을 이행하다가 중국 공산당 경찰의 감시와 미행으로, 집사였던 자오꾸이란 자매와 같이 붙잡힌다. 경찰은 교회의 다른 리더와 헌금의 정보를 얻기 위해 두 사람에게 갖은 폭행과 수갑 채워 매달기 등의 고문을 자행한다. 경찰은 주인공이 자백을 하지 않자 비밀 심문실로 끌고 가 옷을 벗기고 수치감을 주고, 전기고문을 가하며 기절하게 한다. 주인공은 그 고문에 시달리며 죽을 것 같은 느낌을 받는다.

그때 주인공은 최선을 다해 하나님께 부르짖는다. 희미한 속에서 주인공은 천사들이 찬양으로 고무하는 모습을 보게 되었고, 사망의 끝에서 다시 살아난다. 이에 그는 죽는다고 해도 하나님을 위해 굳게 서고 사탄에게 수치를 안겨 주겠다고 다짐한다. 경찰은 고문이 통하지 않자 남편을 데려온다. 그는 사적인 정을 이용해 하나님을 배반하고 교회를 팔게 하려고 한다. 그녀가 요지부동하자 이번엔 두 번이나 첩자를 보내 주인공에게 교언영색으로 잘해 주며 교회 정보를 얻어내려고 한다. 그럴 때마다 주인공은 하나님을 의지하며 사탄에게 속지 않는다. 하지만 경찰은 거기에서 멈추지 않았다. 눈 내리는 추운 날, 경찰은 주인공과 교도소 동료이자 같은 종교인인 자오꾸이란을 노동 교도소로 이감시킨다. 수백 명이 보는 앞에서 강제로 옷을 벗기고 수치감을 주는데 정말 목불인견의 참혹함이 여실히 드러난다.

중국의 종교 박해 영화 〈연단〉에서 본 충격적 장면이다. 연단(鍊鍛)이란 쇠붙이를 불에 달군 후 두드려서 단단하게 함, 또는 몸과 마음을 굳세게 함을 의미한다. 유튜브에서 우연히 이 영화를 보게 되었다. 시종일관 눈과 마음마저 뺏기며 2시간을 몰입하게 만들었다. 이 영화에서 주인공에게 자행하는 각종의 고문 장면은 너무 잔인하여 차마 눈을 뜨고 볼 수조차 없을 정도로 리얼하다. 또한 인권은 안중에 없고 정부가 우선인 공산주의 국가 중국의 민낯을 보면서 전율했다. 고문을 하다가 죽여도 불법이 아니라는 중국 공무원들의 저급한, 그러나 공통적 인식 역시 공산주의를 새삼 되돌아보는 계기를 마련해주었다. 내가 군 복무를 할 때는 거수경례와 구호가 '멸공'이었다. 멸공(滅共)은 공산주의 또는 공산주의자를 멸하자는 것이다. 작년에 모 대그룹 총수가 '멸공'을 강조했다가 불매운동 등 반대 여론에 꼬리를 내리는 일이 벌어졌다.

  세상이 참 많이 변했다. 하지만 공산주의는 조금도 변하지 않았다. 북한은 지금도 툭하면 미사일 발사 도발 따위로 우리를 위협하고 있다. 그러나 중국은 그런 북한을 여전히 애지중지하고 있다. 한국인들의 반중(反中) 정서가 전 세계에서도 가장 강한 수준이라는 내용의 설문조사 결과가 작년에 나왔다. 한국인들이 중국에 대해선 사람과 국가를 가리지 않고 부정적인 견해를 갖고 있는 것으로 밝혀졌다고 했다.

  중앙유럽 아시아연구소(CEIAS) 등이 참여한 국제연구진이 작년 4월 11일 ~ 6월 23일 한국 성인 남녀 1,364명을 대상으로 중국에 대한 인식 등을 묻는 여론조사를 시행한 결과, 한국인 응답자가 중국을 '부정적' 또는 '매우 부정적'으로 인식한다고 답한 비율이 무려 81%에 달한 것으로 밝혀졌다고 미국 외교 전문 매체 디플로맷이 보도했다. 디플로맷에 따르면 이 같은 수치는 조사 대상 56개국 중 가장 높은 수준이라고 밝혔다.

한국에 이어 두 번째로 반중 정서가 심한 나라는 스위스(72%), 세 번째로 심한 나라는 일본(69%)이었다. 한국인들의 반중 정서가 두 나라보다 10%가량 높다는 점에서 한국인들이 중국을 얼마나 싫어하는지 실감할 수 있었다.

중국의 옹졸함은 도를 넘은 지 오래다. 한국이 중국발 입국자 방역을 강화한 데 대해 중국이 보복 조치로 단기 비자 발급을 중단한다고 발표한 게 올 1월 초다. 중국의 비자 발급 중단 조치에 국내 항공사들은 중국 하늘길 확대가 당분간 힘들 것으로 예상된다고 했다.

한국인들이 중국 하면 떠올리는 단어는 '코로나19'가 가장 많았다. 이 밖에도 '역사 왜곡', '더러움', '가짜', '오염' 등 부정적인 단어들이 주로 언급되고 있다. 중국은 코로나19의 초기 확산 후 화장장을 구하지 못해 상하이의 한 아파트 주차장에서까지 시신을 태우는 진풍경이 펼쳐졌음을 기억한다. 중국은 6·25 전쟁 때 대규모 병력을 파견하여 결국 한반도를 남과 북으로 단절시키는 데 결정적 역할을 한 국가다. 이런 이유 하나만으로도 나 역시 중국은 정말 밥맛 떨어지는 국가다. 식당에서 밥을 사먹을 때 김치가 중국산인 듯싶을 때는 아예 손도 안 대는 경우도 비일비재하다.

> "자신을 믿지 못하는 자는 다른 누구도 진정으로 믿지 못한다."
>
> – 장 레츠, 17세기 프랑스의 정치가

베를린의 여인

사진 : 영화 〈베를린의 여인〉 포스터

〈베를린의 여인〉은 2008년 독일 영화다. 제2차 세계대전의
막바지가 무대다. 나치 독일은 베를린에서 여성, 아이들, 노인
까지 동원한 총력전으로 소련군의 진군을 막기 위해 필사적인
저항을 하고 있었다. 그럼에도 불구하고 베를린은 함락되었고
결국 베를린에는 소련 군정이 실시된다. 소련군 병사들은 복수
심에 눈이 멀어 무방비 상태의 독일 여성들을 나이를 가리지 않
고 무자비하게 강간한다. 이에 주인공(니나 호스 분)은 이 참혹한 강

간을 막아보고자 소련군 장교에게 멈춰줄 것을 호소하나 일언지하에 거절당하고, 한 건물의 지하실에서 소련군 2명에게 윤간당한다. 이후에도 계속되는 강간에 시달리던 주인공은 더 이상의 피해를 막기 위해 독일군에게 아내가 살해당한 소련군 장교를 유혹하여 방패막이로 삼는다. 그리고 소련군 장교와 주인공은 계속되는 교감으로 연인에 준하는 사이로까지 발전한다. 그러나 어느 날 주인공이 집 옥상에 몰래 숨겨둔 독일 청소년이 소련군에게 발각되고, 소련군 장교는 주인공의 잘못을 무리하게 덮어주려다 실각하여 시베리아로 유형을 떠나게 된다. 그로부터 얼마 뒤 독일군 장교인 주인공의 연인이 돌아온다. 그는 주인공이 이제까지 있었던 일을 적은 수기를 보게 되는데 마치 주인공이 파렴치한 짓을 저지르기라도 한 것처럼 눈앞에서 역겹다는 말을 내뱉는다. 둘은 예전 사이로 돌아가지 못한다.

〈베를린의 여인〉은 전직 저널리스트였던 마르타 힐러스의 수기를 극화한 실화 영화이다. 이 영화의 원작인 수기는 소련군의 성범죄를 정면으로 다룬 내용이라 1959년 서독에서 출간되었을 때 패전의 상흔이 아물지 않은 독일인들에게 엄청난 비난을 받았으며 판매량도 좋지 못했다. 수기에서 나오는 소련군의 무자비한 성범죄는 독일 여성들에겐 잊고 싶은 기억이었기 때문이다. 무엇보다 주인공이 여러 차례 강간을 당한 뒤 더 이상의 피해를 막기 위해 소련군 장교에게 붙는 내용이 독일 여성들의 명예를 훼손한 거라는 비난까지 받았다. 예상치 못한 부정적인 반응에 당황한 작가는 익명으로 출판된 이 수기를 자신이 생존해있는 동안에는 다시는 출판되지 못하도록 하였다. 그리고 작가가 죽은 2년 후인 2003년 이 수기는 재출판되었다. 첫 출판 당시와는 가치관이 변한 현재에는 담담하면서도 구체적인 서술이 높이 평가받으며 2차대전 당시의 상황을 잘 나타낸 회고록 중 하나로 평가받고 있다. 영화와 수기에 나오지 않는 뒷얘기이지만, 마르타 힐러스는 독일군 남자친구와 헤어진 뒤, 스위스로 이주하여 그곳에서 결혼하여 살았다고 한다.

원작에서는 소련군의 성폭행뿐만 아니라 미군의 폭격에 대한 얘기도 나오는데, "내 몸을 노리는 러시아군이 내 머리 위를 노리는 미군보다 낫다."라는 표현이 등장한다. 당시 미 육군 항공대의 폭격이 얼마나 독일인들에게 공포스럽게 느껴졌는지 가늠할 수 있는 부분이다.

국내에서도 원작이 『베를린의 한 여인』으로 번역되어 나온 적 있으며 이후 『함락된 도시의 여자: 1945년 봄의 기록』이라는 제목으로 재발매 되었다. ('나무위키' 참고) 1945년 베를린을 점령했던 소련군의 파렴치한 행동을 그린 이 영화는 새삼 전쟁의 참혹함을 그리고 있다. 당시 베를린에는 70만 명의 여자가 살았는데 적어도 10만 명이 강간을 당했다고 한다.

전쟁광 히틀러가 자살하면서 비극은 비로소 멈췄지만, 전쟁의 후과는 너무도 컸다. 지금 러시아는 우크라이나에서 여전히 살상을 벌이고 있다. 북한 역시 마찬가지다. 북한은 지금도 여전히 동해상에 미사일 등을 발사하며 전쟁의 가능성을 으름장 놓고 있다. 북한 주민들이 초근목피에 다 죽어가든 말든 김정은의 목표는 오로지 핵을 무기로 한 한반도의 적화통일뿐이다. 만에 하나, 이럴 경우 대한민국의 여성들은 제2의 '베를린의 여인'이 되지 않는다는 보장도 없다. 누차 강조하지만, 국방엔 그 누구도 너와 내가 없다. 대동단결과 함께 우리도 핵무장으로 환골탈태하는 수밖에는.

> "전쟁은 위대한 서사시와 위대한 영웅을 남기는 게 아니라 전쟁은 욕심과 자만에서 탄생되며 남는 건 눈물과 고통, 피만 남게 되는 비참한 것임을 우리는 깨달아야 한다."
>
> — 클라우제비츠, 프로이센 왕국의 군인이자 군사학자. 『전쟁론』의 저자이며 나폴레옹 시대의 탁월한 전략가 중 한 명

Chapter 7

사자성어가
지식을 살찌운다

무신불립^(無信不立)

　이 책, 그러니까 다섯 번째 저서의 발간을 앞두고 이 글을 쓴다. 그동안에도 마찬가지였지만 저서의 출간은 마치 산모^(産母)의 입장과 같다. 과연 어떤 듬직한 '옥동자'가 태어날까, 아니면 꽃보다 고운 '공주님'일까 따위의 설렘이다. 책을 한 권이라도 내 본 사람, 예컨대 작가라면 다 아는 상식이 하나 있다. 책은 발간 직전에 수. 교정 작업이 가장 중요하다는 사실을. 눈에 불을 켜고 그 작업을 실천했음에도 정작 책으로 나왔을 때는 반드시 ^① 오. 탈자가 예리한 못처럼 솟는다. 그래서 처음엔 독자들께 심한 죄책감을 느꼈다. 하지만 이후 마음을 고쳐먹었다. 신도 완벽하지 않거늘 하물며 조촐한 인간인 내가 어찌 실수를 안 할 수 있으랴. 결론은 2쇄 발행 시 수정하는 걸로 자위했다. 그러자 비로소 마음의 평정을 되찾을 수 있었다. 책을 낸다는 것은 사실 대단한 것이다. 더욱이 처음으로 출간에 도전하는 사람은 어쩌면 사막에서 바늘 찾기와 같은 낭패감까지 느끼는 경우도 있다. 누군가의 도움 없이 출간에 임하려니 당연한 노릇이다. 경험자로서 조언하는데 결론적으로 출판사를 잘 선택해야 고생을 덜 한다. 출판사도 분명 옥석이 존재하기 때문이다.

연전에 내가 책을 낸 모 출판사 대표는 나에게서 이미 신뢰를 잃었다. 그것도 아주 크게. 출판사 대표가 약속을 안 지켰기 때문이다. 그 출판사 대표는 이후로 여전히 문자도 카톡도 안 봤다. 내가 옹졸한 놈 같았으면 벌써 법적으로 조처를 하고도 남았으리라. 한 마디로 '무신불립'이 결여된 사람이다. 무신불립(無信不立)은 믿음과 의리가 없으면 개인이나 국가가 존립하기 어려우므로 신의를 지켜 서로 믿고 의지할 수 있어야 한다는 뜻을 나타낸다. 이와 비슷한 사자성어에 신의일관(信義一貫)이 우뚝하다. 경사이신(敬事而信) 역시 간과할 수 없는 대목이다. 일을 공경하여 믿음이 있게 해야 한다는 뜻이다. 삼척동자도 아는 명언이 있다.

"돈을 잃으면 조금 잃은 것이고 명예를 잃으면 적당히 잃은 것이고 사랑하는 사람을 잃으면 많이 잃은 것이고 건강을 잃으면 전부 잃은 것이다." 나는 이를 약간 바꿔서 보는 경향이다. 즉 '명예를 잃으면 전부를 잃는다'는 주장이다. 상식이지만 국민의 신뢰가 없으면 나라가 존립할 수 없다. 지난 시절, 나는 이런저런 영업을 했다. 영어 회화 교재를 시작으로 카메라 판매, 시사 주.월간지 영업 등으로 잔뼈가 굵었다. 거기서도 줄곧 판매왕을 지켰던 것은 고객과의 신뢰 덕분이었다. 신뢰를 뜻하는 영어 단어 trust의 어원은 '편안함'을 의미하는 독일어의 trost에서 연유된 것이다.

　우리는 누군가를 믿을 때 마음이 편안해진다. 혹시 그 사람이 배신을 저지르진 않을까 하고 염려할 필요가 없기 때문에 마음이 편한 것이다. 그뿐만 아니라 배신을 위한 예방에 들여야 할 시간과 노력을 절약하게 해 주는 효과를 얻을 수도 있기 때문이다. 이는 부부와 부자간에도 불변의 이치로 작용한다. 그러다가 믿음이 깨지는 순간 부부는 이혼으로 간다. 파국(破局)이다. 아들과 딸도 다시는 집에 안 온다. 따라서 신뢰는 시종일관 지속되어야 한다. 시민기자로 시작했지만, 언론사의 정식 기자에 준하는 대우를 받는 연유 역시 그동안 쌓은 우뚝한 신뢰 덕분이다. 해마다 최우수 기자상을 놓치지 않는 것도 마찬가지 수순을 밟았기 때문이다. 지역의 명망 높은 언론사에 올부터 칼럼위원으로 합류하게 된 까닭도 그동안 내가 보여준 불변의 신뢰와 의리를 높이 산 데 따른 주변의 천거 덕분이다.

이 책의 출판계약을 맡은 도서출판 행복에너지의 권선복 출판사의 사장님은 시종일관 신뢰와 의리까지 존중하는 분이다. 그야말로 일낙천금(一諾千金), 즉 '한번 승낙하면 그것이 천금과 같다'라는 뜻으로 약속을 반드시 지킴을 이르는 말을 적극 실천하는 사나이다. 믿음이 사라진 사회는 충돌과 증오의 회오리바람만 몰아친다. 지옥이 따로 없다. 우리 모두 무슨 일이 있더라도 신뢰는 꼭 지키자. 신뢰가 높아지면 해결 못 할 문제가 없다. 정치도 마찬가지다. 국민과 유권자에게 신뢰를 받는 정당과 선량이어야만 다음 선거에서도 또 선택을 받을 수 있다.

"신뢰는 유리 거울 같은 것이다. 한번 금이 가면 원래대로 하나가 될 수는 없다."

– 헨리 F. 아미엘,
스위스의 프랑스계 문학자이자 철학자

토포악발(吐哺握髮)

토포악발(吐哺握髮)은 '입 속에 있는 밥을 뱉고 머리카락을 움켜 쥔다'는 뜻이다. 시사 때나 머리를 감을 때에 손님이 오면 황급 히 나가서 맞이함을 일컬음이다. 즉 손님에 대한 극진한 대우 를 뜻한다. 대우하는 태도가 정중하고 극진하다를 일컫는 '융 숭하다'와 같은 격이다.

맹상군(孟嘗君)은 중국 전국 시대(戰國時代) 제(齊) 나라의 정치가이 자 왕족이었다. 그는 어찌나 부자였든지 '후덕하다'는 그의 소 문을 듣고 찾아오는 천하의 유능한 선비 수천 명을 식객(食客)으 로 우대했다. 덕분에 진(秦)나라에 들어가, 소왕(昭王)에게 피살되 려는 때, 식객 중 계명구도(鷄鳴狗盜)의 재주를 가진 두 사람의 선 비가 있어서, 그들에 의하여 위기를 면하게 되었다는 이야기로 유명하다. '계명구도'는 '닭의 울음소리와 개 도둑'을 의미한다.

하잘것없는 재주도 쓸 곳이 있음을 나타낸다. 전국시대에는 임금에 준하는 권력과 부를 소유하고 수많은 유세객과 선비를 모아 영향력을 행사하던 공자(公子)가 넷 있었다. 이들을 '전국 사공자'(戰國四公子)라고 한다. 제(齊)나라 맹상군, 초(楚)나라 춘신군, 위(魏)나라 신릉군, 조(趙)나라 평원군이 그들이다. '계명구도'는 그 가운데 맹상군과 관련된 고사성어이다.

맹상군은 출신과 신분에 관계없이 자신을 찾아오는 인물이라면 누구라도 받아들였다. 그리하여 그가 심지어 개 도둑 출신과 닭 울음소리를 잘 내는 식객(食客)까지 받아들이자 다른 식객들은 눈살을 찌푸렸다. 그렇지만 맹상군은 아랑곳하지 않았다. 그 무렵 강대국인 진(秦) 소왕이 맹상군을 초청했다. 말이 초청이지 소환이나 마찬가지였다. 이에 맹상군은 여러 식객과 함께 진나라에 가게 되었다.

진나라에 머문 지 오래되었지만, 맹상군 일행은 풀려나지 못했다. 결국 위기의식을 느끼게 된 맹상군 일행은 탈출하기 위해 꾀를 냈다. 소왕의 애첩에게 뇌물을 주고 소왕을 설득하고자 했다. 애첩은 여우를 잡아 만든 귀한 호백구(狐白裘, 여우 겨드랑이의 흰 털이 있는 부분의 가죽으로 만든 갖옷)를 요구했다. 그러나 맹상군이 진나라에 올 때 가지고 온 그 옷은 이미 소왕에게 선물로 바친 후였다. 그러자 개 도둑 출신 식객이 말했다. "제가 그 호백구를 훔쳐 오겠습니다." 그날 밤 그는 소왕의 침전으로 들어 호백구를 훔쳐 왔고, 맹상군은 그 옷을 애첩에게 바친 후 겨우 탈출할 수 있었다. 객사를 나온 맹상군 일행은 한시바삐 진나라를 벗어나기 위해 국경으로 향했다. 그들이 국경에 도착했을 무렵은 아직 동이 트기 전이었다. 당연히 국경 관문은 열리지 않았고, 맹상군 일행은 조바심을 내며 관문이 열리기를 기다렸다.

뒤에서는 진나라 군사가 쫓아오고 문은 열리지 않는 절체절명(絶體絶命)의 그때, 식객 하나가 닭 울음소리를 내었다. 그러자 동네 닭들이 이에 호응이라도 하듯 모두 울어댔다. 이 소리를 들은 경비병들은 날이 샜다고 여겨 관문을 열었다. 결국 맹상군 일행은 진나라를 벗어나 목숨을 구할 수 있었다. 이때부터 '계명구도'라는 표현은 하잘것없는 재주라도 쓸모가 있다는 의미로 쓰이기 시작했다.

작년 겨울, 상다리가 부러질 정도로 진수성찬(珍羞盛饌)이 가득한, 그야말로 '토포악발'의 대접(待接)을 받았다. 동행한 대학원 동기들과 현장 학습(現場學習)에서의 뒤풀이 장소에서였다. 극진한 대접은 사람을 감동시킨다. 나도 어서 인기 도서 작가가 되어 그날 받은 '토포악발' 부럽지 않은 베풂을 실천하고 싶다. 그

252

러자면 하잘것없는 재주가 아니라 '계명구도'를 훨씬 능가하는 다재다능(多才多能)과 팔방미인(八方美人)의 능력까지 갖추어야 할 터다. 더 열심히 공부하고 연구하며 거기에 노력까지 얹어야 함은 물론이다.

> "칭찬 속에서 자란 아이는 감사할 줄 안다."
>
> – 크누트 로크니, 미국 미식축구 코치

한복 공정(韓服 工程)

『제4회 월드 슈퍼 퀸 한복 모델대회』 대전 본선 경기가 대전 시 유성구 엑스포로123번길 55(도룡동) 호텔 ICC 3층에서 1월 19 일(목) 16시부터 열렸다. 김현지 아나운서 사회자의 대회 소개 에 이어 김인배 조직위원장의 내빈 및 심사위원 소개가 이어졌 다. 대회장의 대회사, 축사, 인사말 다음으로 이날의 하이라이 트인 한복대회가 성대하게 펼쳐졌다. 후보자의 자기소개와 런 웨이(run way)로 펼쳐진 이 행사는 콘셉트(concept)가 우리의 자랑인 한복이니만큼 후보자들의 각오 또한 자못 비장(悲壯)했다. 여기 서 우리의 자존심이자 때론 애국의 증표로까지 회자되는 한복 의 역사를 알아본다.

우리 민족은 고조선시대에 이미 초의생활(草衣生活)에서 벗어나 칡과 삼으로 짠 옷감을 사용했다. 이어 전잠(田蠶)과 직조의 기예가 늘어감에 따라 의류 문화에 진전을 보여주었다. 그 후 고구려 · 백제 · 신라의 삼국시대에는 옛 사기(史記)나 고분벽화를 통해서 알 수 있듯이, 대체로 유(襦), 고(袴)와 상(裳), 포(袍)를 중심으로 한 복장이었다. 여기에 관모(冠帽) · 대(帶) · 화(靴) 또는 이(履)가 첨부되었다. '유'는 저고리로서 상체의 옷이고, '고'는 바지, '상'은 치마로서 하체의 옷이다. 여기에 머리에는 관모를 쓰고, 허리에는 대를 띠며, 발에는 화 또는 이를 신어 포피(包被)로서의 의복의 형태를 갖추었다. 동시에, 그 위에 두루마기로서의 '포'를 더함으로써 한대성(寒帶性) 의복 곧 북방 호복(胡服) 계통의 의복을 나타냈다. 이에 있어 유(저고리)는 곧은 깃에 앞을 왼쪽으로 여몄으며『左衽』, 소매가 좁고『筒袖』, 길이는 엉덩이까지 내려오는 것이다. 오늘날의 승복 '동방'과 비슷한 것이었으며, 허리에 띠를 둘렀다. 특히 깃 · 도련 · 소맷부리에는 빛깔이 다른 천으로 선(襈)을 둘렀다. 이후 중국과 교류가 잦아지면서 중국 복식의 영향을 받아 좌임이 우임(右衽)으로 변하고 소매도 넓어지기 시작했다.

저고리를 신라에서는 위해(尉解)라고 일컬었는데, 오늘날 저고리를 우티 · 우치라고 하는 방언(方言)도 이에서 연유된 것이라고 할 수 있다. 저고리라는 표현은 조선 세종(世宗) 2년(1420) 원경왕후(元敬王后) 선전의(選奠儀)에 '赤古里'라는 말로 처음 나온다. 이러한 한복의 기본형은 오늘에 이르기까지 큰 변화가 없다. 그러다가 조선 말 개화기에는 양복·양장의 등장으로 말미암아 한복에 대한 인식이 희박해졌다.

한복은 기본적으로 여미는 옷이다. 그러나 한복도 시류에 따라 변화되면서 일상에서도 언제든 입을 수 있는 편리한 복장으로 발전을 계속해왔다. 고무적 현상이다. 덕분에 조이지 않고 편안하며 보기에도 멋진 한복이 참 많다.『제4회 월드 슈퍼 퀸 한복 모델대회』에 출전한 멋진 한복 모델들의 런웨이에서 그 사실을 확인했다. 한복 모델대회에 출전한 후보자들의 각오 피력에서는 이런 주장까지 나와 귀를 토끼처럼 쫑긋 모으게 했다.

"중국은 툭하면 우리 고유의 전통 옷이자 우리의 자랑스러운 한복을 중국 전통 의복 '한푸'로 소개하고 있는 등 역사까지 왜곡하는 따위의 망발이 심해지고 있다"는 부분이 바로 그 핵심이었다. 주지하듯 중국은 우리의 자부심이기까지 한 한복을 자신의 전통문화로 편입시키려는 '한복 공정(韓服 工程)' 작업을 꾸준히 펼치고 있다. 우리 국민 모두가 바짝 경계해야 한다. 그 과정이 공정(公正)해야 하는데 중국은 그렇지 않기 때문이다.

이런 가운데 요즘엔 전 세계적인 인기를 구가하고 있는 한류 스타들이 한복의 멋을 알리는 데 앞장서고 있음은 그나마 다행이다. 방탄소년단(BTS)은 미국 NBC 〈더 투나잇 쇼 스타링 지미 팰런〉(지미 팰런쇼)의 'BTS 주간' 방송을 위한 무대에서 한복 정장을 선보인 바 있다. 블랙핑크는 신곡 〈하우 유 라이크 댓〉(How You Like That)을 발표하면서 배꼽티처럼 입은 저고리, 어깨에 단 노리개 등 개성 있게 표현한 한복으로 눈길을 끌었다. 전 세계적인 인기를 끈 넷플릭스 드라마 〈오징어 게임〉의 정호연은 한국의 전통적인 댕기 머리 스타일로 레드카펫에 등장, 전 세계의 이목을 집중시켰음을 기억한다.

[제4회 월드 슈퍼 퀸 한복 모델대회]에서 선보인 각양각색의 멋진 한복은 모델이 움직일 때마다 은은하게 반짝이는 고급 한복 원단 특유의 매력이 더욱 빛을 발했다. 특히 현대적 디자인에 전통 원단을 섞은 그래서 좀처럼 보기 힘든 우리 한복의 아리따움을 한껏 발산했다. 덕분에 관객들은 눈요기까지 호강하는 기쁨을 누릴 수 있었다. 한복 모델들의 런웨이 다음으로는 이 행사의 공동주최자인 조윤주 한복에서 펼치는 화려한 한복 모델 쇼 또한 아주 압권이었다. 저녁 만찬은 호텔식 코스요리로 안심 스테이크가 제공되었다. 이어 한복대회 시상식과 기념 촬영, 퀸 수상자 단체 및 개인 사진 촬영이 이어졌다.『제4회 월드 슈퍼 퀸 한복 모델대회』대전 본선 경기를 공동 주최하고 후원한 대전투데이 김성구 대표는 "우리의 한복 착용과 사랑은

곧 애국이라고 생각합니다. 그러므로 평소에 우리의 자랑인 한복을 설날이나 추석 때만 잠깐 입는 게 아니라, 자주 입고 외출하기를 습관화했으면 하는 게 저의 바람입니다."를 강조했다.

매사는 공정(公正)[1]이 생명이다. 특히 역사는 더욱 민감하다. 여기에 인위적 공정(工程)[2]이 개입되면 반목과 충돌이 발생한다. 더 발전하면 공정(空挺)[3]의 전쟁으로까지 연결된다.

> "값진 옷은 가난한 집안에 있기가 힘들다. 그들은 그것을 전당포에 맡기거나 팔아 버려 다시는 구경해 보지도 못한다."
>
> – 미겔 데 세르반테스,
> 스페인의 소설가, 극작가, 세금 징수원.
> 세계 역사상 가장 위대한 작가 중 한 명이자
> 스페인어문학사에서 가장 위대한 인물.
> 그의 대표작이 『돈키호테』다.

---

1 공정(公正) : 공평하고 올바름
2 공정(工程) : 일이 진척되는 과정이나 정도. 한 제품이 완성되기까지 거쳐야 하는 하나하나의 작업 단계
3 공정(空挺) : 지상 부대가 항공기를 이용하여 전투 지역 또는 적 후방에 투입되어 적을 공격하는 일

과이불개(過而不改)

    개인적으로 삼국지(三國志)보다 초한지(楚漢志)를 좋아한다. '초한지'는 초나라의 항우와 한나라의 유방이 대결하며 유방이 한나라를 건국해 가는 과정이 드라마틱하다. 물론 여기에서도 삼국지처럼 수많은 인물이 등장한다. 그중 하나가 한생이다. 항우(項羽)는 진(秦)나라 말기 하상(下相) 출신이다. 키가 8척이 넘고 세 발 달린 큰 솥(鼎)을 들어 올릴 수 있을 정도로 힘이 셌다. 유방과의 싸움에서 기선을 잡은 뒤 진(秦)의 수도 함양을 넘겨받은 패왕 항우는 약탈과 방화를 일삼으며 이곳을 폐허로 만들었다. 이후 금의환향(錦衣還鄕)을 꿈꾸며 고향으로 내려가기 위해 초(楚)의 팽성(彭城)으로 천도하려고 하였다. 이에 부하였던 한생은 천혜의 요지이자 비옥한 땅인 함양에 도읍을 정하고 천하의 왕이 되라고 간언했다. 하지만 이 말을 들은 항우는 화를 벌컥 내면서 한생의 말을 막았다. 이에 한생은 크게 탄식하며 물러나서는 혼잣

말로 "쯧쯧, 가히 목후이관(沐猴而冠)이로다."라며 중얼거렸다. 그런데 이 말을 항우가 듣게 되었고, 항우는 그 뜻을 옆에 있던 진평에게 물었다. 진평은 "그것은 폐하를 비방하는 말로, 원숭이는 관을 써도 사람이 되지 못한다는 뜻입니다."라고 대답했다.

이 말을 듣고 격분한 항우는 한생을 붙잡아 끓는 물에 넣어 죽여라 명령했다. 한생은 "나는 간언하다가 죽게 되었으나 두고 보아라. 백일 이내에 한왕(漢王)이 그대를 멸하리라. 역시 초나라 사람들은 원숭이와 같아 관을 씌워도 소용이 없구나."라는 마지막 유언을 남겼다. 이후 팽성으로 천도를 감행한 항우는 유방에게 쫓기기 시작했고, 결국 해하(垓下)에서 목숨을 끊고 말았다. 비록 한생이 충신이었는지는 몰라도 말조심을 못 한 죄로 스스로 명을 단축했다. 주변에 평소 입이 걸고 욕을 잘하는 사람이 있다. 자신은 우쭐한 존재지만 타인은 모조리 자신의 눈 밖이자 하수(下手)로 본다. 이처럼 허세를 부리는 사람을 일컬어 순우리말로 '건공잡이'라고 한다.

또한 걸레처럼 너절하고 허름한 물건이나 사람을 비유적으로 이르는 말이 '걸레부정'이다. 그래서 '저러다 언젠가는 임자를 만나 큰코다치겠다'는 불안감이 서성거린다. 목후이관의 건

너편에 과이불개(過而不改)가 있다. 이는 '잘못을 알고도 고치지 않으면 그 또한 잘못'이라는 뜻이다.

"남의 자식 흉보지 말고 내 자식(부터) 가르쳐라"는 속담이 있다. 남을 흉보기 전에 그것을 거울삼아 먼저 제 잘못을 뉘우치고 고치라는 말이다. 사람은 대화의 동물이다. 기왕이면 좋은 말을 하라. 칭찬은 아무리 해도 부족하지만 비난은 한 번만 해도 원수가 될 수 있다. '사마귀가 앞발을 들고 수레바퀴를 막는다'라는 뜻으로, 자기(自己)의 힘은 헤아리지 않고 강자(強者)에게 함부로 덤빔을 뜻하는 당랑거철(螳螂拒轍)과 마찬가지다. 그 최후는 안 봐도 비디오다.

아울러 "아이는 꽃으로도 때리지 말라"는 주장을 강조한다. 양부모로부터 학대를 당한 끝에 사망한 '정인이 사건'이 잉크도 채 마르지 않았다. 그런데 이번엔 또 자신을 '엄마'라고 부르던 동거남의 세 살짜리 딸 B양의 두개골을 깨트려 숨지게 한 혐의로 30대 여성이 중형을 선고받았다. 인천지법 형사13부는 2021년 1월 15일 아동학대치사 혐의로 기소된 A(여·35)씨에게 징역 10년을 선고하고 법정 구속했다. 기소 내용에 따르면 계모는 B양의 가슴을 세게 밀쳐 바닥에 부딪히게 했고, 손으로도 여러 차례 폭행했다고 한다. 이 때문에 B양은 두개골이 부서져 경막하 출혈(외부 충격으로 뇌에 피가 고이는 증상)로 뇌사 상태에 빠졌고, 한 달 뒤 숨졌다.

'앞길이 구만 리'라는 말이 있다. '나이가 젊어서 앞길이 창창함' 또는 '아직도 남은 길이 멀고, 해야 할 일이 많다'는 의미로 흔히 사용하는 말이다. 구만 리도 더 남아야 마땅했을, 이제 겨우 세 살배기 여아는 저승에서 눈이나 제대로 감을 수 있었을까? 계모는 B양이 장난감을 정리하지 않고, 애완견을 괴롭힌다는 이유로 때렸다고 했다. 어린아이가 다 그렇지 그런 것도 이해하지 못한 여자가 무슨 '엄마'란 말인가!

친모든 계모든 간에 진실로 아이를 사랑하고 아껴주는 엄마라야만 후일 각골난망(刻骨難忘)에서 비롯된 효도를 받을 수 있음은 상식이다. 중벌을 피하고자 극구 치사(致死)는 아니었다는 계모의 법정 증언에서 견강부회(牽强附會)라는 허구를 보는 듯 했다. 상식이겠지만 유년기 폭력과 여기서 기인한 트라우마는 평생을 가는 고통의 주홍글씨로 각인된다. 따라서 그 어떤 엄마(아빠)라도 아이를 때려선 안 된다. 무기력한 세 살 여아에게 툭하면 때리고 괴롭힌 계모의 행태는 전형적 견문발검(見蚊拔劍)이었다. 모기를 보았으면 살충제를 동원해야지 왜 애먼 칼을 뺀다는 말인가.

아동폭력이 심각한 것은 피해자의 입장에선 경궁지조(驚弓之鳥), 즉 한 번 화살에 맞은 새는 구부러진 나무만 보아도 놀란다는 뜻으로, 한 번 궂은일을 당하고 나면 늘 의심하고 두려워하게 된다는 점이다. 툭하면 자신을 괴롭히는 계모는 더 이상 엄마가 아니라 악마로 느껴지는 것이다. 그러므로 명색이 엄마라고 한다면 과전이하(瓜田李下=오이밭에서 신을 고쳐 신지 말고 자두나무 밑에서 갓을 고쳐 쓰지 말라는 뜻으로, 의심받기 쉬운 행동은 피하는 것이 좋음을 이르는 말)의 고운 마인드로 시종일관(始終一貫)해야 옳은 것이다. 그러면 자연스레 마중지봉(麻中之蓬=삼밭 속의 쑥이라는 뜻으로, 곧은 삼밭 속에서 자란 쑥은 곧게 자라게 되는 것처럼 선한 사람과 사귀면 그 감화를 받아 자연히 선해짐을 비유적으로 이르는 말)의 선과(善果)를 맺을 수 있다. 아이는 꽃으로도 때려선 안 된다. 절대로!

"어린이가 없는 곳에 천국은 없다."

– A.C. 스윈번, 영국 시인

이발지시(已發之矢)

　지인 중 한 사람이 평소 낚시를 광적으로 좋아한다. 그래서 하는 말인데 낚시라면 떠오르는 유명한 인물이 있다. 주인공은 주(周)나라의 무왕(武王)을 도와 은(殷)의 폭군인 주왕(紂王)을 몰아내는 데 큰 공을 세워 나중에 제(齊)나라의 제후가 된 강상(姜尙)이다. 그를 일컬어 '강태공'이라 하였는데 그는 생전에 낚시를 몹시 좋아했다고 한다. 혹자는 그를 빈 낚싯대를 물에 담그고 세월을 낚았다고 표현한다. 그러나 이는 잘못된 것이라는 주장에 귀가 더 솔깃하다. 강태공은 나이 80이 될 때까지 벼슬을 하지 못했다. 책상물림(책상 앞에 앉아 글공부만 하여 세상일을 잘 모르는 사람을 낮잡아 이르는 말) 남편으로 인해 항상 생활고를 겪자 그의 아내 마 씨는 결국 집을 나간다. 아내마저 자신의 곁을 떠났으니 강태공은 낚시라도 해서 먹어야 했을 것이다. 따라서 빈 낚싯대로 세월만 낚았다는 주장은 허구라는 얘기이다. 아무튼 훗날 강태공은 주

⑵(周)나라 문왕(文王/당시 제후)에게 등용되어 은(殷)나라를 멸하고, 주(周)나라를 건국하는 공(功)을 세운다. 그 논공행상(論功行賞)에 따라 일등 공신이 되어 제(齊)나라 왕(제후)이 되어 부임하게 되었다. 이 소문을 들은 헤어진 부인 마 씨는 부임하는 강태공 앞에 나타나 엎드려 빈다.

"과거의 잘못을 뉘우치고 있으니 용서하시고 저를 거두어 주소서"라면서 애원했다. 그러자 강태공은 마 씨에게 물 한 동이를 길어오게 한 뒤 그 물을 땅에 쏟아 버린다. 마씨 부인은 물을 다시 담으려고 했으나 담지 못했다. 그러자 강태공은 이렇게 말했다. "그대는 이별했다가 다시 결합할 수 있다고 생각하겠지만 이미 엎지른 물은 다시 담을 수 없는 것이오." 여기서 파생된 고사성어가 복수불반분(覆水不返盆)이다. 이와 유사한 뜻을 지닌 말로는 '깨어진 거울은 다시 비출 수 없다'는 뜻의 파경재불조(破鏡再不照)가 있다. 동의어로는 '이미 쏜 화살'이라는 의미의 이발지시(已發之矢)와 '한번 떨어진 꽃은 다시 가지로 되돌아갈 수 없다'는 뜻을 지닌 낙화난상지(落花難上枝) 역시 돋보인다. 복배지수(覆杯之水:이미 엎질러진 물)와 복수불수(覆水不收: 다시 수습하기 곤란한 상황을 이르는 말) 역시 같은 맥락이다.

강추위가 한창이던 1월 초, 대덕구청 시민기자 자격으로 취재를 하고자 대덕구 송촌동에 위치한 〈상수골 공원〉을 찾았다. 찬 날씨에 상수골 공원은 철 지난 바닷가처럼 휑뎅그렁했다. 운동기구를 이용해 잠시 운동을 한 뒤 벤치에 앉았다. 손녀가 눈에 선하기에 휴대전화를 눌렀다. 이윽고 영상통화 속으로 손녀가 등장했다. 손녀는 마침 딸이 읽어주는 동화책에 몰입되어 있었다. 이제 겨우 다섯 살인 손녀이거늘 벌써부터 책을 본다? 하긴 나도 딸이 손녀처럼 어렸을 적부터 책을 읽어주긴 했다. 개인적으로 사랑스러운 내 아이에게 꼭 해줘야 할 것은 세 가지가 있다고 생각한다. 첫째 어려서부터 책 보는 습관들이기, 둘째 어른에게 존댓말 사용 가르치기, 끝으로 부모는 항상 아이의 거울과 본(本)이 되어야 한다는 것이다. 그래야 아이가 성장해서도 '복수불반분'의 실수는 안 할 테니까. 노랗고 파랗고 분홍색의 밝은색 어린이 놀이기구가 이에 화답하듯 환하게 더욱 빛을 발했다. 어서 화풍난양(和風暖陽) 봄이 오길, 그래서 공원마다 왁자지껄 뛰노는 어린이들이 많아지길 기대한다. 건강하게 뛰어 노는 아이들은 꽃보다 곱다.

> *"겨울이 온다면 봄이 멀지 않은 것이다."*
>
> — 출처 미상

득시무태(得時無怠)

작년 10월의 일이다. 그날도 근무 중 친구에게서 전화가 왔다. 모처럼 만나 '주님 영접'을 하자는 것이었다. 친구가 말한 '주님 영접'은 "소주 한잔하자"는 우리만의 비유적 표현이다. "지금은 어렵고 다음 달부터는 시간이 좀 날 거야. 그러니 11월부터는 자주 만나세." 친구는 얼굴 잊어버릴까 봐 전화했다는 조크를 서비스로 날렸다. "고마워!"를 끝으로 통화를 마쳤다.

나는 평소 지인과의 통화에 있어서도 되도록 "감사합니다"를 사용한다. 당연히 상대방은 기분이 좋아진다. 그즈음 경남 의령군의 한 초등학교 교사가 제자들에게 "돼지보다 못한 놈들" "부모는 너희를 싫어한다" 등 막말과 욕설을 한 혐의로 경찰 조사를 받고 있다는 뉴스가 크게 다가왔다. 교사의 발언에 충격을 받은 학생들은 한때 등교를 거부하기도 했다고 한다. 학생들은 문제의 그 교사가 "부모는 너희를 개·돼지, 괴물로 알고 키운 것이다", "네가 이러고도 학생이냐, 농사나 지어라", "너희들보고 개××라고 한 이유는 개가 요즘 사람보다 잘 대접받고 있기 때문이다" 등의 폭언을 했다고 밝혔다. 이쯤 되면 더 이상 학생을 가르치는 '숭고한 직업'인 교사가 아니라 할 수 있다. 또한 시간이 지날수록 하는 짓이나 몰골이 더욱더 꼴불견임을 비유적으로 이르는 말인 점입가경(漸入佳境)까지 뛰어넘은 셈이다.

비닐하우스에서 자라고 있는 화초에게도 물을 주며 "어이구~ 이 녀석은 어제보다 키가 더 컸구나. 아름답게 잘 자라주니 내 기분까지 좋구나. 사랑한다!"라고 해보라. 그러면 분명 그 화초 역시 사람의 말을 알아듣고 더 열심히 아름다운 꽃을 피우고자 노력한다. 세상사는 그렇다.

반대로 툭하면 욕설이나 퍼붓고 일이 안 되면 애먼 남을 원망하는 사람이 있다. 그러면 잘 될 턱이 없다. 문제가 된 '막말 파동'의 의령군 초등학교 교사는 50대였다고 한다. 자녀가 20대쯤은 되었으리라 추측된다. 그렇다면 평소 자기 자녀에게도 과연 막말과 욕설을 퍼부으며 키웠을까? 단언컨대 그러지 않았을 것이다! 왜? 그는 언필칭 '교육자'니까. 하지만 그는 왜 마치 '지킬박사와 하이드'처럼 두 얼굴을 지녔던 걸까. 아무리 점심시간에 청소 지도를 하는 과정에서 교실이 더럽고 학생들이 청소를 제대로 하지 않았다는 이유였다지만 그 교사는 나가도 너무 나갔다. 결국 경남도교육청은 병가를 낸 그 교사를 직위해제 조치했다고 한다. 점입가경이 불러들인 자업자득(自業自得)이었다.

부정적 표현인 점입가경의 반대에 득시무태(得時無怠)가 있다. 어떤 일에서 좋은 시기를 얻었을 때, 태만함 없이 근면하여 때를 놓치지 말고 꽉 잡으라는 의미다. '물 들어올 때 노 저어라'는 것이다. 그런데 득시무태는 장기간의 내공 축적이 필요하다. 즉 실력과 재능의 양수겸장(兩手兼將)이 있어야 한다는 것이다.

2020년에 개봉한 미국 영화 〈다크 워터스〉는 평범한 변호사 '롭 빌럿'(마크 러팔로)이 세계 최대의 화학기업 듀폰을 상대로 싸운 실화를 다뤄 화제가 되었다. 젖소 190마리의 떼죽음, 메스꺼움과 고열에 시달리는 사람들, 기형아들의 출생 그리고, 한 마을에 퍼지기 시작한 중증 질병들… 변호사 '롭 빌럿'은 이 사건에 관심을 집중하고 세계 최대의 화학기업 듀폰의 독성 폐기 물질(PFOA) 유출 사실을 폭로한다. 그는 사건을 파헤칠수록 독성 물질이 프라이팬부터 콘택트렌즈, 아기 매트까지 우리 일상 속에 침투해 있다는 끔찍한 사실을 알게 되고 자신의 커리어는 물론 아내 '사라'와 가족들, 모든 것을 건 용기 있는 싸움을 시작한다. 그는 결국 20년이라는 지루한 소송 공방전 끝에 듀폰에게서 7억 달러 가까운 손해배상금을 받아내며 승리를 거둔다.

말이 좋아 20년이지 실제 그렇게 몰두하고 집중하는 사람은 과연 몇이나 될까? 나는 20년 동안 글쓰기를 계속해왔다. 그러자 비로소 제대로 글 쓰는 방법이 보였다. 글과 책을 쓴다는 것은 결과적으로 자기 자신을 위한 몰입과 위로이자 성취감이다. 특히 나와 같은 베이비부머들은 최소한 책 한 권쯤은 남기는 게 좋다. 내 책을 내면 가족부터 나를 경의(敬意)의 눈으로 다시 본다. 득시무태의 절정과 힐링은 다음 수순으로 다가온다.

"남의 좋은 점을 발견할 줄 알아야 한다. 그리고 남을 칭찬할 줄도 알아야 한다. 그것은 남을 자기와 동등한 인격으로 생각한다는 의미를 갖는 것이다."

– 괴테, 독일 철학자

아멸서존(我滅書存)

　　지난 1월 초, 대학원 동기들과 모 종합병원 앞 식당에서 저녁 모임을 가졌다. 시종일관 화기애애 분위기여서 참 좋았다. 모임을 주최하고 식대까지 다 지불한 동기는 선물까지 준비하여 감동의 클라스(class)를 더욱 높였다. 식사와 환담 도중 식당 밖으로 잠시 나와 찬바람을 쐬었다. 119차가 병원으로 긴박하게 들어서고 있었다. 머리가 섬뜩했다. 순간, 이 시간에도 수많은 사람이 생과 사의 경계에서 고군분투하고 있다는 현실이 머리를 흔들었다. 아울러 적지 않은 사람이 생을 마감하고 있다는 사실은 두통을 유발했다.

　　현존하는 모든 동식물은 생로병사의 과정을 거친다. 제아무리 고왔던 꽃도 고작 화무십일홍이다. 떵떵거리던 고관대작도 죽을 때는 초라한 빈손이다. 그렇다면 어찌 죽는 것이 아름다울까. 십인십색답게 사람들의 의견도 백가쟁명을 이룰 것이다. 그래서 사견을 밝히자면 책을 내라는 것이다. 당신이 쓴 책은 글이 아니라 꿈이다. 내가 책을 내지 않았더라면 어찌 되었을까? 단언컨대 더욱 초라하게 늙으면서 오로지 죽을 날만 기다리는 처량한 장삼이사로 머물렀을 것이다. 나는 누구처럼 많이 배우지 못했다. 어려서는 모든 걸 다 척척 해결해주는 그야말로 전지전능의 '천사(天使)'인 엄마조차 없었다.

심지어 '왕따'까지 되어 두들겨 맞았어도 어디에 하소연할 데가 없었다. 항상 춥고 외로웠다. 밥을 먹고도 돌아서면 금세 배가 고팠다. 나이를 더 먹어서는 가족부양을 위해 오로지 돈만 버는 작업에 몰두했다. 가장의 당연한 의무였다. 하지만 야속한 돈은 나한테만 관심을 주지 않았다. 연전연패로 좌절감만 안겨줬다. 마음이 더없이 헛헛하던 중 도서관을 찾았다. 책에서 마음의 평화를 찾았다. 다독은 창작을 유혹했다.

그렇다! 책이 답이다. 나도 글을 쓰자! 결론은 작가는 세상에서 가장 아름다운 직업이라는 것이었다. 글과 책은 머리로 쓰는 것이 아니라 가슴으로 쓰는 거다. 그래서 글을 쓰는 순간에는 나도 모르게 힐링과 행복까지 느끼게 된다. 누군가는 "가뜩이나 먹고살기도 바쁜데 무슨 글을 쓰냐?"며 손사래부터 친다. 그런 사람이 어찌 사업으로 돈을 벌었으며, 직장에서도 승진할 수 있었을까. 그건 바로 몰입의 차이다. 나는 2015년에 처음으로 책을 냈다. 그러면서 1년에 최소한 1권 이상의 책을 발간하겠다고 결심했다. 그래서 내 나이 칠십이 되면 20권 이상의 저서를 낸 '의지의 한국인'이 되고 싶었다.

그렇지만 세상은 그렇게 호락호락하지 않았다. 쓰나미로 닥치는 생활고는 집필의 의욕까지 꺾었다. 그럼에도 아파서 누워 있으면 천장이 원고지로 보였다. 다시 일어나 컴퓨터 앞에 앉았다. 덕분에 2019년부터 2021년까지 연속으로 3권의 책을 저술했다. 그러나 2022년은 어려움의 파고가 더 가팔랐다. 도무지 책을 낼 수 없는 가파른 처지에까지 내몰렸다. 그런 가운데서도 매일 새벽마다 일어나 글을 쓰는 습관만큼은 버리지 않았다. 그 덕분으로 이번에 다섯 번째 저서를 출간하게 되었다. 여기엔 물론 크라우드 펀딩 형태로 도움을 주신 많은 분의 관심과 성원이 큰 몫을 했다. 정말 감사하다! "어떻게 하면 작가가 될 수 있나요?" 평소에 자주 듣는 질문이다. 특히 베이비부머 세대의 문의가 잦다.

사람은 누구나 하루에 24시간을 산다. 이 중 하루에 1시간, 아니 30분만 글을 써도 결국엔 모두 작가가 될 수 있다. 관건은 시간을 어떻게 쓰느냐에 달려있다. 시바타 도요는 세계 최고령으로 데뷔한 일본 시인이었다. 부유한 가정의 외동딸로 자랐지만, 형편이 어려워지자 학교를 그만두고 생계에 뛰어들었다. 20대에 결혼을 하였지만 곧 이혼하였고, 33세에 요리사 남편과 결혼하여 외아들 겐이치를 뒀다. 시바타의 취미는 일본 무용이었는데, 90세가 넘어 무용을 하는 것이 어려워지자 아들 겐이치는 어머니에게 시 쓰기를 권유하였다. 겐이치는 시바타가 쓴 시를 신문사에 투고하였는데, 이 시는 높은 경쟁률을 뚫고 「산케이」 신문 '아침의 노래' 코너에 실렸다. 2009년, 시바타는 장례비로 모아둔 100만 엔을 첫 시집인 『약해지지 마』를 출간하는 데 사용하였다. 당시 그의 나이는 98세였다. 『약해지지 마』는 일본 내에서 150만 부 이상이 팔렸으며 한국, 이탈리아, 독일 등 세계 각국에서 번역되었다.

시바타 도요를 호출한 건 다 까닭이 있다. 베이비부머를 포함하여 노년에 가장 서럽고 비참한 건 할 일이 없다는 것이다. 그렇지만 글을 쓰기 시작하면 하루하루가 새날이다. 심심할 겨를이 없다. 늦은 때란 없다. 당신도 얼마든지 작가가 될 수 있다. 훗날 나는 죽어도 내가 쓴 책은 존재한다. 아멸서존(我滅書存)

이다. 이는 내가 또 만든 신판 사자성어다. 나는 없는 사자성어는 스스로 만든다. 나에게 '사자성어의 달인'이라고 하는 이유다.

"독서를 하지 않고 글을 쓰려 함은 홀로 작은 배를 타고 위험천만하게 바다로 향하는 일과 같다. 외롭고 위험하다."

– 테이아 오브레트, 유고슬라비아 출신 작가 &
미국 텍사스 주립대학 창작 석좌교수

사불급설(駟不及舌)

　얼마 전 모 예술인과 문인의 초청으로 융숭한 대접을 받았다. 일전 큰 행사의 취재를 잘해준 데 대한 일종의 반대급부(反對給付)였다. 연신 칭찬을 하시기에 면구스러울 정도였다. 건강에 좋은 능이버섯 전골과 배추 부침개, 더덕구이 등 진수성찬이 가득 상에 올라왔다. 하지만 소식(小食)을 하는지라 많이 먹지 못했다. 대신 평소처럼 미련퉁이답게 술만 마셨다. 만취했는데도 집 앞까지 자신의 차로 나를 데려다주신 문인께 거듭 감사와 죄송함을 전한다.

　나는 작가라곤 하되 사실은 지역에서 기자로 더 잘 알려져 있다. 그런데 기자로 취재하는 경우에 반응은 다음의 두 부류로 나뉜다. 전자는 얼마 전의 경우처럼 고맙다며 다만 밥 한 끼라도 정성으로 사는 사람이다. 후자는 다르다. 당연하였다는 듯

입 싹 닦고 함구하는 건 그렇다 치자. 다음에도 또 연락하여 버젓이 취재를 부탁하는 것이다. 그런데 그 빈도가 유난히 잦으니 유감이다. 나는 승용차도 없어 취재를 하자면 교통비가 많이 든다. 그렇다고 후자에게 교통비라도 청구할 수는 없다. 나는 태생적으로 취재를 빙자하여 촌지나 받는 소위 '기레기'가 아니기 때문이다. 따지고 보면 내가 좋아서 취재를 하는 것이다. 하여간 나는 부자이거나 무골호인(無骨好人)이 아니다. 그저 평범한 인간이다. 아니 철저한 서민이다. 그래서 때론 어쩔 수 없는 '감정의 동물'일 수밖에 없다. 물론 이는 인간에게만 해당되는 말이 아니다.

인간의 오랜 친구인 개(犬)도 인간에게, 같은 종(種)인 개에게도, 또 다른 동물들과도 장소, 사물 등을 향해 호감, 애착, 공포, 질투 등 다양한 감정을 표현한다. 따라서 감정을 절제할 줄 아는 사람이야말로 지혜롭고, 진정 성인군자(聖人君子)인 것이다. 나는 절대로 성인군자가 아니다. 다만 주의하는 건 사불급설(駟不及舌)의 중요성을 인식하고 있다는 것이다. 사불급설은 네 마리 말도 혀에는 미치지 못한다는 뜻이다. 네 마리 말이 끄는 마차도 혓바닥같이 빠르지는 못하다는 의미를 담고 있다. 예컨대 내가 누군가의 흉을 보거나 험담하면 그 말은 '사불급설'의 부메랑이 되어 나한테 습격을 한다는 것이다. 이를 잘 아는 까닭에 남의 욕을 하는 사람을 가장 싫어한다. 통상 그런 사람은 다른 자리에 가서는 또 나를 흉볼 것이기 때문이다. 아무튼 나는 취재를 할 때 어떤 원칙이 하나 있다. 그건 기자의 시각이 아니라 철저히 인터뷰이의 입장에서 관찰하는 것이다. 즉 역지사지(易地思之)의 실천이다. 아울러 '기왕이면 다홍치마'라는 말처럼 최대 공약수(最大公約數) 격의 멋진 기사와 화보(사진)를 인터뷰이에게 '선물한다'.

그동안 마뜩잖았던 카메라에 그제는 큰맘 먹고 거액을 들여 최신형 플래시(flash)를 장착했다. 야간과 실내 촬영에 꼭 필요한 섬광 전구인 플래시까지 가담했으니 앞으로 도출될 사진은 더욱 멋질 것이 틀림없다. "홍경석 기자는 정말 글도 잘 쓰고 사진도 멋지게 찍더라!"라는 입소문이 사불급설로 널리 퍼졌으면 하는 바람이다. 덩달아 강의 요청까지 들어온다면 금상첨화(錦上添花)이다. 저서가 히트하면 강연을 부른다. 강연은 인세보다 많은 수입 구조를 이룬다. 지금은 SNS 시대다. 따라서 저서의 출간과 동시에 블로그와 유튜브 등으로 자신의 책을 적극적으로 홍보해야 한다. 가능하다면 TV와 라디오 인터뷰에도 자주 나가는 게 좋다. '불과 몇 백 그램의 책 한 권이 당신의 인생을 바꾼다'는 말은 사실이다. 베스트셀러를 기록한 작가는 더욱 그렇다. 나와 같은 베이비부머들께 나는 지금도 책을 쓰라고 적극적으로 권유한다.

책 쓰기가 주는 유익한 점은 너무나 많다. 책은 제2의 명함이며 최고의 마케팅 자격증이 된다. 그 어떤 자격증보다 사회적으로도 인정을 받게 해준다. 1인 기업가의 긍지와 함께 강연만으로도 수익과 명성이라는 두 마리 토끼를 잡을 수도 있다. 그래서 '무임승차'로 취재를 요청하는 후자의 경우에도 나는 십중팔구 카메라를 챙겨 출발하는 것이다. 그렇게 도움을 드리면 다른 건 몰라도 발간되는 내 책만큼은 선뜻 구입을 해 주시기 때문이다. 작가도 따지고 보면 세일즈에 능해야 한다. 결론적으로 잘 쓴 책은 반드시 팔린다. 그 또한 사불급설 덕분이다. 주어작청 야어서청(晝語雀聽 夜語鼠聽)은 '낮말은 새가 듣고 밤 말은 쥐가 듣는다'는 뜻이다. 나쁜 얘기는 몰라도 책 소문도 그렇게 파다하면 그게 곧 베스트셀러의 길목이자 조짐이다.

"인생에서 성공하는 이는 꾸준히 목표를 바라보며 한결 같이 그를 좇는 사람이다. 그것이 헌신이다."

– 세실 B. 드밀, 미국의 영화감독

Chapter 8

칼럼니스트의
온당한 시선

책은 사서 봐야

　얼마 전 모 도서관을 찾았다. 새로이 들어온 책도 구경할 요량에서였다. 도서관은 역시 기대를 배신하지 않았다. 쾌적한 독서 분위기는 절로 독서 욕구를 충동질했다. 그런데 열람실에서 이런저런 책을 주마간산으로 살피던 중 불쾌한 장면들과 조우하게 되었다. 아무렇게 방치한 탓에 지저분한 책이나 찢어진 책, 연필과 형광펜 따위로 낙서를 한 책이 불쾌감을 안긴 것이다. 순간, 자신이 돈을 내고 구입한 책이었다면 과연 이렇게 허투루 대접했을까 싶어 씁쓸했다. 물론 서점이나 인터넷 등으로 구입한 책이라면 구입자 자신이 소유자이니 어떻게 훼손했더라도 실정법 위반은 아니다. 문제는 엄연히 공공도서관에서 대여했기 때문이다. 도서관에서 대여한 책은 많은 독자가 보라고 비치한 것이다. 그래서 책은 사서 봐야 한다는 생각이 다시금 뇌리에 똬리를 틀었다.

　2021년 3월에 나의 네 번째 저서『초경서반』이 출간되었다. 예의 습관대로 신문사 문화부⁽ᵗⁱ⁾ 기자들과 방송사 피디들에게 책을 일일이 택배로 보냈다. 책을 출간하게 되면 많이 팔아야 한다. 그러므로 '신간 홍보의 달인'인 그들에게 이런 수순은 기본이자 상식이다. 그로부터 얼마가 지났을까… 반갑지 않은 지인에게서 전화가 왔다. "홍 작가, 이번에 또 책을 냈다며?" "네, 그런데 어떻게 아셨습니까?" "응, 지인이 서점에서 샀다며 보여주더라고. 그래서 말인데 나에게 그 책 좀 그냥 주면 안 될까?"

　그는 두 번, 세 번째 저서를 냈을 때도 마치 날구장창⁽날마다 계속 해서⁾처럼 공짜로 책을 달라고 한 사람이었다. 입맛이 썼지만 죽은 사람 소원도 들어준다는데 그깟 책 한 권을 못 줘서야… 또한 박절하게 "책은 사보는 게 저자에 대한 독자의 예의입니다." 라고 했다가는 혹여 잔뜩 부아를 낼까 염려스러웠다. '예의와 타인에 대한 배려는 푼돈을 투자해 목돈으로 돌려받는 것이다'라는 말이 있다. 그렇긴 하되 다시금 책을 건넸다. 하지만 그렇게 받은 책을 그는 과연 끝까지 읽기는 했을까? 작가들끼리 하는 농담이 있다. "힘들게 쓴 책을 절대로 거저 주지 말라. 잠잘 때 베개로 쓰거나 끓인 라면의 받침대로 쓰니까." 그리 틀린 말은 아니다. 그래서 말인데 책은 안 읽어도 좋으니까 제발(!) 끓인 라면을 올리는 받침대로는 쓰지 말라. 그러면 결국엔 책끼리 달라붙어서 떨어지지도 않는다. 자신의 저서를 한 권이라도 내본 사람은 다 아는 상식이 있다. 책을 한 권 발간하는 데는 최소한 6개월~1년이 소요된다. 집을 짓는 것과 마찬가지이기 때문이다.

물론 어떤 작가 중에는 한 달에 한 권씩 뚝딱 책을 만들어 내는 이도 있다. 부럽다! 나도 재력만 뒷받침된다면 1년에 12권의 책을 출간할 자신이 있다. 악몽의 코로나 3년여 동안 많은 출판사가 극심한 경영난으로 문을 닫았다. 그래서 요즘 출판사는 여간 까다롭지 않다. 여하튼 그렇게 어렵사리 만든 책을 공짜로 달라는 것은 결례(缺禮)다. 기왕이면 책은 서점에서 사서 보자. 도서관에도 '사서'가 있지 않은가(이는 웃자고 괜히 해본 소리다). 또한 그래야 작가와 출판사도 덩달아 먹고 살 것 아니겠는가.

마침내 1월 30일부터 병원과 약국, 대중교통 등 일부 시설을 제외한 대부분의 실내 장소에서는 마스크를 쓰지 않아도 된다는 정부 방침이 확정되었다. 이게 대체 얼마만인가? 기다리는 자에게 복이 있다더니 수년 째 '마스크 감옥'에 시달리던 국민들에게 마침내 '면죄부'가 발행되었다. 마스크의 강제적 착용은 사실 심리적으로도 위축을 강요한 게 사실이다. 이번 '마스크 해방'을 계기로 전국의 출판사들도 일제히 불황의 먹구름을 벗어내고 활황으로 반전되길 응원한다. 그리하여 "홍 작가님~ 이번엔 우리 출판사와 계약합시다!"라는 주문 콜(call)이 쇄도했으면 하는 바람 간절하다.

> "우리의 인생은 책과 같다. 종이 한 장 한 장은 가볍지만, 그 한 장들이 모여 무거운 책 한 권이 되는 것처럼 하루하루 그 시간들이 모여 의미 있고 무게감 있는 인생이 되는 것이다."
>
> – 출처 미상

'성심당'이라는 종교

　멀리 경주에서 반가운 지인이자 문인께서 오셨다. 그런데 미리 만나자는 전화를 주신 게 아니라 열차가 김천역을 지날 즈음에야 비로소 하신 거다. "대전역에 내렸는데 어디서 만날까요?" 예정보다 취재가 늦어졌기에 대전역 앞 김삿갓 다방에서 기다리시라고 말씀드렸다. 취재를 마치자마자 서둘러 대전역으로 달렸다. 김삿갓 다방에서 차를 마시며 환담을 나누었다. 한 시간 뒤 가신다기에 동행하여 성심당 대전역점에 들렀다. "작년에도 사주시더니 또?" "하하~ 대전에 오셔서 성심당 빵 안 먹으면 간첩입니다."

　나는 40년째 한밭을 사랑하며 지키고 있는 대전시민이다. '한밭'은 '대전'의 옛 이름이다. 그래서 지금도 한밭대학교, 한밭도서관, 한밭교육박물관, 한밭수목원, 한밭식당 등이 유명하다.

여기에 전국적 빵집인 '성심당'을 모르면 간첩이다. 대전의 명물이자 특식(特食)인 다양한 칼국수와 매운맛이 독특한 두부두루치기 또한 알지 못한다면 '준(準) 간첩'이다. '전국 4대 빵집' 중 한 곳으로 꼽히는 대전 성심당이 2021년 코로나19에도 불구하고 사상 최대인 630억 원의 매출을 올렸다고 한다. 대형 프랜차이즈를 제외하고 단일 베이커리 브랜드 매출이 600억 원을 넘은 것은 성심당이 처음이다. 대전시민으로서 여간 반갑고 대견한 게 아니었다. 얼마 전 『성심당 문화원』을 취재했다. 대전시 중구 은행동 소재 '성심당' 본점 바로 앞에 위치한다. 거기서도 느꼈지만, 성심당이 있는 대전은 정말 대단한 행복도시라는 사실을 새삼 깨달았다.

그러면 성심당의 600억 매출 신화는 왜 가능했을까? 이걸 주관적으로 해석하자면 우선 성심당은 다른 빵집처럼 전국적 진출을 삼갔다는 점에 큰 점수를 주고자 한다. 일반적으로 광역(廣域)의 프랜차이즈를 꾀하게 되면 소비자(손님)들은 금세 식상함을 느끼는 게 인지상정(人之常情)이다. 그게 그거고, 그 맛 또한 오십보백보(五十步百步)이기 때문이다. 희소성이 없다는 주장이다.

또한 (그럴 리야 없겠지만) 일부 프랜차이즈 업주와 점장의 입장에서 오늘 팔다 남은 빵이 아까워서 내일 다시 팔지 않는다는 보장이 없다는 것이다. 이럴 경우, 그 매장이 문을 닫는 것은 기정사실이자, 시간문제다. 사람의 입처럼 간사한 게 또 어디 있을까. 1956년에 대전역 앞 찐빵 가게로 시작한 성심당은 자그마치 66년 동안 대전지역 매장만을 고집하고 있다. 이런 의지와 혜안, 그리고 착한 옹고집이 결국엔 역설적으로 소비자의 이목을 더욱 끌었고, 소비자의 충성도를 높여 '전국구 베이커리'로 우뚝 부상했다. 대전을 찾는 지인은 물론이요, 외지에 사는 지인을 만나러 갈 때도 나는 반드시 성심당 빵을 산다.

그 빵을 선물하면 여간 고마워하지 않는다. 김탁구가 제빵왕이 되기 위해 성장해나가는 과정을 그린 드라마 〈제빵왕 김탁구〉에서 탁구(윤시윤)는 "누구나 행복하게 살 수 있는 세상"을 외친다. 이런 말도 안 되는 세상을 하지만 유독 성심당에서는 마치 종교처럼 믿고 적극적으로 실천해왔다.

성심당에서는 그날 팔고 남은 빵은 몽땅 기증한다. 남은 빵 수량을 계산해 각종 복지단체나 새터민, 이주 노동자 단체 중에서 인원에 맞는 곳을 골라 기증한다. 적을 때는 하루 수백 개, 많을 때는 수천 개에 달한다. 매주 일요일에는 대전역 노숙자들에게도 전달한다고 한다. 내가 사는 지역에 이처럼 자랑스러운 기업이 있다는 것은 따지고 보면 우뚝한 자부심이다.

288

사람은 누구나 종교가 있다. 종교는 믿음이 제일이다. 나에게 있어 성심당이라는 브랜드는 일종의 종교이다. 아마도 150만 대전시민 모두 그렇게 느끼시리라 생각한다.

> "선행이란 다른 사람들에게 무언가를 베푸는 것이 아니라, 자신의 의무를 다하는 것이다."
>
> — 임마누엘 칸트, 프로이센의 철학자

실내화 대신 책이었으면

아침에 출근하자면 모 고등학교를 지나게 된다. 그런데 고등학생 대부분의 손에는 실내화가 들려있다. 이유는 잘 모르겠다. 왜? 물어보지 않아서. 아무튼 실내화는 가방 안에 넣고 대신 신발을 들었던 손에 책을 쥔다면 어떨까 싶다. 책을 많이 보면 성적이 더욱 쑥쑥 오르는 것은 기정사실이다.

그건 그렇다 치고 나의 첫 강의는 네 번째 저서의 출간 후 논의가 시작되었다. 대상은 중학교와 고등학교 학생들이었다. 공부가 직업인 학생들의 입장에서도 나의 강의는 그 어떤 강사보다 설득력과 흡입력까지 강력한 동인(動因)이 될 것이었다. 그랬는데 그만 돌발 변수가 발생했다. 코로나19 사태가 터진 것이었다. 그 바람에 예정되었던 중고교 강의가 돌연 물거품이 되었다. 실망이 컸지만 하는 수 없는 노릇이었다. 코로나의 장기화로 말미암아 직장을 잃은 사람이 어디 한두 명이던가…. 또한 소규모 자영업자 역시 직격탄을 피하지 못한 경우는 얼마나 부지기수였던가. 준비하고 기다리면 반드시 때는 다시 온다는 믿음을 가지기로 노력했다. 독서에 더 열중하고 틈만 나면 강의하는 방법을 읊조렸다. 그런 와중에도 또 다른 강사로 활동할 기회는 드문드문 찾아왔다. 신입 시민기자를 대상으로 '글 잘 쓰는 방법'을 알려주는 것이었다. 대단한 호평을 받았다. 그래서 뿌듯했다.

그러던 중 작년에 나는 또 유성 ○○○○센터에서 신입기자를 대상으로 강의를 했다. 고작(?) 한 시간 강의였지만 나는 이를 위해 숱한 날을 고민하고 준비했다. 주제는 '당신도 기자와 작가가 될 수 있다'였다. 정말? 충분히 가능하다. 나처럼 고작 초졸 학력의 가방끈이 짧아도 너무 짧은, 소위 '흙수저' 출신도 버젓이 강의하는데 대학까지 나온 당신은 왜 못 하는가? 문제는 자신감이다. 나는 그동안 내 인생의 주인공은 남이 아니라 나라는 믿음을 견지하며 살아왔다. 언젠가 『가난하다고 꿈조차 가난할 수는 없다』는 책을 읽었다. 맞다. 없을수록 미래의 유토피아(Utopia)를 꿈꿔야 한다. 혹자는 '유토피아 증후군'을 비판하기도 한다. 이는 실력은 없으면서 꿈만 꾸는 사람들을 지칭하는 폄훼의 표현이다. 유토피아 증후군이란 원하는 정도의 성공이 불가능하다는 사실을 인정하려 하지 않거나 혹은 인정하지 못해 집요하게 높은 이상을 추구하는 증상을 말한다. 그런데 이 또한 나에겐 적합하지 않다. 나는 그만큼 이상의 실력을 지니고 있다고 자부하기 때문이다.

위에서 신발을 들고 등교하는 학생들 이야기를 했다. 그래서 첨언하는데 "나는 신발이 없음을 한탄했는데 거리에서 발이 없는 사람을 만났다"라는 명언이 있다. 미국 작가이자 명강사였던 데일 카네기가 한 말이다. 그가 어렵던 시절, 투신을 목적으로 강으로 가던 중이었다. 한 남자가 부르기에 뒤를 돌아보니 두 다리를 잃은 사람이 미소를 지으며 연필을 사달라고 했다. 그 연필을 사면서 카네기는 '저런 사람도 웃으면서 사는데 나는?'이라며 비로소 자살을 멈추고 더 열심히 살자고 다짐했다. 덕분에 그는 결국 성공한 인생으로 거듭났다. 지난 시절, 나도 극난(極難)의 고비마다 극단적 선택을 고려한 적이 있었다. 그럴 때마다 마음을 다잡고 더 열심히 살자고 노력했다. 고진감래(苦盡甘來)의 그 결과가 작년 대학원에서의 사자후(獅子吼) 강사로 빛을 발했다. '오랫동안 꿈을 그리는 사람은 마침내 그 꿈을 닮아간다'고 했다. 꼭 나를 비유해서 한 말이지 싶었다.

> "꿈마저 잃어버리면 끝이다."
>
> — 출처 미상

64년의 한을 풀다

　나와 같은 내륙의 도시인은 바다가 영원한 로망이다. 바다는 바라보는 것만으로도 충분히 힐링을 부여한다. 더욱이 그 바다가 지금껏 단 한 번도 가보지 못한 제주도라고 한다면 두말할 나위조차 없다. 꿈에 그리던 제주 여행을 실현한 건 작년 8월에 일어난, 그야말로 '사건'이었다.

　야자수 나무가 이색적인 공항을 출발하여 예약된 호텔부터 찾았다. 너른 바다와 서부두 방파제, 제주 탑동해변공연장, 제주항 여객선터미널, 제주항 연안여객터미널 등이 한눈에 다 들어오는 호텔 9층의 럭셔리한 객실도 마음에 쏙 들었다. 짐을 푼 뒤 서부두 명품 횟집 거리를 찾았다. 잠시 후 식탁에 오른 각종 활어회는 먹기도 전에 오감부터 만족시켰다. 해삼과 문어 외에도 심지어 평생 맛보지 못한 갈치회까지! 다른 사람은 모르겠지만 나는 지금껏 갈치회라곤 구경도 못 했다. 따라서 당연히 연신 젓가락이 춤을 출 수밖에. 횟집에서 배까지 두둑이 채운 뒤 서부두 방파제를 따라 제주 해변의 야경을 감상했다.

어디론가 떠나는 대형 카페리(car ferry)가 뱃고동을 높이 울리며 출항하고 있었다. 삼삼오오 데이트를 나온 남녀들도 바다와 카페리를 배경으로 연신 카메라를 눌러댔다. 제주 여행 2일 차 되던 날에는 김녕해수욕장을 찾았다. 김녕해수욕장은 하늘에서 바라본 모습이 한문 평(㘴)자를 이룬 모양을 하고 있어 '김녕'이라고 불리는, 김녕마을에 있는 해수욕장이다. 거대한 너럭바위 용암 위에 모래가 쌓여 만들어졌으며, '성세기'는 외세의 침략을 막기 위한 작은 성이라는 뜻이 담겨 있다. 하얀 모래에 부서지는 파도들이 시원한 소리를 내고, 코발트 빛 바다 풍경이 제주 자연의 아름다움을 새삼 느끼게 해주는 곳이다. 바닷가를 걷노라면 제주의 바람으로 돌아가는 풍력발전기들을 쉬이 볼 수 있다.

일반적으로 광복절을 맞으면 바다에 들어가기가 곤란하다. 벌써 찬기를 느낄 수 있기 때문이다. 그야말로 광복절에 맞게 폭염의 횡포에서도 '해방'이 되는 까닭이다. 하지만 김녕해수욕장은 달랐다. 아직도 여름 휴가의 절정기인 양 아주 많은 피서

객들이 전국에서 몰려와 바닷물에 몸을 담그며 해수욕을 한껏 즐기고 있었다. 그들에 편승하여 우리도 해수욕을 즐겼다. 그러다 보니 '금강산도 식후경'이라고 시장기가 거센 파도로 몰려왔다. 물을 나와 지척의 또 다른 횟집을 찾았다. '김녕대성횟집'이었다. 한치회와 회국수를 주문했다.

한치회는 몰라도 회국수는 전날의 갈치회처럼 처음 맛보는 별미였다. "저는 대전에서 왔는데 정말 맛있네요!"를 연발했다. 그랬더니 인심도 넉넉한 그 식당의 대표께서는 주방으로 가시더니 방금 낚시로 잡은 자리돔이라며 썰어서 공짜로 주셨다. 그런 후의(厚意) 덕분으로 낮술에 그만 훅 갈 수밖에. 몇 해 전부터 '제주다움'이라는 화두가 회자되고 있다. 다른 곳과 비교하여 제주이기에 가진 것, 제주만의 독특한 식문화와 볼거리, 청정자연, 따뜻한 사람들… 제주다움을 열거하자면 끝도 없다.

나는 비록 난생처음 찾은 제주였지만 어느 지역보다 친절하고 훈훈한 정을 만끽할 수 있었다. 제주를 찾은 것은 휴식이 목적이었다. 그래서 말인데 휴식이란 육체의 휴식만이 아닌 마음의 휴식까지 일컫는다. 마음이 치유되면 우리 몸은 스스로 치유의 능력이 작동되어 육체적 건강 상태를 회복하기 마련이다. 청주공항에서 불과 한 시간이면 닿을 수 있는 곳이 제주도다.

그러나 사는 게 뭔지 나는 입때껏 제주도는 처음이었다. 따라서 작년 8월의 제주 여행은 말 그대로 64년의 한을 푼 셈이다.

평소 존경하는 김우영 박사님과 김근수 시인님 덕분이었다. 특히 김우영 박사님, 아니 '형님'은 친형님 이상으로 살가운 분이다. 늘 부족한 나를 충분(充分)으로 채워주는 내 인생의 활력 비타민이시다. 그날의 제주도 여행 덕분에 나는 지금도 '김녕대성횟집' 김대성 대표님과 카톡 친구로 커뮤니케이션을 공유하고 있다. '김녕대성횟집'의 천객만래(千客萬來)를 응원한다.

> "여행은 모든 세대를 통틀어 가장 잘 알려진 예방약이자 치료제이며 동시에 회복제이다."
> — 대니얼 드레이크, 미국 의사 겸 작가

학력과 지력

　평소 라디오를 애청한다. 오후 방송 중 전국 애청자가 전화로 참여하는 퀴즈 프로그램이 있다. 유명 방송인이 진행하는데 여간 재미있는 게 아니다. 퀴즈의 장르는 다양하게 출제된다. 개인적으로 가장 흥미를 느끼는 분야는 사자성어와 고사성어다.

　사자성어(四字成語)는 한자 네 자로 이루어진 성어로 교훈이나 유래를 담고 있다. 고사성어(故事成語)는 옛이야기에서 유래한, 한자로 이루어진 말을 의미한다. 대표적 사자성어로는 '고생 끝에 낙이 있다'는 고진감래(苦盡甘來)가 꼽힌다. 잘 알려진 고사성어엔? 각주구검(刻舟求劍)을 들 수 있다. 융통성 없이 현실에 맞지 않는 낡은 생각을 고집하는 어리석음을 이르는 말이다. '칼을 강물에 떨어뜨리자 뱃전에 그 자리를 표시했다가 나중에 그 칼을 찾으려 한다'는 뜻이다. 판단력이 둔하여 융통성이 없고 세상일에 어둡고 어리석음을 비웃는 표현이다.

그런데 라디오 퀴즈 프로그램에 출연한 애청자 대부분이 사자성어와 고사성어에 약하다는 것을 발견했다. 이 프로그램이 더욱 인기몰이하는 이유는, 출연자들이 맞추지 못한 문제를 진행자가 즉각 애청자들에게 넘긴다는 것이다. 덕분에 문제를 맞히고 제주도 오메기떡 등을 선물로 받기까지 했다. 내가 이처럼 사자성어 혹은 고사성어를 잘 아는 것은 평소 책을 많이 읽는 등 지력(知力)에 몰두한 덕분이다. 사자성어와 연관된 저서를 두 권이나 발간한 경험도 큰 몫을 했다. 작년에는 모 기관에서 초대를 받아 엄선한 우수 자원봉사자들의 아카이빙(archiving) 편집위원으로 회의를 가졌다. 고작 무지렁이가 언론인 간부 출신의 기라성 같은 분들과 어깨를 같이 했다. 그래서 자부심이 무럭무럭 했다. 이 또한 지력의 힘을 새삼 발견한 부분이랄 수 있다.

서울대학교가 2022년 8월 29일 관악 캠퍼스 종합체육관에서 3년 만에 첫 대면 졸업식을 진행했다. 지난 3년간 비대면 졸업식을 치른 졸업생 중 희망자도 참석했다고 한다. 이날 '수학계 노벨상'으로 불리는 국제수학연맹 필즈상을 받은 허준이 프린스턴대 교수 겸 고등과학원 수학부 석학 교수는 '자랑스러운 서울대인'상을 받았다. 허 교수는 축사에서 "제 대학 생활은 포장해 얘기해도 길 잃음의 연속이었다"면서 "똑똑하고 건강하고 성실하기까지 한 주위 친구들을 보며 나 같은 사람은 뭐하며 살아야 하나 고민했다"고 말했다. 허 교수는 또 "무례와 혐오와 경쟁과 분열과 비교와 나태와 허무의 달콤함에 길들지 마시길, 하루하루를 온전히 경험하시길 (빈다)"며 "그 끝에서 오래 기다리고 있는 낯선 나를 반갑게 맞이하길 바란다"고 했다. 그러면서 "취업, 창업, 결혼, 육아, 교육, 승진, 은퇴, 노후 준비를 거쳐 어디 병원의 그럴듯한 1인실에서 사망하기 위한 준비에 정신 팔리지 않기를 바란다"고 후배들에게 당부했다. 촌철살인의 의미 깊은 축사였다는 생각이 들었다.

당연하겠지만 '자랑스러운 서울대인'상은 아무나 받을 수 없다. 초지일관(初志一貫) 열정과 의지로 매진해야만 비로소 수상자 후보군에 이름을 올릴 수 있다. 반면 동전의 양면처럼 '부끄러운 서울대인'도 적지 않다. 상위권에 오른 인사의 이름은 굳이 밝히지 않겠다.

나는 작년에 크게 기대했던 모 기관의 '○○구민 대상' 수상자 위치에서 빠지고 후보자 군에만 이름이 남게 됐다. 실망이 적지 않았지만, 곧 잊기로 했다. 올해 또 도전하면 되니까. 우리나라 사람은 학력(學力)보다 학력(學歷)을 중요하게 따지는 경향이 다분하다. 하지만 흔한 대학 문턱에 못 가본 사람 중에도 이른바 프로급 선수들은 많다. 나는 후자에 속한다고 본다. 그래서 말인데 정작 학력보다 중시되어야 하는 건 지력(知力+智力)이 아닐까. 지력(地力)이 튼튼해야 그해 농사도 풍년임은 삼척동자도 아는 상식이다. 여기서 한 가지를 추가코자 한다. 노력하는 사람은 누구나 도와주고 싶어 한다. 이 책이 바로 그렇게 해서 세상에 나왔다. 본 도서의 출간에 도움을 주신 분들께 거듭 고마움을 전한다.

> "나는 공을 막는 것이 아니라 팀의 패배를 막는 것이다."
>
> – 이케르 카시야스, 스페인 축구선수

긍정이 합격을 불렀다

다음은 〈티스토리〉에서 읽은 감동의 글이다. 제목은「감동의 서울대 생활 수기 당선작」이다. '눈물 없이 볼 수 없는 이 글을 통하여 자식을 더 사랑하며 더 강한 엄마가 되고 부모님을 더 공경하고 사랑을 드리는 자식이 되시길 바라봅니다!'라는 서두부터 눈길을 포박한다.

"실밥이 뜯어진 운동화, 지퍼가 고장 난 검은 가방 그리고 색 바랜 옷 ～ 내가 가진 것 중 헤지고 낡아도 창피하지 않은 것은 오직 책과 영어 사전뿐이다. 집안 형편이 너무 어려워 학원 수강료를 내지 못했던 나는 칠판을 지우고 물걸레질을 하는 등의 허드렛일을 하며 강의를 들었다. 수업이 끝나면 지우개를 들고 이 교실 저 교실 바쁘게 옮겨 다녀야 했고 수업이 시작되면 머리에 하얗게 분필 가루를 뒤집어쓴 채 맨 앞자리에 앉아 열심히 공부했다. 엄마를 닮아 숫기가 없는 나는 오른쪽 다리를 심하게 절고 있는 소아마비이다. 하지만 난 결코 움츠리지 않았다. 오히려 내 가슴속에선 앞날에 대한 희망이 고등어 등짝처럼 싱싱하게 살아 움직였다.

짧은 오른쪽 다리 때문에 뒤뚱뒤뚱 걸어 다니며, 가을에 입던 홑 잠바를 한겨울에까지 입어야 하는 가난 속에서도 나는 이를 악물고 손에서 책을 놓지 않았다.

그러던 추운 어느 겨울날, 책 살 돈이 필요했던 나는 엄마가 생선을 팔고 있는 시장에 찾아갔다. 그런데 몇 걸음 뒤에서 엄마의 모습을 바라보다가 차마 더 이상 엄마에게 다가가지 못하고 눈물을 참으며 그냥 돌아서야 했었다.

엄마는 낡은 목도리를 머리까지 칭칭 감고, 질척이는 시장 바닥의 좌판에 돌아앉아 김치 하나로 차가운 도시락을 먹고 계셨던 것이다. 그날 밤 나는 졸음을 깨려고 몇 번이고 머리를 책상에 부딪혀 가며 밤새워 공부했다. 가엾은 나의 엄마를 위해서 내가 어릴 적에 아버지가 돌아가신 뒤 엄마는 형과 나, 두 아들을 힘겹게 키우셨다. 형은 불행히도 나와 같은 장애인이다. 중증 뇌성마비인 형은 심한 언어장애 때문에 말 한마디를 하려면 얼굴 전체가 뒤틀려 무서운 느낌마저 들 정도이다.

그러나 형은 엄마가 잘 아는 과일 도매상에서 리어카로 과일 상자를 나르며 어려운 집안 살림을 도왔다. 그런 형을 생각하며 나는 더욱 이를 악물고 공부했다. 그 뒤 시간이 흘러 그토록 바라던 서울대에 합격하던 날, 합격 통지서를 들고 제일 먼저 엄마가 계신 시장으로 달려갔다. 그날도 엄마는 좌판을 등지고 앉아 꾸역꾸역 찬밥을 드시고 있었다. 그때 나는 엄마에게 다가가 등 뒤에서 엄마의 지친 어깨를 힘껏 안아드리며 엄마~ 엄마~ 나 합격했어~ 나는 눈물 때문에 더 이상 엄마 얼굴을 바라볼 수가 없었다. 엄마도 드시던 밥을 채 삼키지 못하고 하염없이 눈물을 흘리며 사람들이 지나다니는 시장 골목에서 한참 동안 나를 꼭 안아 주셨다.

그날 엄마는 찾아오는 단골손님들에게 함지박 가득 담겨있는 생선들을 돈도 받지 않고 모두 내주셨다. 그리고 형은 자신이 끌고 다니는 리어카에 나를 태운 뒤 입고 있던 잠바를 벗어 내게 입혀 주고는 알아들을 수 없는 말로 동생인 나를 자랑하며 시장을 몇 바퀴나 돌고 돌았다.

그때 나는 시퍼렇게 얼어 있었던 형의 뺨에서 기쁨의 눈물이 흘러내리는 것을 보았다. 그날 저녁, 시장 한 구석에 있는 순대국밥 집에서 우리 가족 셋은 오랜만에 밥을 먹었다. 엄마는 지나간 모진 세월의 슬픔이 북받치셨는지 국밥 한 그릇을 다 들지 못하시고 그저 색 바랜 국방색 전대로 눈물만 찍으며 돌아가신 아버지 얘기를 꺼냈다.

너희 아버지가 살아 있다면 기뻐했을 텐데… 너희들은 아버지를 이해해야 한다. 원래 심성은 고운 분이다. 그토록! 모질게 엄마를 때릴 만큼 독한 사람은 아닌데 계속되는 사업 실패와 지겨운 가난 때문에 매일 술로 사셨던 거야. 그리고 할 말은 아니지만 하나도 아닌 둘씩이나 몸이 성치 않은 자식을 둔 아비 심정이 오죽했겠냐?

내일은 아침 일찍 아버지께 가 봐야겠다. 가서 이 기쁜 소식을 얼른 알려야지~ 내가 어릴 때 부모님은 자주 다투셨는데, 늘 술에 취해 있던 아버지는 하루가 멀다 고 우리들 앞에서 엄마를 때렸다. 그러다가 하루 종일 겨울비가 내리던 어느 날 아버지는 아내와 자식들에 대한 죄책감으로 유서 한 장만 달랑 남긴 채 끝내 세상을 버리고 말았다. 고등학교 졸업식 날, 나는 우등상을 받기 위해 단상 위로 올라가다 중심이 흔들리는 바람에 그만 계단 중간에서 넘어져 바닥으로 떨어졌다. 움직이지 못할 만큼 온몸이 아팠다. 그때 부리나케 달려오신 엄마가 눈물을 글썽이며 얼른 나를 일으켜 세우셨다.

잠시 뒤 나는 흙 묻은 교복을 털어 주시는 엄마를 힘껏 안았고 그 순간, 내 등 뒤로 많은 사람들의 박수 소리가 들려왔다. 새벽부터 늦은 밤까지 도서관에서 공부하다가 컵라면으로 배를 채우기 위해 매점에 들렀는데 여학생들이 여럿이 앉아 있었다. 그날따라 절룩거리며 그들 앞을 걸어갈 자신이 없었다. 구석에 앉아 컵라면을 먹고 있는 내 모습이 측은해 보일까 봐, 그래서 혹시 나도 모르게 눈물이 나올까 봐, 주머니 속의 동전만 만지작거리다 그냥 열람실로 돌아왔다
그리곤 흰 연습장 위에 이렇게 적었다. 어둠은 내릴 것이다. 그러나 나는 그 어둠에서 다시 밝아질 것이다. 이제 내게 남은 건 굽이굽이 고개

넘어 풀꽃과 함께 누워계신 내 아버지를 용서하고, 지루한 어둠 속에서도 꽃등처럼 환히 나를 깨워 준 엄마와 형에게 사랑을 되갚는 일이다. 지금 형은 집안일을 도우면서 대학 진학을 목표로 열심히 공부하고 있다. 아무리 피곤해도 하루 한 시간씩 큰소리로 더듬더듬 책을 읽어 가며 좀처럼 나아지지 않는 발음에 대한 희망을 버리지 않은 채 오늘도 나는 온종일 형을 도와 과일 상자를 나르고 밤이 돼서야 일을 마쳤다. 그리고 늦은 밤 집으로 돌아오는 버스 안에서 어두운 창밖을 바라보며 문득 앙드레 말로의 말을 떠올렸다. "오랫동안 꿈을 그리는 사람은 마침내 그 꿈을 닮아 간다."

너무도 아름다운 글이다. 위의 글은 10여 년 전 서울대학교 합격자 생활 수기 공모작으로서 이 학생은 우수한 성적으로 공부하여 지금은 미국에서 우주항공을 전공하여 박사과정에 있으며 국내 모 기업에서 뒷바라지를 하는데 어머니와 형을 모두 미국에 모시고 가서 같이 공부하면서 가족들을 보살핀다고 한다.

이 글은 한 번만 읽기보다는 두서너 번 읽을수록 가슴에 뜨거운 전류가 흐른다. 사람이 살아가면서 힘들고 고통스러울 적에 올라가던 암벽에서 생명의 밧줄을 놓아버리고 싶을 때가 수없이 많다. 사람들은 사랑과 성공을 너무 쉽게 얻으려 하고 노력도 해보기 전에 너무도 쉽게 포기하려 한다. 자신의 의지와 노력으로 아름다운 삶을 살아갈 수 있다는 것을 우리들은 이 글을 통해서 배워야 할 것이다. 라고 강조했다.

이 글을 보면서 당연히 눈물이 났다. 온갖 어려움을 딛고 서울대에 장학생으로 합격한 딸이 기억의 창고에서 불쑥 튀어나왔기 때문이다. 아울러 일본 작가 구리 료헤이의 1988년 작품인 단편소설『우동 한 그릇』이 오버랩 되었다.

소설의 배경은 일본 홋카이도(북해도)의 도시 삿포로다. 소설은 가정형편이 어려운 어머니와 어린 두 아들이 초라한 행색으로, 섣달그믐(12월 마지막날)에 '북해정'이라는 한 우동집을 찾으면서 시작된다. "저… 우동 일인 분만입니다만… 괜찮을까요?" "네엣! 우동 일인분." 돈이 조금밖에 없어, 1인분만 시켜도 돼냐는 질문에 주인은 힘차게 주문을 받는다. 주인 내외는 부담스럽거나 불편하지 않은 선에서 세 사람이 나눠 먹을 수 있도록 우동 한 그릇 반을 내온다. 이어, 식사를 마친 손님들을 일상과 똑같이 맞이하고 전송한다. "고맙습니다. 새해 복 많이 받으세요!" 이후 14년이 흐른 후 다시 북해정을 찾은 가족들은 사연이 많았다. 남편 없이 두 아들을 눈물로 키워 성공시킨 인간승리의 기록이 위에서 소개한「감동의 서울대 생활 수기 당선작」과 흡사하다. 아무튼 덕분에『우동 한 그릇』은 베스트셀러(best seller)를 훌쩍 뛰어넘어 밀리언셀러(million seller)가 되었다.

"나는 운이 없고 재수도 없어서 로또복권에 1등으로 당첨돼본 역사가 없다"는 사람이 있었다. 그런 사람에게 나는 이렇게 물었다. "그럼 매주 로또복권은 사시겠네요?" 의외의 답변이 돌아왔다. "이젠 안 삽니다." 로또복권도 안 사면서 1등 당첨을 운운한다는 건 모순이다.

행운도 마찬가지다. 행운을 잡으려면 긍정이 우선돼야 한다. 위에서 소개한 글의 주인공도 긍정을 지켰기에 서울대에 합격할 수 있었다. 긍정은 행복으로 가는 계단이기 때문이다. 아무리 절박한 환경일지라도 비교가 아닌 다양성의 관점에서 세상을 바라본다면 인생은 더욱 따뜻하게 다가오는 법이다. 또한 당연한 얘기겠지만 자격지심(自激之心)을 버려야 한다. 사람은 누구나 잘하는 종목이 하나쯤은 있다. 그걸 달인의 수준까지 끌어올리면 된다. 뭐든 그렇겠지만 열심히 하면 세상은 배신하지 않는다.

> "행운이란 준비가 기회를 만났을 때 발생되는 현상이다."
>
> — 세네카, 로마 제정 시대 정치가

메라비언의 법칙 단상

    (사)국제휴먼클럽 창립 제34주년 기념행사가 2022년 12월 6일 유성 컨벤션웨딩 그랜드홀에서 열렸다. '이웃과 함께하는 따뜻한 사랑 나눔마당'이라는 캐치 프레이즈답게 각계각층의 유명인사들이 총출동했다.

    1부는 백은기 총재의 개회사에 이어 국제휴먼클럽 기본정신 낭독, 그동안의 혁혁한 성과가 동영상으로 펼쳐졌다. 다음으로는 그동안 봉사와 기부 등에 앞장선 개인과 단체에 대한 시상식이 열렸다. 올 한 해 동안 사랑 실천에 앞장선 회원들에 대해 감사패를 전달하고 노고를 치하했다. 저소득가정과 장애인, 독거노인 등을 대거 초청해 사랑 나눔 실천 행사와 위안잔치를 동시에 벌였다. 장학금과 선물 전달이 뒤를 이었고 강항구 교수의 성악 〈오솔레미오〉와 〈그리운 금강산〉이 깊어가는 겨울 초야를 운치 있게 물들였다. 2부 사회를 맡은 남진아 MC 겸 가수는 특유의 재치와 넉살스러움으로 단숨에 무대를 장악했다. 포복절도의 막춤 경연대회와 무차별 상품 나눠주기는 인기몰이의 절정을 이뤘다. 국제휴먼클럽은 지난 1988년 대전에서 창설된 사회봉사 단체로 34년 동안 국제사회뿐만 아니라 우리 주변의 어려운 환경에 처해 있는 소외 계층을 위해 다양한 봉사와 사회복지사업을 해오고 있다.

또한 지난 1996년부터는 러시아 극동지역 한인 이산가족협회와 결연을 맺고 매년 '한민족 어려운 이웃돕기'와 광복절 기념식 등을 주관해오고 있다. '나와 이웃과 자연이 모두 하나임을 알고 하나인 이웃과 자연을 내 몸같이 존중하고 사랑하는 마음'이 국제휴먼클럽의 인간존중 정신이다. 국제휴먼클럽이 펼치는 사업은 독거노인, 소년소녀 가장 등 어려운 이웃 지원사업을 시작으로 아동보육시설(파랑새 휴먼지역아동센터) 운영이 뒤를 잇는다. 장애인 및 사회적 약자 지원사업에 이어 장학사업 및 노인 요양시설 지원 또한 활발하다. 국제교류 및 해외동포 지원사업과 자연환경운동(휴먼 산악회 운영)에도 열심이다. 메라비언의 법칙(The Law of Mehrabian)이 돋보인다. 요약하자면 대화에 있어서 시각과 청각 이미지가 중요시된다는 커뮤니케이션 이론이다.

한 사람이 상대방으로부터 받는 이미지는 시각이 55%, 청각이 38%, 언어가 7%에 이른다는 법칙이다. 캘리포니아대학교 로스앤젤레스캠퍼스 심리학과 명예교수인 앨버트 메라비언이 1971년에 출간한 저서 『Silent Messages』에 발표한 것으로, 커뮤니케이션 이론에서 매우 중요시된다. 특히 짧은 시간에 좋은 이미지를 주어야 하는 직종의 사원교육으로 활용되는 이론이다. 시각이미지는 자세 · 용모와 복장 · 제스처 등 외적으로 보이는 부분을 말하며, 청각은 목소리의 톤이나 음색(音色)처럼 언어의 품질을 말하고, 언어는 말의 내용을 말한다. 이 이론에 따르면, 대화를 통하여 상대방에 대한 호감 또는 비호감을 느끼는 데에서 상대방이 하는 말의 내용이 차지하는 비중은 7%로 그 영향이 미미하다. 반면에 말을 할 때의 태도나 목소리 등 말의 내용과 직접적으로 관계가 없는 요소가 93%를 차지하여 상대방으로부터 받는 이미지를 좌우한다는 것이다.

국제휴먼클럽처럼 봉사를 일종의 신앙으로 알고 실천하는 단체에서도 이러한 이론은 꼭 필요하다. 봉사의 수혜자들에게 다가갈 때도 '메라비언의 법칙'이라는 이미지와 마인드의 진실된 정착이 관건이기 때문이다. 백은기 총재는 "날이 갈수록 우리 사회의 빈부격차는 더욱 심화되고 있다. 덩달아 주변에 어려운 이웃이 늘고 있다. 우리 국제휴먼클럽은 서른네 살의 성년을 맞은 만큼 더욱 노력하여 내년에도 변함없이 '메라비언의 법칙' 과 아울러 세답족백(洗踏足白)의 이타적 봉사정신으로 힘들고 고통 받는 계층에 대한 관심과 지원에 더욱 앞장서겠다"고 밝혔다.

> "남을 행복하게 하는 것은 향수를 뿌리는 것과 같다. 뿌릴 때는 자기에게도 몇 방울 정도는 묻기 때문이다."
>
> — 윈스턴 처칠, 전 영국 총리

날이 추워진 뒤에야 알 수 있는 것

　이상적(李尙迪)은 조선 말기의 문인이자 서화가(1804~1865)이다. 자는 혜길(惠吉), 호는 우선(藕船)이며 본관은 우봉(牛峰)이다. 1825년 식년시(式年試)에 장원을 한 후 온양군수(溫陽郡守), 영부지추(永付知樞), 숭록대부(崇祿大夫) 등 5번이나 품계가 올라 지중추부사에까지 올랐다. 9대에 걸쳐 30여 명의 역과 합격자를 배출한 가문의 후예로서, 1829년부터 죽기 전 해인 1864년까지 12차례에 걸쳐 중국을 다녀왔다. 1828년 춘당대(春塘臺)에서 개강할 때 임금으로부터 특별한 관심을 받았으며, 시(詩)에 뛰어나 홍세태(洪世泰), 이언진(李彦瑱), 정지윤(鄭芝潤)과 함께 '역관사가(譯官四家)'로 불린다. 1843년에는 제주도에 귀양 가 있던 스승 추사 김정희(金正喜)에게 북경(北京)에서 구한 계복(桂馥)의『만학집(晩學集)』8권과 운경의『대운산방문고(大雲山房文藁)』6권 2책을 보내주었다.

1844년 중국을 다녀와 제주에 있던 김정희에게 하장령(賀長齡)의『황청경세문편(皇淸經世文編)』120권을 보내주자, 김정희가 이에 감격하여 〈세한도(歲寒圖)〉를 그려 주었다. 1845년엔 임금으로부터 전답과 노비를 하사받았으며, 1847년 지중추부사에 올랐다. 이 해에는 중국의 문인들에게까지 명성을 얻어 중국에서 시집을 펴내기도 했다.

　시가 섬세하고 화려하여 사대부들에게 널리 읽혔다. 또한 청나라에서의 여정을 묘미 있게 나타내거나 위항인의 불만과 비판적 안목을 보여준 한시「거중기몽(車中記夢)」,「영지연(詠紙鳶)」,「제로방거은비(題路傍去恩碑)」등이 유명하다. 추사체(秋史體)로도 널리 알려진 김정희(1786~1856)는 어려서부터 총명했다. 관료나 학자로서도 부족함이 없었다. 하지만 그런 그에게 시련이 닥쳐온 건 당시 권세가들의 권력 다툼에 휘말린 탓이다. 예나 지금이나 정치의 비정함을 새삼 발견할 수 있는 대목이다. 제주도로 유배가 결정되어 위리안치(圍籬安置)를 당한다. 그때가 55세였으니 얼마나 고생이 막심했을지는 안 봐도 뻔하다. 그로부터 8년 동안 모슬포(지금의 제주도 서귀포시 대정읍)에서 갖은 고생을 다 했다. 다들 추사를 외면했지만, 그가 배출한 제자들 중 하나였던 이상적만큼은 달랐다. 이상적은 통역관으로 중국을 다녀올 때마다 귀중한 책을 구하여 추사에게 보냈다. 이에 고마움을 느낀 추사는 그 유명한 〈세한도〉^(歲寒圖)를 그려 선물한다.

추사의 최고 걸작이자 국보 제180호인 세한도는 미술품 소장가 손창근 씨가 대를 이어 소중히 간직해온 것을 2020년 국립중앙박물관에 아무 조건 없이 기증하면서 그 가치를 다시금 인정받았다. 〈세한도〉는 달랑 집 한 채를 중심으로 좌우에 소나무와 잣나무가 대칭을 이룬 간결한 그림이다. 그렇지만 유배의 시련을 이겨내려는 추사 김정희의 곧은 정신이 서려 있다. 귀양살이하는 자신을 잊지 않고 연경^(燕京 · 지금의 베이징)에서까지 귀한 책들을 구해다 준 제자 이상적에게 답례로 '날이 추워진^(歲寒) 뒤에야 소나무 잣나무가 늦도록 지지 않는다는 것을 안다'는 글과 함께 그려 보냈다. 추사가 세한도에 썼던 글의 일부를 다시 음미한다.

"^(전략) 그대의 정의야말로 추운 겨울 소나무와 잣나무의 절조^(節操)이다."

세한도가 더욱 의미심장한 까닭은 무가지보^(無價之寶)의 가치 때문이다. "1조 원을 붙여도 손색없다고 생각한다"는 이 작품을 흔쾌히 기증한 미술품 소장가 손창근 선생의 남다르고 통 큰 기부 덕분에 국민 곁에 가까이 올 수 있었다. 손창근 선생의 남아다운 기백^(氣魄)은 여기서 그치지 않았다. 손 선생은 2008년 국립중앙박물관회에 연구 기금으로 1억 원을 기부했으며 2012 년에는 경기도 용인의 산림 약 200만 평(서울 남산의 2배 면적)을 국가 에 기증했다고 한다.

50년 동안 잣나무·낙엽송 200만 그루를 심고 분신처럼 가 꿔온 땅인데 당시 산림청 직원들은 시가 1,000억 원에 달하는 땅을 아무 조건 없이 내놓은 손 씨의 얼굴도 몰랐다고 한다. 그 만큼 자신의 선행을 굳이 내세우고 싶어 하지 않았음을 알 수 있는 대목이다. 손창근 선생은 서울대 출신이다. 그래서 더욱 가깝고 친근해지는 느낌이었다. 나의 딸 외에도 사위, 사돈총 각 역시 같은 서울대 동문이기 때문이다. 아들도 서울대 대학 원을 나왔다.

오랜 기간 기자로 활동하면서 알게 된 것이지만 겨우 도토리 알만한 기부금을 내고도 뉴스에 나오고 싶어 혈안이 된 사람은 주변에 참 많다. 또한 돈이 된다면 투기를 일삼고, 그러한 방법 으로 치부한 자신을 거들먹거리며 없는 사람을 업신여기는 사 람은 또 어디 한둘인가. 날이 추워진 뒤에야 알 수 있는 것은 많 다. 어려울 때 친구가 진짜 친구이며 믿음 있는 길동무가 좋으 면 먼 길도 가깝다. 자신을 믿은 사람을 배신하는 자 역시 날이 추워진 뒤에야 알 수 있는 뒤늦은 진실이다. 평생토록 앞만 보며 가족과 국가를 위해 열심히 달려온 우리 베이비부머들만큼은 비록 날이 추워지더라도 초지일관(初志一貫) 그 푸른 잎이 지지 않는 올바른 주관과 철학으로 살 것이라 믿어 의심치 않는다. 베이비부머 여러분들께서 올해도 초행진강(招幸進康)과 만사형통(萬事亨通)으로 하시는 일에 항상 좋은 일만 가득하시길 축원한다.

> "우리는 모두 멋진 별들이다. 그렇기에, 당신은 빛날 자격이 있다."
>
> – 출처 미상

에필로그

　이 책이 나오기까지 우여곡절이 많았다. 직장 상사의 갑질로 인하여 예기치 않았던 실직을 맞았다. 다시금 빈곤의 터널에 갇히게 구속했다. 재취업은 어려웠다. 나이가 많다는 이유였다. 한동안 방황했다. 일자리를 수소문하던 중 구청에서 실시하는 공공근로에 참여할 수 있었다. 급한 불은 껐지만, 최저임금이라서 힘들었다. 그런 와중에서도 취재와 집필은 멈추지 않았다. 열 곳이 넘는 매체에서 시민기자로 활동했다. 다수의 언론사에서는 칼럼 집필도 병행했다. 많은 고료는 아니었지만, 경제적으로 적지 않은 도움이 되었다.

　작년에 다시 시작한 공공근로는 아침부터 저녁까지 일하는 중노동이었다. 육체적 고통이 뒤따랐다. 체력이 뒷받침이 안 되어 노상 약으로 버텼다. 전신이 쑤시고 아팠다. 중도에 그만

두면 안 되었기에 버텼지만, 글을 쓰고 취재하는 시간이 자꾸만 감소하였다. 천금 같은 시간이 아까워 새벽마다 일어나 글을 썼다. 작년 연말이 되자 반가운 소식이 왔다. '도전 한국인 상'에 선정되었다며 상을 줬다. 이어 내가 취재한 분이 자원봉사와 연관하여 대통령 표창을 받았다는 연락이 왔다. 새삼 나의 존재감을 확인할 수 있었다. 글과 책을 더 잘 써야겠다는 의무감까지 더욱 확산되었다.

그런데 출간의 벽은 여전히 높았다. 고민 끝에서 번민하던 중 좌고우면 끝에 크라우드 펀딩을 구상했다. 지인들께 취지를 설명하니 흔쾌히 십시일반으로 도움을 주셨다. 정말 감사했다. 아울러 내가 비록 이 풍진 세상을 험하게 살아오긴 했으되 허투루 살지는 않았구나 싶은 안도감까지 느꼈다. 돌아보면 나처럼 아픈 삶을 산 사람도 드물다. 평생 단 한 번도 불러보지 못한 "엄마"라는 호칭은 지금도 내 폐부를 찌르는 아픔이다. 생전에 이 아들과 막걸리 한 잔조차 나누지 않고 저세상으로 훌쩍 떠나신 선친도 슬픔의 뼈대이다. 이 세상은 나처럼 여리고 소심한 사람은 살기가 힘들다. 그럼에도 불구하고 육십이 넘도록 꿋꿋하게 살아 나가고 있는 것은 '희망'이라는 구명보트가 있었기 때문이다. 비록 정규학력은 고작 초등학교 졸업에 그쳤지만 만 권의 독서는 지식의 공백을 채워주는 데 부족함이 없었다.

지천명 나이 때는 사이버 대학에서, 이순이 넘어서는 대학원에서 공부했다. 아울러 20년 동안 줄기차게 이어온 집필의 노력은 이 책의 발간에 크게 이바지했다. 인생이란 지도에 없는 길을 가는 여행이라고 했다. 앞으로 또 어떤 난관과 시련이 닥칠지 모를 일이다. 그렇지만 자신 있다. 산전수전도 모자라 공중전까지 치른 내공 덕분이다. 나는 별명이 '홍키호테'다. 돈키호테처럼 무모하고 도전을 잘한다. 남다른 도전이 있었기에 이책이 나올 수 있었다. 사람은 누구나 행운을 꿈꾼다. 행운을 잡으려면 긍정이 우선돼야 옳다. 또한 '좋았다면 추억이고 나빴다면 경험이다'라는 마인드로 무장해야 한다. 몸과 마음까지 건강하다면 못 할 게 없다.

이 책에서 밝힌 내용은 그동안 내가 겪은 희로애락을 고루 담은 것이다. 그중에는 정상적인 것보다 파편이 더 많다. 아프고 괴로웠던 부분도 상당하다. 그 지난한 삶을 책으로 엮어 세상에 내는 의도는 나처럼 고생한 베이비부머 세대들께 조금이나마 위로를 드리고 제2의 인생과 삶에 있어서도 도움이 되었으면 하는 바람이 병풍 역할을 했다. 대한민국을 오늘날 명실상부 선진국으로 이끈 동력이자 주체가 바로 베이비부머들이다.

베이비부머는 미국에서, 제2차 세계대전이 끝난 1946년부터 1965년 사이의 베이비붐 시대에 태어난 사람들을 뜻한다. 미국의 베이비부머는 전 세계에서 가장 부유하고 소비력이 큰 사람들로 알려져 있다. 반면 우리나라에서는 6·25 전쟁이 끝난 1955년부터 베트남 전쟁 참전 전까지인 1963년 사이의 베이비붐 시대에 태어난 사람들을 의미한다. 이들은 미국과 달리 자녀의 결혼과 이후 주택비용 마련 등으로 지금도 여전히 등골이 빠지는 중이다.

베이비부머들은 현역에서 은퇴했거나, 지금 한창 은퇴 열차에 오르고 있다. 이들은 통상 두 부류로 나뉜다. 지식층(知識層)과 부자(富者), 무식층(無識層)과 빈곤(貧困)이 바로 그것이다. 전자의 경우는 '보릿고개'의 그 어려움을 극복하고 열심히 공부하며 노력한 결과물의 훈장이다. 후자는 어려서부터 어쩌면 지독한 숙명이었던 가난의 굴레를 벗어내지 못하는 난관과 조우했다. 그래서 지금은 웬만하면 대학까지 다 가는 아이들에 비해, 심지어 중학교조차 진학하지 못하는 경우도 다반사였다.

현역과 달리 은퇴한 한국의 베이비부머, 특히 빈곤층 베이비부머는 앞으로 살아갈 길이 막막한 게 현실이다. 설상가상 심지어 지금도 결혼을 미루며 '캥거루족'(부모에게 경제적으로 의존하는 20~30대의 젊은이들을 일컫는 용어) 자식으로 부모의 속을 썩어 문질러지게 하는 자녀도 없지 않다. 심한 경우, 직장에서 내밀린 것도 서운하거늘 집에서는 '삼식이'라며 구박을 받는다. 취미생활은 고사하고 당장의 밥벌이가 더 급하다. 이런 와중에 몸까지 아프면 치명적이다. 나이가 더 들어 치매 따위의 고질병까지 습격하면 최악의 대략난감 고생길이다.

거리에서 어르신들이 휴, 폐지를 주워 연명하는 모습을 보면 이런 생각에 정신이 아찔해진다. 그럴 적마다 더 훌륭하고 멋지며 감동까지 길게 남기는 역작을 쓰리라 다짐하곤 한다. 글을 쓰면 돈이 된다. 책을 내서 많이 팔리면 별도의 인세까지 받는다. 강사로 나서면 강의료까지 두둑하다. 췌장암은 진단받은 사람 10명 중 9명은 5년 안에 생을 다하게 된다. 이를 반대로 말하면 10명 중 1명은 그 무서운 췌장암을 이겨낸다는 것이다. 그래서 하는 말인데 췌장암보다 고치기 어려운 것은 속절없이 '늙어가는 병'이라고 생각한다.

작심삼일(作心三日)도 120번만 하면 1년이 되듯 책을 1,200권 이상 읽으면 누구나 작가가 될 수 있다. 베이비부머가 그동안 살아온 인생은 글과 책으로 남길 자료가 넘친다. 이 책을 보신 베이비부머들께서는 반드시 책을 내라고 권유해 드린다. 물이 차면 배가 뜬다는 뜻을 가진 수도선부(水到船浮)라는 말도 있듯 준비된 사람에게는 반드시 기회가 온다. 이제라도 글쓰기를 꾸준히 하면 실력이 늘게 된다. 그러다 보면 책을 내고픈 욕망에 눈이 떠진다. 그럼 귀하께서도 나처럼 다섯 권의 저서를 낸 작가가 될 수 있다. 지금 당장 시작하시라. 시작이 곧 반이다.

이 책의 발간에 큰 힘을 주신 많은 분께 머리 숙여 정중히 감사의 인사를 올린다. 고마움의 표시로 크라우드 펀딩과 기타의 도움을 주신 분들의 명단은 이 책 안에 별기(別記)했다. 첫 인연을 맺을 적부터 지금껏 불변하게 시종일관 자기 일처럼 관심과 더불어 지원까지 아끼지 않은 도서출판 행복에너지 권선복 대표님의 강철 같은 의리에 새삼 고마움을 표한다. 빈가의 장손에게 시집와서 호강은커녕 고생만 죽어라 하면서도 곁을 지켜주고 있는 조강지처 황복희 여사가 존경스럽다. 어려운 환경을 탓하지 않고 오로지 자강불식(自強不息)의 힘으로 성공 가도에 오른 아들과 딸에게도 고마움을 전한다. 며느리와 사위, 손녀와 손자 또한 내 사랑의 전부이다. 모두 하늘이 주신 복이라고 믿는다. 더 열심히 살겠다.

출간 후기

유쾌한 삶의 반항자, '홍키호테'가 들려주는 베이비부머를 향한 따뜻한 위로

권선복
(도서출판 행복에너지 대표이사)

"신은 자신이 선택한 인간에게 견딜 수 있을 만큼의 고통을 준다"는 격언이 있습니다. 이렇게 인간의 삶에 있어 역경과 고난은 필연적이며, 어떤 사람은 남들보다 더욱 크고 기나긴 역경과 고통의 시간을 견뎌야 할 때도 있습니다. 하지만 그럼에도 살아갈 수 있는 것은 지금의 역경도 결국은 지나갈 것이라는, 더 나은 내일이 반드시 올 것이라는 희망과 믿음이 있기 때문일 것입니다.

이 책 『두 번은 아파봐야 인생이다』는 남들보다 더 많은 인생의 굴곡과 핍박을 희망과 뚝심으로 버티며 60년 이상의 세월을 살아 온 홍경석 시민기자가 격동의 시기를 대한민국과 함께 성장해 온 베이비부머 세대에게 전하는 따뜻한 위로의 에세이입니다.

누구에게나 고생과 어려움은 반드시 존재한다고 하지만 홍경석 저자는 남들보다 더 많은 고초와 가시밭길을 겪어야만 했습니다. 천형(天刑)처럼 느껴질 정도의 가난 속에서 자신을 낳아주신 어머니의 얼굴조차 본 적이 없이 어려서부터 소년가장으로서 아버지를 모셔야 했던 홍경석 저자.

한때 거친 반항기를 겪기도 했지만 다정하고 헌신적인 지금의 아내를 만나면서 제2의 인생을 살아가게 되었다고 저자는 고백합니다. 아내와 결합하여 포근한 가정을 이룬 후에도 쓰나미처럼 닥친 끊임없는 가난을 사랑과 뚝심으로 극복하며 두 아이를 명문대 출신의 오롯한 사회인으로 성장시킨 것은 홍경석 저자의 가장 큰 자랑이기도 합니다.

이 책을 통해 홍경석 저자는 필부(匹夫)라고도 불릴 수 있는 평범한 우리 주변 서민의 입장에 서서 인생의 행복과 슬픔, 사회의 정의와 부조리, 삶의 의미와 나아갈 길을 이야기합니다. 오랜 역경과 고난, 그 속에서도 끈질기게 계속해 온 시민기자로서의 취재활동과 독서로 만들어진 친숙하면서도 진한 삶의 정수(精髓)에서 나오는 이야기들은 예리하게 우리 사회를 해부함과 동시에 '낀 세대'로서 지친 베이비부머 세대들에게 따뜻한 공감과 위로를 전달합니다.

'행복에너지'의 해피 대한민국 프로젝트!

<모교 책 보내기 운동> <군부대 책 보내기 운동>

한 권의 책은 한 사람의 인생을 바꾸는 힘을 가지고 있습니다. 한 사람의 인생이 바뀌면 한 나라의 국운이 바뀝니다. 그럼에도 불구하고 많은 학교의 도서관이 가난하며 나라를 지키는 군인들은 사회와 단절되어 자기계발을 하기 어렵습니다. 저희 행복에너지에서는 베스트셀러와 각종 기관에서 우수도서로 선정된 도서를 중심으로 <모교 책 보내기 운동>과 <군부대 책 보내기 운동>을 펼치고 있습니다. 책을 제공해 주시면 수요기관에서 감사장과 함께 기부금 영수증을 받을 수 있어 좋은 일에 따르는 적절한 세액 공제의 혜택도 뒤따르게 됩니다. 대한민국의 미래, 젊은이들에게 좋은 책을 보내주십시오. 독자 여러분의 자랑스러운 모교와 군부대에 보내진 한 권의 책은 더 크게 성장할 대한민국의 발판이 될 것입니다.

NAVER 선정
**베스트
셀러**

YouTube
**구독자
60만명**

제 3 호

감 사 장

도서출판 행복에너지
대표 권 선 복

귀하께서는 평소 군에 대한 깊은 애정과 관심을 보내주셨으며, 특히 육군사관학교 장병 및 사관생도 정서 함양을 위해 귀중한 도서를 기증해 주셨기에 학교 全 장병의 마음을 담아 이 감사장을 드립니다.

2022년 1월 28일

육군사관학교장

중장 강 창